红豆生南国 2

有爱的青春陪伴者

凝陇 NING LONG／著

红豆生南国

2

原名
《红豆生民国》

HongDou
Sheng NanGuo

花山文艺出版社

图书在版编目(CIP)数据

红豆生南国. 2 / 凝陇著. —石家庄：花山文艺出版社，2018.10

ISBN 978-7-5511-4301-1

Ⅰ. ①红… Ⅱ. ①凝… Ⅲ. ①长篇小说—中国—当代 Ⅳ. ①I247.5

中国版本图书馆CIP数据核字(2018)第223130号

书　　名：红豆生南国 · 2
著　　者：凝　陇

策　　划：张采鑫
责任编辑：董　舸
特约编辑：颜小玩
美术编辑：胡彤亮
责任校对：齐　欣
封面设计：Insect
内文设计：cain酱
封面绘制：清　茗
出版发行：花山文艺出版社（邮政编码：050061）
（河北省石家庄市友谊北大街330号）
销售热线：0311-88643221/29/35/26
传　　真：0311-88643225
印　　刷：长沙鸿发印务实业有限公司
经　　销：新华书店
开　　本：889×1194　1/32
印　　张：9
字　　数：218千字
版　　次：2018年10月第1版
2018年10月第1次印刷
书　　号：ISBN 978-7-5511-4301-1
定　　价：36.80元

目录

第一章 001
第二章 010
第三章 019
第四章 028
第五章 038
第六章 050
第七章 059
第八章 068
第九章 083
第十章 090
第十一章 098
第十二章 110
第十三章 119
第十四章 131
第十五章 143
第十六章 153

目录

第十七章 162

第十八章 173

第十九章 182

第二十章 192

第二十一章 202

第二十二章 207

第二十三章 214

第二十四章 225

第二十五章 232

第二十六章 241

第二十七章 249

第二十八章 256

第二十九章 261

第三十章 267

番外 275

第一章

贺云钦忙完事已近八点，料红豆已从春莺里回来了，便径直去同福巷。回想今日之事，红豆回门的时候还好好的，分明是在路上问他那句德文以后才变得消沉，后头为了一个段明漪，更是一味地跟他胡搅蛮缠。事到如今，他总算是回过一点味来了，虽说已当面说过，可她既然执着于这一点，他何妨再多说几遍，一会儿见到她，“我爱你”也好，“我喜欢你”也罢，德文国文，她愿意听多少遍，他说多少遍就是了。

上了楼，岳母说红豆和她哥哥仍未回来，听岳母说红豆出来时去学校找顾筠，他便又下了楼，径直去了圣约翰。

刚到校门口，学校里远远奔出来一人，近一看，是王彼得，王彼得老远就朝学校门口张望，认出贺云钦的洋车，一径跑过来，白着脸道：“贺云钦。”

贺云钦未在他身后看见红豆，早万分讶异，听了这话，心猛地一沉，忙下了车：“出什么事了？”

王彼得急声道：“虞红豆不见了，刚才问过顾公馆，顾筠回家了。贺云钦，我怎么觉得，我们被凶手给耍了。”

贺云钦脸色瞬间变得极差，死死地盯着王彼得道：“什么叫红豆不见了？”

短短时间内发生了太多事，王彼得嗓子不自觉沙哑了几分：“半个小时前出的事。当时红豆跟虞崇毅在学校里面找顾筠，路过操练场的时候人不见了，虞崇毅以为妹妹去了后巷，就到那家馄饨店问老板，一问才知妹妹根本未去过，于是速折回来找红豆，谁知找到后门那排旧课室时，无意中在里头发现了一具被人绞死的尸体。”

贺云钦本已往学校走了，听了这话，脚步猛地一顿，心脏仿佛被人活活猛力攫了一把，全身血液都凝固住。

王彼得见贺云钦突然间变得面无人色，心知他误会了，忙急声道：“那人不是虞红豆。说起来有些眼熟，我恍惚在你们婚礼上见过，就只因是缢死的，五官都有些肿胀变形，光线不足未及细看，难以认出是谁。我刚才粗略验了一下，这人死亡时间不会超过半小时。学校方面已经给警察局打电话了，警察马上就会赶来。我和虞崇毅发现红豆失踪后，已将后门附近每一个角落翻遍，别的都没发现，单发现后门边上有新鲜的洋车轮胎印，我怀疑红豆就是被这人用洋车载走了，因为从两兄妹分开到虞崇毅自后巷馄饨店折回来，中间足有五六分钟的时间，凶手完全可以利用这机会将红豆从课室里弄出来，再用洋车带走。”

贺云钦心乱如麻，根本静不下心来思考：“所以等你们发现红豆不见的时候，后门那辆洋车已经开走了，你们无从追踪那车，更不知到底是谁将红豆带走的？”

王彼得面露愧色：“刚才虞崇毅已经开着我的洋车，沿着那洋车走的方向往前追去了，毕竟隔了这么久，不知能否追上。正因为如此，我现在急需人手，我刚才给我的侦探所打了电话，让我那几个新招的助手赶快过来帮忙。”

贺云钦哑声道：“难道就不曾勘查洋车轮胎印？总该知道是哪家公司的洋车。”

王彼得回想方才情形，万幸雨早已停了，除了门口那几个脚印破坏得较严重，其余痕迹都还清晰地留在泥泞的地面。

沿着课室通往后门的小径，两双脚印杂沓交叠、一浅一深，一直延续到树下的轮胎印旁才消失，至于那个轮胎印——

“是美利坚福特公司的洋车。”他笃定道。

贺云钦立刻到学校门房，掏了钱递给那看门的印度阿三，拿起话筒拨号，等接通了，面无表情道：“我需要人帮忙，找一辆福特牌洋车，以圣约翰为原点，从五条街区以外开始围截，每一个角落都不能放过，但凡有什么消息，马上给 939 这个号码打电话。除此之外，我这边也需要用车，你们速派一辆车到圣约翰后巷。”

打完电话，明知红豆已不在圣约翰，毕竟在此处失踪的，他仍打算到失踪现场重新勘查，就只腿像灌了铅似的，每一步都走得极艰难。凶手要杀红豆的话，在旧课室里便可神不知鬼不觉下手，不必多此一举用车将她载走，圣约翰后门仅有樊章路一条马路可行驶，出来后右拐便可进入富泰街，而红豆半小时前失踪，按照福特的行驶码速，至少需从五条街区以外的范围开始围截。

贺云钦一来便做好了一番安排，王彼得暗自松了口气，尽管他不想承认自己能力不如贺云钦，但自打贺云钦出现，他就好似吃了定心丸一般，整个思路都清晰不少。

眼看贺云钦又往校内去了，他忙跑着跟上：“因为旧课室里没看到顾筠，刚才我顺便给顾公馆打了电话，才知道顾筠回家了。据说她之前在教育系的大课室看书时，莫名其妙晕了一阵，醒来时都七点半了，后来晕晕乎乎地坐了好一会儿，待稍有好转，便自行回了家。这光景摆明是早前曾遭人暗算，加之红豆失踪了，所以我怀疑这一切都是凶手的预谋。”

贺云钦一言不发，等两人赶到后门那排课室，一排灯全亮起来了。因消息尚未在校内扩散，仅有几个校工在课室外满怀怵意地徘徊。王彼得侦探名声在外，刚出事时便已跟这几人打过交道，校工本就毫无现场经验，

一时也吃不准该不该拦阻他们，一犹豫的工夫，王彼得已经重新进了课室，到那尸首边上细看。

贺云钦却对那尸首暂无兴趣，径直到了后巷，路面不宽，两边铺子鳞次栉比，各类吃食都有。他尽量让自己维持镇定，耐着性子一家一家问，到一家面馆时，老板因为忙于算账，对之前的事已然毫无印象，但贺云钦问话时，店内有位正在擦桌子的店员恰好听见，在那边接话道："我记得，半小时前曾有洋车路过。"

贺云钦问："那洋车什么颜色？司机什么模样？牌号可还记得？"本埠有数千辆洋车，每辆皆由工部局编号。

那店员搁下抹布，在围裙上擦了擦手，走近一看，何曾见过这么好看体面的男人，就不知为何脸色苍白得吓人，一双眼睛黑沉如墨，不免多瞧了几眼。听他问得急，那店员仔细回想道："牌号没注意，就记得是辆黑色洋车，司机嘛——"

当时店内无事，她在店铺门口枯坐，洋车路过时，她因为无聊细看了一眼，眼下天气远算不上严寒，那司机却用围巾和毡帽将头面部遮盖得严严实实，因觉得奇怪，印象极深，便将这情形说了，又补充道："车上仅他一个人。个子应该挺高的，因为我平日看高大的洋人开过那车，那人个头不在洋人之下。"

这时外头有洋车响，原来是有人送车来。贺云钦匆匆出来，让司机走了，自己坐进驾驶室，打算驾车沿街一处一处找，正要发车，王彼得从校内出来，一上车就道："作案工具已取走，地上有烟头，长乐牌的。我怀疑跟前几桩案子是同一个人，就是这杀人的手法也太粗糙了些，直接将人勒死了事。我估计是红豆无意中撞见凶手杀人，凶手不得不放弃了先前的杀人计划，所以我早前的猜测可能有误。可惜现在警察来了，我们没办法再继续勘查了。"

说完这话，见贺云钦半天不作声，他转脸一看，才见贺云钦正从裤兜里取烟，然而接连取了好几根，全都掉在了地上。

自打认识贺云钦，他何曾见他如此丧魂落魄过，不免也有些触动，黯然劝道：“你别急，急也没用，没消息就是好消息，人难找，洋车无论如何是跑不掉的。”

贺云钦仰头闭目靠在椅背上，脸上血色全无，擦了把脸，低头看腕表，自打电话已过了十分钟，忙推开车门道：“我去给939打电话。王探长，你去一趟顾公馆，顾筠昏迷前很有可能无意间接触过凶手，若是好好诱导，也许能想起一点凶手的特征。”

这边下了车，找了间电话亭，拨通号码，就听那边道：“正要去圣约翰找你，刚才我们在福元路上找到一辆福特牌洋车。车上无人，但是后座有件红色薄呢绒洋装，看了标签，是鼎祥的。”

贺云钦耳边一默，因为傍晚下雨的缘故，红豆觉得冷，临出门前特意带了件外套，的确是件红色薄呢绒的。当时她正和他生气，嬉笑怒骂，那么鲜活，只需一伸手便可触及她鲜润嫣泽的脸庞。未得到消息前，焦灼和痛苦虽然明晰，都不及听到具体细节来得尖锐，在这一刹那间，仿佛有把尖刀迎面朝他胸口刺来，扎透了，痛极了。

他手脚麻木冰凉得失去知觉。雨丝飘到脸上，木木的，半点感觉都没有，再开口时，嗓子灼痛得活像吞下了一大把粗糙的沙砾，根本无从发出声音，半晌方艰涩道：“凶手离了车，带人走不了太远，你们在附近帮忙找一找，我马上就赶过来。”

王彼得本欲另叫洋车离开，见贺云钦过来，又留在原地，屏住呼吸问：“怎么样，可有消息了？”

贺云钦未及答言，坐到驾驶室，发动车。

王彼得察言观色，心悄悄提了起来。贺云钦刚接电话便神色大变，红豆那边怕是凶多吉少，唯恐贺云钦彻底丧失冷静，他忙也上了车：“我陪你过去。”

洋车被丢弃在福元路上一座女子中学门口，待贺云钦和王彼得赶到时，

几人已将中学内外都找遍，正要沿着街道再往前找，见贺云钦和王彼得来了，忙迎上来。

贺云钦径直走到那辆洋车旁，蹲下身去看车门边的痕迹，强自镇定问：“可查了洋车主人是谁？”

他这一开口，连同王彼得在内，所有人都吓了一跳。因为贺云钦的嗓音嘶哑得活像被砂纸打磨过，跟平日判若两人，只消略懂西洋医学，便可知这是声带严重发炎的缘故。

其中一人顾不上错愕，忙道：“已对过牌号，是大兴洋行的买办傅子箫名下的洋车。”

贺云钦明显怔了一下，王彼得更是险些跳起来：“我想起来了，学校里那具尸体就是傅子箫，婚礼上我跟这人仅有一面之缘，所以刚才没能认出来。原来这洋车竟是他的，难道凶手不止杀了傅子箫，事后还开他的车载人离开？”

那几人虽各有专长，毕竟未受过痕迹学的训练，贺云钦从怀中取出一个袖珍德制电筒，拧亮了去照轮胎旁的路面。

下雨的缘故，地面有些泥泞，前头驾驶室车门旁有双大约八寸的男人鞋印，从车门一直往前走去，若隐若现，待走到水门汀路面上，因鞋底泥印逐渐干燥，鞋印慢慢变得模糊不清，渐至消隐不见。

待看清那排鞋印始终仅有一人，他脑海中冒出个不可思议的猜测，忙起了身，绕到后门。叫他没想到的是，后门处也有一列残留的脚印，然而跟前头那脚印不同，这鞋印明显秀气许多，一瞥之下，他的心怦怦狂跳起来。

沿着那鞋印走了一截，鞋印断断续续，时轻时重，可惜跟前头那鞋印一样，越往后越模糊，后来干脆跟校门口旁去往公园附近的诸多脚印混在一处，根本无法再进行追踪。

这学校地处闹市，左边是条长窄的巷子，里头挨挨挤挤，全是一色的老房子，右边则是个门脸不大的小公园，公园内外悄无声息，想是已到了闭园的时间，大门紧锁。

他竭力让自己不自乱阵脚，站在校门口望了一晌，并未朝校内走，而是径直朝公园走去。

后头有人道：“云钦，这洋人公园闭园时间是晚上九点，未闭园前我们刚好进去找过，未发现不妥。”意思是不必再浪费时间，应抓紧时间找其他地方。

贺云钦却仿佛未听见这话，执意到了公园。王彼得等人于是兵分两路，一行人去别处找，剩下的跟着贺云钦。到了门口，跟门房交涉了一番，打发了厚厚赏钱，这才开了门。公园里路灯早已熄灭，到处伸手不见五指，几人打着电筒沿着垂柳小径一径找到顶里头，半个小时过去，每一处都找了，依旧一无所获。

从东北角的花圃里出来，王彼得早已死了心，与其继续在此处浪费时间，不如到别处去。他正要劝贺云钦，就在这时候，从后头湖心亭边上的灌木丛中，像是重物摩擦地上的落叶，忽然传来一阵低微的簌簌声。

因那地方夹于假山与湖畔中间，白天树荫蓊郁，晚上漆黑一团，极容易错眼漏过，贺云钦心猛地一跳，那声音只轻微响了一下，复又归于岑静。

他侧耳分辨一晌，小心翼翼地循着声响往前走去，待分开灌木丛用电筒往里一照，心立刻静止在胸膛里。就见一人无声无息躺在地上，从身形轮廓来看，不是红豆是谁。他眼圈蓦地一红，一时迈不动步，木然站了好一会儿，才敛声屏息往内走，然而越靠近越凄惶，唯恐来得太晚，等待他的不过是一具冰冷的尸体而已。

待他蹲到红豆身边，听到她极轻然而极平缓的呼吸声，身上的血液这才重新热腾腾地汩汩流动起来，忙一把将她搂在怀里，涩声道：“红豆。”

红豆睡颜极安详，被他抱起时，只微微蹙了蹙眉。

贺云钦小心翼翼地撩开她的额发，她睡得这般昏沉，因仍是残留体内的迷药所致，便回头对王彼得道：“王探长，把你怀中的酒借我一用。”

王彼得眼看找到红豆，早大松了口气，只纳闷地想，从刚才车边的脚印来看，应是凶手将红豆连车带人丢在此处，再自行离去，而红豆中途醒

过一次，迷迷糊糊下了车，后来不知何故到了这公园。

听了这话，他不解地将酒递给贺云钦道：“怎么了？”

贺云钦拧开瓶盖，仰头饮了一口，又将酒瓶里的酒洒了些到红豆身上，这才脱下外套，将红豆裹好抱了起来。他对王彼得道：“我这就带她回去，你帮我给瑞德医师打个电话，就说我妻子醉了酒，请他立刻上门来看。”

王彼得忙点头道：“好，我打完电话就去顾公馆找顾筠。”

贺云钦用衣裳掩住红豆的头脸，将她一径抱出公园，待将她放上后座，又从边上人手中接过她遗失的那件红外套，将她整个人盖好，这才嘱咐那几人几句，开了车往贺公馆而去。

路上，他不时透过后视镜看向后座，虽然红豆仍未醒转，他却仿佛劫后重生，几次有痛哭一场的冲动，又担心那迷药损及身体，一心要尽快将她带回家。

好不容易到了贺公馆，仍用外套将她头脸盖好，打横将她抱起，上了台阶，往内走去。

不到十点，贺家平日应酬多，素来歇得晚，贺家上下一干人等，只有一个贺竹筠因身体孱弱早早就睡了。

贺云钦抱着红豆路过客厅时，贺孟枚正和贺太太在客厅说话，贺宁铮和段明漪夜间去友人处拜谒，也才刚回来。

见贺云钦抱着红豆，诸人都吃了一惊。贺太太忙从沙发上站起来，走近道：“怎么这么晚才回来，红豆这是怎么了？”

贺云钦若无其事地笑了笑道：“刚才带她去友人处玩，因玩得兴起，迫她多喝了几杯酒，谁知她酒量太浅，喝了几杯便醉了，我怕她不舒服，便提前带她回来了，已给瑞德打了电话，他一会儿就上门来看看。”

贺太太吓一跳：“你嗓子怎么了？”

贺云钦咳了声道：“喝酒喝得太急了。”

贺太太早闻到儿子呼吸间的酒气，见红豆身上也是一股浓而芳冽的醉醺醺的气息，料醉得不轻。她满含愠意道：“你这孩子真是胡闹，红豆才多大，怎能像你们男人似的豪饮。快带她回房，醉酒的人最怕着凉，记得给她盖被子，我这就让王嫂煮醒酒汤。你这嗓子不对劲，既然瑞德来了，让他务必给你一起瞧瞧。”

贺宁铮也道：“我房里有醒酒的药丸，我一会儿给弟妹送去。”

贺云钦已抱着红豆上了楼，道：“那就多谢大哥了。”

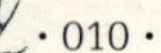

第二章

红豆微微动了动，周围太热了，泱泱水汽直往鼻子里钻，好像回到了小时候生病时的光景，有人正翻来翻去地折腾她，应该是拿了帕子之类的物事，给她擦了胳膊和腿还不够，还要给她擦胸和屁股。

她又羞又痒，老想躲开，可是那人极有耐心，一味地在她耳边低哄，她无意识睁开眼，对上眼前那双墨黑眼眸，蓦地放松下来，将额头抵着他的胸膛，不知为何有些委屈，忍着落泪的冲动，迷迷糊糊任他摆弄。

不知睡了多久，脸上痒丝丝的，好像有什么东西轻轻在脸上游移，她皱眉躲开，可那人像小孩摆弄心爱之物似的，稀罕个不停，不是捏捏她的脸颊，就是咬咬她的耳垂，老不肯罢手。她不胜其扰，咕哝着翻个身，又过了许久，才算消停了。

这一觉睡得极沉，等她再睁开眼，满室金暖的晨光，离她不远的地方，有人在喁喁细语。头依然晕沉胀痛，思维仿佛胶着住了，依稀记得昨夜做了个极长的光怪陆离的梦，待思绪渐渐清明，她转动脑袋打量一圈，这才意识到回到了贺公馆，身上换了干净衣服，被褥间蓬松柔软。她怔忪地躺了好一会儿，记起昨夜昏迷前的事，下意识地便打了个寒战，想也不想就喊道：“贺云钦。”

门口的交谈声戛然而止，她撑着双臂微微起身，朝外张望。不一会儿隔间门打开，贺云钦从外屋进来，身上换了件干净的白衬衣，脸上明显有些疲色，对上她的目光，眸子微微一亮，重新掩上门。到了床边，他扶她起来，抬手摸她的额头，不见有热度，低声问："好些了吗？"

声音嘶哑无比，红豆吃了一惊，顾不上仍有些发蒙，忙抓住他的胳膊坐稳身体，讶道："你嗓子怎么了？"

贺云钦目光在她脸上仔细地摸索，连她额上新长出来的细小绒毛都不肯放过，端详一晌，方指了指自己的嗓子，道："疼。"

"疼？"红豆下意识便想要抬手抚摸他的喉结。都哑成这样了，她知道肯定疼，之所以问他，就是想问他怎么突然就成这样了。

然而下一刻对上他的目光，她恍惚明白了几分，昨晚遇到的事太骇人听闻了，即便在昏睡中，她仍时刻绷着根弦，直到此时此刻，她实实在在触到了贺云钦，久违的安全感才回来。

看贺云钦这光景，她能够毫发无损回来，多半全亏了他，难道他是因为昨晚的事才突然倒嗓的？他好像没有隐瞒自己的担忧的意思，还极坦白地在她面前说他疼。

她心中一暖，抬手便想好好安抚一番，然而她脑袋仍有些发昏，记性却未丧失，除了记得自己如何遇险的，也记得昨晚两人吵架时的情形，手都伸到一半了，又嘟着嘴停了下来。

贺云钦等这一刻等了半天，自不肯让她抽回手，两人僵持一会儿，他干脆俯身要吻她，突然外屋有人敲门，有下人道："二少爷，二少奶奶，顾小姐来了。"

红豆一愣，顺势收回了手："顾筠来了？"她尤记得顾筠昨晚是如何失踪的，掀开被子便要下床。

贺云钦只得罢手，扶她站好："我对外人说你因为醉酒身体不适，她以探望你的名义来了。还有王探长，另在小书房。你哥昨晚愧疚得哭了一场，整晚都未睡，本要在此处守着你，又怕引人猜疑，只得回家等消息，

既然你醒了，我这就给他打电话。”

红豆直发蒙，原来自她失踪后竟闹得这般人仰马翻。眼看贺云钦去外屋打电话了，她忙到盥洗室换了见客的旗袍，简单梳洗一番出来。

顾筠果然被下人领进了屋，正安安静静坐在沙发上，脸原是绷得紧紧的，见红豆出来，忙起了身，仔细打量红豆一番，面色虽然平静，却难掩鼻音：“你没事吧？”

红豆也一直悬心顾筠，眼看她安然无恙，自也感慨万千：“昨晚到底怎么回事，你去哪儿了？”

这时贺云钦进来道：“顾小姐，王探长已到了书房，有什么话一道到那边说吧。”

顾筠点点头道：“好。”

贺云钦眼看红豆也要跟着出来，忙拦着她道：“你身体未复原，自管在房里休息，有什么想知道的，我一会儿再告诉你。”

红豆怎肯在房中枯等：“昨晚的事有太多不合情理之处，不坐在一处说清楚，难保不会漏了什么。”

经过昨晚一事，贺云钦一来不想再在小事上跟红豆龃龉，二来他眼下只想尽快找到凶手，见红豆的确不像身体不适的模样，定定望她一晌，只得依了她。

几人到了书房，王彼得果然在里头候着，见到红豆，又羞又惭，起了身，先是端端正正鞠了一躬，这才充满愧意道：“昨晚要不是我大意，怎会连累二少奶奶历险，幸而无事，不然我真是万死难辞其咎了。”

红豆笑了笑，怎么就叫王彼得说得这般严重，正要拿话开解，贺云钦却泰然扶她在沙发上坐下。这一来红豆简直诧异莫名，贺云钦素来谦和，竟让她生受了王彼得的赔罪，难道王彼得从前受过贺云钦天大的人情不成？

贺云钦不容红豆东想西想，径直进入正题，对顾筠道：“顾小姐，昨天你昏迷前究竟发生了何事？”

顾筠想了想道："放学时大概四点半，我因为想研究杀害许奕山的作案工具，去图书馆借了几本书，然后回到教育系的大课室温书。大概温习了一个小时，我看天色晚了，其他同学陆陆续续走了，课室里只有我一个人，便打算回去，谁知这时突然有人从后头拿东西捂住我的嘴。等我醒来的时候，教室里黑漆漆的，我脑子迷迷糊糊的，呆坐了半天都未明白发生了何事，昏头昏脑地将东西收拾好了，回家才知道家里人为了找我闹得鸡飞狗跳的。我歇了一晚，早上起来脑子好像清楚不少，断断续续地，总算想起了一点昏迷前的事。"

贺云钦问她："你当时可看见你身后那人什么模样？穿什么衣裳、鞋子？身上有无特殊的味道？"

顾筠摇头："我什么都没看清，只知道那人手掌很大，力气也不小，应该是个男人。味道嘛，我没闻到什么味道。"

其余三人全都露出讶异的神色，红豆道："连烟味也未闻到？"

顾筠向来一板一眼，极认真地回忆一番："没有。那人身上真的没什么烟味，不过我现在仍有些犯迷糊，也许记错了也未可知。"

红豆不解地望着顾筠，如果袭击顾筠的那人跟袭击她的是同一人，身上理应有烟味，虽说当时事情来得太快，她直到现在脑子也有些糊涂，但她清楚地记得曾闻到那人衣袖上的烟味，而且极有可能就是凶手常抽的长乐牌。

贺云钦垂眸想了想，道："如果你们两人记忆未出差错，有两种可能：第一，袭击顾筠的跟袭击红豆的并非同一人。第二，如是同一人，从时间差来看，那人袭击顾筠时尚未布置犯案，而红豆恰好撞上凶案现场，也许正是这个原因，才会出现味道上的差异。"

王彼得插话道："一个真正的烟鬼，衣裳上时时刻刻会有烟味，不会前头没有，后头突然沾上烟味，会不会这人平日根本不吸烟，是特意等到杀人时才抽烟，还因为某种原因，故意选的长乐牌？"

贺云钦问顾筠："刚才让顾小姐带来的书都带来了吗？"

顾筠从身后取出一个书包："当时我从图书馆借的书全在这里了。"

红豆一看，一共四本，从扉页上看，全是机械类工具用书。

"你昏迷后醒来，可发现这些书少了一两本？"贺云钦问。

"不曾，一本都不少。"

贺云钦先拿起第一本，从第一页翻到最后一页，未发现里头夹有字条一类的物事，又翻第二本。

四本书依次翻完，书里头干干净净，什么夹带也没有。

贺云钦将最后一本书丢回圆桌，思忖着盯着书页道："我猜那人之所以要袭击你，应该是想要趁你昏迷时，将他不小心遗漏在书里的一件极重要的物事给取走。"

"这仅是一种猜测。"贺云钦补充道，"这人虽致你昏迷，却并未谋害你，可见彼时你并非他选定的下手目标。为什么突然用迷药袭击你，一定有他的理由，也许他需要你昏迷一段时间，以便他布置下一步的计划，又或者是你身边有什么他急需取走的物品。"

王彼得插话道："而最开始发现红豆失踪时，我倾向于前一种猜测，因为顾小姐失踪没多久，红豆也失踪了，两件事碰在一起未免太巧，我一度认为这是又一场预谋的陷阱。可是现在看来，红豆应是无意中撞见凶手行凶才被袭击，那么那人致顾小姐昏迷的行为就很耐人寻味了，过于鲁莽、失之冷静，很有可能这人临时发现有样东西落到了顾小姐手里，必须赶在她回家之前将东西取回，故而才有此一举。"

红豆问顾筠："当时你身边除了这些书可还带了别的物品？清醒以后没有发现其他物件丢失？"

顾筠来时路上已再三确认过这一点："没有，我书包里的所有物事和这几本图书馆借来的书，全都好好地在我身边。"

四个人的注意力于是重新回到那几本书上。

红豆随手拿起一本教做推车轮滑的工具书翻了翻，道："都是些非常常见的书，那人为什么不当面讨要呢？难道凶手知道顾筠也在调查许奕山的案子，知道若是当面向她索要定会引来怀疑，所以只能在她无意识的情形下拿走？”

贺云钦道：“学校图书馆会有借还记录，如果凶手的目标真是这几本书，王探长去圣约翰一查便知。”

王彼得道：“我正有此意。但除了顾小姐昏迷，昨晚最不寻常的事，莫过于凶手掳走了红豆，最后却放过了她。”

这也是红豆自己想不明白的地方。

贺云钦一听到这事脸就沉郁了几分，胸口似乎仍扎着一把极尖利的锥子，一直插到心脏的最深处，即便不碰不动，依然有种钝钝的痛感。寂然了好一会儿，他才温声问红豆：“你可还记得当时在旧课室外看到了什么，或是听到了什么？”

红豆自然看出他脸色瞬间差了好些，心中一时五味杂陈，摇头道：“当时课室外太黑，我并未见到什么，就只听到最里面那间课室里似乎有人被掐住了喉咙，或者是被人捂住了嘴，还伴随着挣扎的声音。我猜正因为被害人挣扎，所以才不小心撞开了门。总之，那声音很不寻常，我害怕极了，转身就想跑，可是那人很快就从课室出来追上我，靠近我的时候，我闻到了一股明显的烟味，后来他捂住我，我因为拼命挣扎头顶撞了那人一下，撞的部位应该是鼻子，所以我猜那人至少有八尺多高，而且这人胳膊和腹部均极其精瘦结实，无半点臃赘之态，穿的是长袍，并非西服。”

贺云钦怔住，想不到红豆在那种凶险的情形下还能记下这么多有用的信息。

王彼得简直恨不得喝彩：“实属难得！这一来又提供了好几个关键线索。”

他取出怀里的自来水笔，在纸上写道：

一、据后巷面馆服务员和红豆的描述，这人身高不会在六尺以下。

二、贺云钦现场勘测这人脚印约有 43 码。

三、顾筠回忆，此人手掌大、力气不小。

四、红豆补充，高而瘦，并非高而胖，有穿长袍的习惯。

五、平时未必吸烟，但作案时一定会吸烟，吸的还是长乐牌。

六、极有可能参加过贺云钦和红豆的婚礼，而且能顺利进入圣约翰图书馆借书。

零零碎碎地拼凑在一起，思路顿时比先前明晰了不少。

贺云钦拿了那张纸看：“最后一条存疑。首先我们还不清楚迷晕顾筠跟红豆是否是同一人。第二即便是同一人，他未必是为了那几本书迷晕顾筠。第三，就算真是为了书而迷晕顾筠，以凶手的谨慎性子，岂能不知顾筠和你王探长会顺着这条线索去查图书馆借还记录？这行为无异于提前自我暴露，他早前迷晕顾小姐岂非是多此一举？”

王彼得愣住。

顾筠推推眼镜道：“我们学校图书馆管理借还书籍这一块的确是记录极详，一查便知。”

贺云钦道：“所以图书馆的借还记录值得一查，但别太乐观，因为未必能从这一条摸到凶手头上。我最想知道的一点还是：如果凶手因为红豆撞破了凶案现场想谋害她，当时便可下手，为何大费周章用车将她掳走，掳走也就掳走了，后来还放过了她。”

从现场勘查来看，正因为那人下车走了，后座上的红豆才会迷迷糊糊下了车，走到邻近的公园，再次昏睡过去。

这的确太前后矛盾了，似这等连杀三人而未露出破绽的冷酷凶手，难道也有思绪混乱的时候？

贺云钦忽然想到一个可能，问红豆：“当时你在课室外可曾听到交谈声？比如傅子箫挣扎时，有没有不小心喊出了凶手的名字？”

红豆思忖着道：“没有，那课室废弃近半年了，晚间少有人去。当时那条小路黑漆漆的，我路过的时候有点害怕，门打开之前我不清楚，但门打开之后，我的确只听到那种古怪的濒死的闷气的声音。”

贺云钦敲了敲那张纸道：“凶手前两次杀人都是在被害人的家里，唯独这一回例外。也许他事后也觉得前两次太过铤而走险，因为行凶时难保不会被提前回来的被害人家人撞破，故这次他杀害傅子箫时，特选了较偏僻的地方。而且虽然当时红豆未听到不利于凶手的线索，但我猜凶手动手前应该跟傅子箫进行过交谈，他不敢确定红豆听去了多少，一急之下才冒出了杀人灭口的念头，可是他追上红豆后仅仅只是致红豆昏迷，并未痛下杀手，不知是不喜滥杀无辜，还是有什么别的原因。”

红豆不解：“如果他不想滥杀无辜，只管迷晕了我将我丢在原地即可，为何还要将我带走？

贺云钦脸色微微一沉：“可见他的确犹豫过要不要杀你。从你失踪到我朋友找到那辆车，中间隔了四十分钟，四十分钟足够一个人做出决定，因为某种未知的原因,尽管他不确定你是否听到了关于他身份的只言片语，最后依然选择放过你。”

王彼得起了身，若有所思地来回踱步：“结合他之前用迷晕的法子对付顾筠，我倾向于相信凶手不喜欢滥杀无辜。那么，他为什么杀害傅子箫他们？阳宇天、许奕山、傅子箫，这三人到底有什么关系？傅子箫这条线我还未来得及往下细查，大兴洋行算是有年头的洋行了，傅子箫身为大买办，与许奕山、阳宇天他们认识不稀奇，就不知他们之间过去有没有什么不为人知的渊源。”

贺云钦抬手看看腕表道：“我需回学校一趟，等我回来再详谈。王探长，既然你已知道阳宇天、白凤飞、许奕山都曾住过春莺里，何不继续顺着这条线往下查？还有白凤飞，她现在凶多吉少，你应该尽快找到她的藏身之处。凶手能将傅子箫约到圣约翰见面，彼此认识的可能性较大。昨晚傅子箫接过谁的电话？前几日可有信或帖子寄到他府上？他跟阳宇天他们可认得？这些问题都需利用你的侦探身份，到傅子箫家里好好盘查盘查。至于圣约翰的图书馆，虽不必抱希望，毕竟出了顾小姐的事，理应去查查那几本书的借还记录。”

外头下人敲门道：“二少爷，瑞德医师来了。”

贺云钦望着红豆道："你身体尚未复原，我约了瑞德给你复诊。他是我极好的朋友，医术也精湛，有什么不适之处无须隐瞒，直管告诉他，正好顾小姐也在此处，若你们是被同一种迷幻药品所袭击，症状和体征应相似，可以让瑞德看看是否是同一人所为。"说着便开门，亲自引了一位金发碧眼的洋人进来。

这人昨晚来时红豆仍未醒转，今日才正式打照面，大约三十出头，举止斯文，笑容满面，穿身得体的米灰色西服，进来后先跟红豆行西式礼："二少奶奶好，我叫瑞德。"

红豆学校里常跟洋人教授打交道，见瑞德伸手过来，不以为忤，反大方跟其握手："幸会，幸会。"

引瑞德进来的是位贺家老妈子，当即看得一愣，大少奶奶受过西式教育，常有些惊人之举也就罢了，没想到二少奶奶也像男人似的这般不羁。她忐忑地看向贺云钦，二少爷手插着裤兜在旁边笑望着，分明对二少奶奶的举止风度透着赞许和欣赏，惊讶归惊讶，一望之下多少放了心。

瑞德又冲王彼得打招呼道："彼得。"语气熟络，应是早前就认识。

最后才跟顾筠握手："女士好。"

待下人走了，瑞德给两人诊视一番，用英文对贺云钦道："想要确认是否同一款迷幻药品，须得抽血样进行化验，但从她们俩昨晚昏迷到现在，已经过去了二十多个小时，如果药品半衰期短，早就查不出什么了，何况我的诊所条件简陋，没办法进行详细化验。但从她们丧失意识前曾被帕子捂住口鼻来看，那人很有可能用的是乙醚。这药品本埠只有几家私立医院有，你和彼得试着从这条线索往下查，也许能有什么收获。"

说着又交代了几句两人这几日多休息，不宜四处奔波，免得出现意识方面的后遗症之类的话，便告辞而去。正好王彼得要去查案，顾筠要回家休息，贺云钦便亲自送他们出来。

又另叫了车送顾筠回顾公馆。

第三章

红豆只觉困乏，贺云钦那边送客，送完客估计还需去震旦教课，就算回来两人也说不上几句话。她在走廊立了一会儿，不见他回来，只得自行回房歇息。

进了里屋，不经意间一抬眼，总觉得妆台上少了什么，再一看，原来搁在妆台上的那捧花不见了，而且是连瓶带花消失得干干净净。

早前只觉得刺心，眼下那地方空荡荡的，心里依旧堵得慌。自早上醒来一直忙于梳理案情，顾不上跟贺云钦置气，然而心里毕竟扎着根刺，要不是新婚怕惹来闲话，恨不得回娘家多住几日才好。

定定看了一晌，她索性眼不见为净，闷闷上了床，闭上眼，原只打算假寐，哪知她低估了那药物的残留作用，一不小心又睡死了过去。

一觉睡到傍晚，恍惚间又有人像昨晚那样摆弄她，不是捏她脸颊，就是咬她的鼻子，见她不肯醒，索性贴近，一口一口吮她的唇。她被堵得喘不过气，出于本能睁开眼，对上一双乌沉沉的眸子，一时躲不开，下意识便反咬他的唇一口。

贺云钦吃痛，“嘶”了一声，仍不肯松开她，只稍稍移开了些，居高临下地望着她道：“你一天没吃饭，先起来吃东西，等你吃饱了，你想咬

何处就给你咬何处。”

红豆听他声音仿佛断了线的胡琴，喑哑得近乎发不出声，心知他定不好过，一愣神的工夫，已被贺云钦扶着坐起。

红豆这才瞥见床头搁了一碗粥，正丝丝冒着香气。

贺云钦端了粥喂她。她尝了一口，粥不烫不凉，温度晾得刚刚好，难怪他刚才非要缠她起来，莫非是怕粥凉？本是打定了主意要自己吃，心一软，又由着他喂了，那粥熬得极香糯，一口下去，胃口立刻被吊了起来，她吃了一口又一口，怎么也停不下来，竟就着贺云钦的手将那碗粥喝得一干二净。

他脸上平静，心里却和悦了好些，搁下碗，淡淡问：“还要吗？”

红豆抬眸看着他：“你自己为何不吃？”

贺云钦拉过她的手，让她触碰自己的喉咙，声音一低：“痛。什么也吃不下，只能喝药水。”

红豆本意是想抽回手，然而用了用力，一时没能抽回，轻瞪他道：“那你该去吃药，缠着我做什么。”

贺云钦一本正经道：“我问过瑞德，他说我这是情绪上的剧烈波动所致，若是不好好调理，说不定会化脓生疔，致使声带彻底损毁。”

这么严重？她竟忘了赌气，小心翼翼地抚了抚他的喉结，眼里是藏不住的担忧：“那怎样才能见好？”

贺云钦静静望着她道：“昨晚找到你，不消用药，已经好了大半，若是没能找到，恐怕是一辈子都好不了了。”

话未说完，他耳后一红，这辈子从未说过这等情话，为了哄红豆，十八般武艺全都使出来了。

红豆愣了愣，黯然收回手。若是没有先前的事，这番话给她听见，她怕是梦里都能甜醒，可有了前番龃龉，此刻心境早大有不同。

倘若不是在意那个女人，他怎会婚礼上还会收那女人的东西，甜言蜜语可以对她说，自然也可对别人说。她那么骄傲，从不屑跟别人分羹。然而脸上可以假装不在意，心却酸胀得如同泡在柠檬水里，要是当初没有遇到贺云钦就好了，她还是那个活得恣肆洒脱的虞红豆。

又或者没有前几日的缱绻蜜意也就罢了，她至少不会像现在这样患得患失。

正因为尝过甜，酸才显得格外涩口。此种心绪难以形诸言语，唯有身临其境的人才能领略一二。

他自是将她脸上的每一个细微变化都看在眼里，若无昨晚一番劫难，未必能感同身受，此时心房却仿佛注入一缕亮光，早变得豁亮无比。他的红豆，怎会这么可怜又可爱。他肃容道："那束花是我北平的一个朋友为贺我新婚，特托大嫂赠予我的。"

红豆一怔。

"早前我跟你说过，我跟段明漪是中学同学，头三年我几乎未跟她说过话，直到后来我大哥开始正式追求段明漪，我才因为替我大哥传话，陆陆续续跟她有了交集。"

他脸色稍淡，毕竟仅是猜疑，从未得过证实，而且以他多年来所受教育，从不喜议论旁人，但他委实不想再让红豆多心，只得一五一十道："我大哥当时刚大学毕业，因忙于接手家里的事业，无暇常去学校，为了向段明漪示好，便时不时托我去约段明漪。段明漪起初并未接受我大哥的追求，每回我去递信或是传话，她都极不高兴，我传过几次话后，仍拿捏不准她对我大哥的态度，而且因为我常去找段明漪的缘故，学校里当时有同学误以为我在追求段明漪。我不想引起没必要的误会，后来便怎么也不肯替我大哥递话了，不久适逢毕业，我申请留洋，一去德国便是数年，今年回国时，她已经成了我的大嫂。"

红豆坐直身子，原来他们叔嫂还有这么一段，看来流言蜚语就是那个时候埋下种子的，难怪陆敬恒后来拿此事做文章。可是明明贺云钦未追求过段明漪，段明漪自己为何不在同学面前撇清呢？

贺云钦那么聪明，想必也疑惑过这一点。

“回国后，我决定接受震旦的聘书，在此之前，本埠有位美利坚教授时常举办学术聚会，我因为拟文章的缘故，时常会受邀去听课或是授课，也就是这时候，我才知道大嫂跟我认识不少共同的朋友，托她送花的便是其中一位，后来因报上传出那则桃色新闻，我因为避嫌再未去过此类聚会。婚礼那日，她自己并未跟我有交集，只托了下人来送花，我本不欲接，但送花这位朋友跟我有极深的渊源，这花的寓意也好，于情于理我都该收下，临时找了下人，让即刻送到新房摆上。送花的这朋友说来跟瑞德、王彼得都认识，不久会从北平回来，届时我会介绍你们正式见面。”

红豆抬起脸，定睛看他。他在慢慢向她敞开关于自己的一切，也许她太容易知足了，仅是推心置腹的一番话，竟让她早前的疑惑都涣然冰释。

她靠拢他，将额头抵着他的肩，淡淡问他：“贺云钦，你当初为什么娶我？”她对他的爱意，早已掩藏不住，他对她的感情，却始终未有个清晰的态度。如果婚姻是两人之间的较量，她预先便输了一局。可是她一点也不想稀里糊涂度日，更不想他仅是出于丈夫的责任感才尽心尽意待她。

她那么执着于这个问题，贺云钦自然知道其中缘故，瞥见她微红的眼眶，先是几不可闻叹息一声，接着便抬手捏捏她的脸颊，笑了笑道：“这问题我自己也想过，无非一个答案，因为想娶你，所以就——娶了。”

她不满。这算什么答案，轻描淡写，一点儿也不严肃。

他拉开她道：“红豆，我们的婚事虽然定得仓促，但如果当初白海立纠缠的人不是你而是别的女人，我只会用别的办法对付白海立，绝不至于搭上自己的婚姻。”

红豆眸光微动，并未接话。

贺云钦沉默着斟酌词句，说来他跟红豆认识时日不长，可是自茶话会见她通过桥牌游戏，到后来她去找王彼得帮忙，再及剐破她的裤子，到最后一起对付陈金生，虽说前后不足半月，但他们共同遇到了极多不寻常之事。究竟何时起的意，何时动的心，早已无从觅迹，然而为了让她安心，他仍试着以理性的态度进行分析。

“那时我们找人，一见你从楼上下来我就舒心，我喜看你的装束，喜听你跟哥哥撒娇，喜诱你跟我们一道分析案情，每回你哥哥托我照顾你，我都从未有过半分不耐，当时我不明白为何，后来才知此即为‘动心’之始。你来我母亲的寿宴，那晚你出奇的漂亮，虽然耻于承认，但我们两个待在桥牌室时，我一度有跟你亲近的冲动，事后想起你当晚的模样，更是时常生出些不该有的念头，这种源自本能的欲望，是为‘动情’。”

红豆红云上颊，她并不懵懂，自然清楚地知道，正是自那一晚开始，两人的关系起了微妙的变化。

“我以前未有过恋爱经验，有些事堪称驽钝。那日在你家，因为秦学锴的缘故，我一激之下向你求婚，说来此举的确过于冲动，然而是晚回家，我静下心来回想，竟半分悔意也无。”

他望着她泛着莹莹柔光的脸颊：“这种事不可言传，无法用工程学或是痕迹学的法子进行剖析，我只知道待我明白过来时，你已经藏在我心里了。昨晚你出事，我从未如此痛悔过，脑子里只有一个念头，就是若能找到你，务必清楚明白告诉你：红豆吾妻，我喜欢你，爱你，想要你——”

红豆喉头微哽，心跳得无法自抑，不知不觉间，她软顿在他怀中。窗外天已全黑，两人只顾说话，室内未开灯，唯有牛乳般月光透过光洁如新的落地窗洒入房中。

她耳边只有他心脏的跳动，满是寂静，彼此相偎，即便不言不语，心头也萦绕着充盈宁谧的感觉。

可就在这时候，忽听他道：“所以请你务必让为夫教会你德语。”

她一愣，只觉美好氛围瞬间一扫而空，不免又羞又气，这人怎么这样！

她还在发蒙，他已有了旁的念头，埋头到她敞开的衣领里，细细地啄吻。她自然明白他想什么，想起今日仍未沐浴，脸一红，推开他道：“你让我先去洗澡。”

贺云钦已然意动，怎肯罢休：“不如我帮你洗。”

她瞪他：“你怎么帮我洗？”

他干脆将她抱起，执意推开盥洗室的门：“昨晚又不是没给你洗过。”

她的确仍记得昨晚的事，可彼时她毕竟尚在昏睡，今晚两个人却要在浴室中面对面，出嫁之前母亲可从未教导过她这个，光想想便觉得羞耻难言。

“不好！我自己洗，你放我下来。”

贺云钦却将她抱到盥洗室的桌台上，吻她，将她身上小衣褪下，抚弄她，待她准备好，不容分说挤入她腿间。

她被他抵靠在后头的大镜面上，冰凉的触感惹她后背起了一层细细的轻栗。

竟还可以如此？

她羞得忘了挣扎。

贺云钦趁她发怔，帮她环住自己的腰，这番光景他早酝酿多时，怎肯半途而废，捧着她的脸颊吻她，道：“Ich liebe dich.”

“Ich liebe dich？”

她吃痛地低呼一声。

他已然得逞，声音低哑得几不可闻：“我爱你。”

因着一份失而复得的狂喜，贺云钦这番折腾，几乎可以用逞欲来形容，“粉汗香融流水雾，兰麝细香闻喘息”，从起初的抗拒、羞涩，到后来的意乱情迷，她竟然体会到了一份前所未有的隐秘的巅峰快乐。

幸而太累了，等从盥洗室出来，她便从他怀里挣出来，一头倒在床上，睡死了过去。

早上她比他先醒，一抬头就看见他的脸庞，眉目依然清峻，但因为额发睡得凌乱，隐约比平日透着些孩子气。

她心底充盈着不可言喻的满足感，抬指去轻轻描摹他的眉眼，怕吵醒他，又悄悄收回手，从他怀里钻出来，到盥洗室梳洗。

她这一动，贺云钦也醒来了，怔忪一会儿，也跟着到了盥洗室，仗着身高优势，从后头揽住她，夺过她手里的牙粉："起这么早做什么？"

"上学呀。"她一夺之下没能夺回来，干脆抬起他的胳膊，就着他的手刷牙。

他一怔，竟还可以这样？只觉她温软娇俏得不可思议，低眉笑看她用这法子刷完牙，这才道："瑞德嘱你这几天静养，我给你学校请了假。"

红豆从镜子里看他："那我再休息一天。顾筠也未上课，我们两个功课都没处温习，前些时日为了成亲我已请了许久的假，要是再不复课，我担心很多功课都赶不上。"

贺云钦摸摸下巴道："有什么不懂之处，我教你就是了。"

她脸一红，推开他："没见过像你这么好为人师的人。"强教她德语就算了，连别的功课也要揽过去。

他正要刷牙，听了这话，斜眼瞥她："你是不是又想歪了？我可是正经要教你功课。"

"我想歪什么了？"

"没想歪你脸红什么。"

她睁大眼睛："我脸红了？我哪里脸红了？你这人怎么总喜欢倒打一耙？"

他戳她的脸蛋："这里不是红了？你自己看看，跟水蜜桃一样。"

她才不要看，仍要驳嘴，他捧着她的脸颊，低头便吻了下来。

红豆想跑没跑掉，好不容易挣开，被他亲了一脸的泡泡，只得重新洗脸。

推开他到了外头，打开衣柜，挑外出的衣裳。

贺云钦洗漱完出来，看她只穿件轻薄的白色衬裙，胳膊和小腿全光光的露在外面，迎着晨光，一对丰盈饱挺之处更是若隐若现，一时也不敢多看，若由着性子来，一上午怕是也下不了楼，只得走到外头书桌前，捡了腕表戴上，抬眼看着窗外道："我嗓子未好，暂教不了课，但手里有几个课题还等着我去课研室布置，等从学校回来，还得去找王彼得，你和顾筠

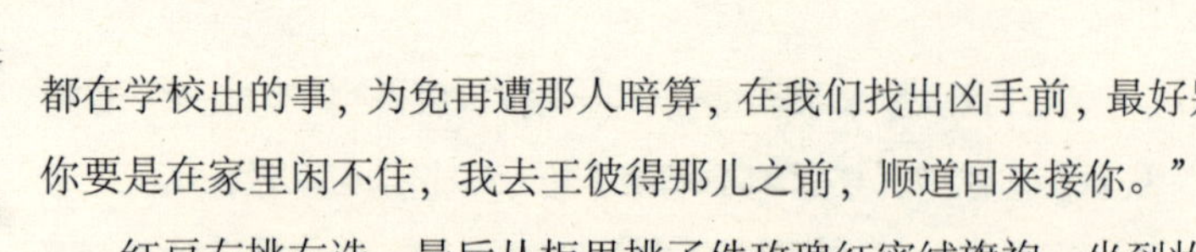

都在学校出的事，为免再遭那人暗算，在我们找出凶手前，最好别去学校。你要是在家里闲不住，我去王彼得那儿之前，顺道回来接你。”

红豆左挑右选，最后从柜里挑了件玫瑰红密绒旗袍，坐到妆台前，歪头将一头乌发绾到一边胸前，对着镜子系衣领上那排珍珠纽扣：“我上午想回趟娘家。前晚我哥哥那么担心，我既然好了，总得回家让他亲眼看看才放心，何况我还想问问我母亲小姨当年的事。”

这时，下人敲门进来送茶。待下人走了，贺云钦端起茶正要喝，听了这话，又放下茶盅。红豆不止一次提到她小姨的事，难道真有什么不同寻常之处？

红豆低头想了一晌，拿了梳子梳头发：“当年小姨被判定为自缢，可是据我母亲说，小姨自缢的那间教室也有很多烟头，说起来跟许奕山那几起案子有点相似。可是我小姨都死了十一二年了，我母亲似乎也不认识许奕山他们，说来实在扯不上关系，但问问总没坏处。”

贺云钦走到她边上，随手拿起一对珍珠耳坠递给她：“你外婆家当时住在春莺里？”

红豆一边戴耳坠，一边点头。

“那我先陪你回同福巷，中午我过去接你。”

收拾妥当，红豆起身开窗，打开的一瞬间，瑟瑟晨风夹裹着清淡花香拂来。

她畅适地吸口气，空气里透着几分秋日特有的清寒，身上冷了起来，又回衣柜拿了一件月白色薄呢绒大衣披上。

两人下来得晚，餐厅里贺孟枚等人早坐在餐桌边了，不是饮茶便是看报纸，各自忙各自的。抬眼望见他二人，都是一怔，尤其是贺竹筠，忍不住露出纳闷之色。不管是二哥还是二嫂，都与平日有些微妙的不同，二哥眉眼温和俊逸，嗓子大大的见好。二嫂从前就漂亮，今日竟有种艳光逼人之感。玫瑰红这等浓腴的颜色穿到她身上，不见半分俗腻，反衬托得她脸庞娇若雪玉，望二哥时，二嫂眸波盈盈，里头像藏着晶莹湿润的露水。

两人向众人请安，坐下一言不发用餐，从头到尾不曾交谈。可贺竹筠跟他二人相对而坐，莫名有种耳热脸红的感觉。以往极喜欢跟二哥二嫂相处，今日却隐约庆幸二嫂仍在家休息，不然一会儿跟他们共乘一车，想想就会不自在。

用过膳，贺云钦便让老余备了洋车，自己驾车送红豆到同福巷，亲眼看着她上了楼，这才回到车内，往震旦去了。

刚到课研室，有个文员正接电话："也许他在来学校的路上，要不您稍后再打。"又瞥见贺云钦，脸上一喜，忙对着电话道，"他来了。"

贺云钦本已往内走了，听了这话，停下脚步，讶道："找我的？"

文员一惊："您嗓子怎么了？"

贺云钦冲她点点头，接了电话，就听那边道："贺云钦，我已经查了那几本书的借书记录，近三个月只有两个人借过这几本书，一个是顾筠，另一个你我都认识，你猜是谁，就是上回我们去找他破解那本《玄宗野录》的邓归庄。说来也巧，这人十年前去的北平，刚回来不足两月，一回来就出了这么多案子。更有意思的是，我顺便查了一下这人的履历，原来他读中学时，所就读的学校正是春莺里的致知中学。"

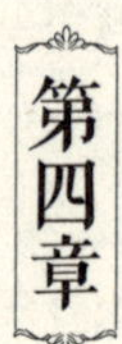

第四章

贺云钦问：“邓归庄现在圣约翰任教？”不然何以能进入图书馆借书。

“对。”王彼得道，“三月前圣约翰数学系有位老教授退休，教职因此空了下来，正好邓归庄打算搬回上海，见母校招教员，便接了圣约翰的聘书。”

“可查到他当年为何离开上海去北平，这些年又在北平何处谋事？”

“他毕业后就去了北平，此后便一直在阜京大学任教。半年前为着母亲生病，邓归庄连夜回了趟上海，也许他正是因为对母亲起了愧疚之心，所以才起了搬回来的念头。还有一个不寻常之处，就是邓归庄这些年孑然一身，始终未娶亲。”

贺云钦皱了皱眉，邓归庄十年前大学毕业，今年少说也三十有二了，一直未娶妻，说来是有些奇怪。

“照我们在分析许奕山案子时的猜测，凶手应是曾出现在婚礼上过，可是我记得我们并未邀请邓归庄。”

王彼得之前便已核对过婚礼名单，的确未在上头找到邓归庄的名字：“这点我也觉得纳闷，但是我后来一想，凶手既能约傅子箫到圣约翰去，说明他们彼此认识，那么他认识许奕山也不奇怪，许是他偶然间去许奕山家，见他家无人，临时起意下的手？”

贺云钦不置可否：“傅子箫呢？过去可曾住过春莺里，跟阳宇天、许奕山他们可认识？”

王彼得道：“傅子箫是当年春莺里出来的瘪三，随便一打听便可知道他的劣迹。这人本在一家富户做下人，机缘巧合之下才混进了富荣洋行，富荣洋行倒闭后他又去了大兴，十来年过去，此人虽无真才实学，但因素会谄上傲下，竟也混成了大买办，平日生活极奢，是好几家戏班子的头号票友，为了捧角儿，一掷千金是常有的事，怪就怪在本埠这些戏班子里，他唯独没去过刻羽戏院，更没捧过白凤飞的场。”

白凤飞唱腔独一无二，曾有墨客为其撰文，谓之有“穿云裂石之声，引商刻羽之奏”，刻羽戏院原不叫刻羽，因着这篇文章才得其名。傅子箫既是骨灰级票友，不听白凤飞的戏还算说得过去，可是连刻羽戏院都不涉足就有些不对劲了。

贺云钦摸摸眉毛道：“所以你可去过傅家了？这几日傅家可曾接过谁的电话，有没有什么拜帖之类的，傅子箫可说过要跟某位故友见面？”

王彼得一说此事便来气：“因为当家人出了事，傅家早乱成一团，几个姨太太闹着分家产，下人们只顾浑水摸鱼，傅子箫的尸首仍在法租界警署，哪有人管他是怎么死的。我连哄带吓，费了好多工夫才撬开傅家一位老下人的嘴，那下人只说傅子箫近一月来有些心神不宁，上礼拜还说要去苏州别馆住住，说是要散心，但最后不知为何没能成行。出事当晚他本是约了几个买办打麻将，因定的地方离家有些远，所以独自一人开了洋车出去。”

贺云钦默了一晌，开口道：“阳宇天、许奕山、傅子箫，目前已出现三名受害人，而且现在有越来越多的线索指向这三人过去彼此认识——同在春莺里住过、跟白凤飞有着或明或暗的联系，至于邓归庄，虽然他过去十年未住上海，但他借过那几本农耕工具类书，中学还曾在春莺里的中学就读，就算他不是凶手，多半也知道些什么。”

“所以我打算今晚开始盯梢邓归庄，就是人手不太够。如果这人真是凶手，想必极为警惕，若是我派人去盯梢，不怕别的，就怕打草惊蛇。”

“白凤飞呢？你找了这几日，可找到了她的藏身之处？”

“没有。”王彼得有些沮丧，“这女人忒奸猾，应是早已发现不妥，不说帮忙找凶手，自己先找地方躲起来。恨只恨已经死了这些人了，凶手到现在却还未有头绪，再这样下去，说不准还会出现受害者，要我哪天找到这女人，定要将我刚洗出来的几名受害者现场照片拿出来，非好好吓唬吓唬她不可。”

贺云钦想了想道：“王探长，我建议你尽快找到白凤飞，如果人手不够，我找人给你帮忙。”

王彼得奇道：“为何这么说？”

贺云钦露出困惑之色：“只是一种直觉。你别忘了，那晚凶手放过了顾筠，也放过了红豆。放过顾筠还好说，红豆可是曾误闯凶案现场的人，如果我是凶手，就算因为不想滥杀无辜放过了红豆，这两日只要一想起此事，定会寝食难安，所以我无论如何都会在行迹败露之前完成要完成的事。不知他要杀的人杀完没，若是没有，我想他很快会再次动手。”

王彼得一愣：“我这边人手不够，新招的全是些没经验的年轻人，盯了这头顾不上那头，迟早出事，我早就想请你帮忙，既然你也有这个意思，那再好不过，你们贺家的底下人也好，其他朋友也好，麻烦多弄些人来。”

贺云钦道：“一个小时后我给你答复。中午我要去接红豆。”

红豆目下跟她哥哥、母亲在家，论理虞家该很安全，因为出了前次的事，想必虞崇毅已起了十二分的警惕心，但他还是不放心，非要亲眼看到红豆才觉安全。只等王彼得挂了电话，便会给同福巷打电话，再三叮嘱几句。

“那若是我查到了什么，一会儿就去同福巷找你。”

红豆一到家便跟母亲打听小姨的事。

母子三人说完话，虞太太听女儿说起中午贺云钦会来，忙令周嫂去买菜，张罗一晌，眼看近十二点了，果然有人敲门，打开门一看，不只是贺云钦，王彼得和顾筠也来了。

红豆讶笑着看向贺云钦：“你们这是路上碰到的吗？”

王彼得立在门口对虞太太笑道：“不揣冒昧上门来蹭饭，还望虞太太别见怪。”

虞太太知他是女婿的朋友，上回也是多亏了他帮忙才找到玉淇，自无不欢迎之理，忙笑道：“王探长太多礼了，快请进。噫，顾筠，你怎么也来了，今日学校里无课吗？”

顾筠捧着一大堆书页，一本正经道：“我是王探长正式聘请的助理，今日正好我请了假没去学校，听说王探长忙不过来，就过来给他帮帮忙。”

虞太太错愕了一瞬，笑起来道：“好好好，我们家这可真是人才济济，一下子来了这么多侦探，王探长、顾探长，请里面坐，周嫂，快奉茶。云钦，知道你来，母亲特备了好些你爱吃的菜。”

虞崇毅对贺云钦道：“饭还要一会儿才能上桌，大家可要到书房议事？”

红豆正要跟贺云钦说当年春莺里的事，忙对顾筠和王彼得道：“我们进里屋吧。”

五人进了书房，虞崇毅拉开百叶窗帘，让充沛的阳光洒进来。

红豆给诸人奉茶。

王彼得坐到沙发上，掏出手帕擦了擦汗，叹道：“白凤飞这女人极会藏迹，我派出去的人各处都钻去了，硬是没发现她躲在何处。云钦，眼下只能指望你的人下午能有什么收获了。”

顾筠不紧不慢地走到桌边，将手中一沓报纸摊到桌上：“探长，我觉得不必急，昨天您交代我剪裁近日所有大小报纸，这是我今早裁下来的各大报纸，您看看这条。”

几人凑拢一看，就见一张花边小报上写着，近日南京有位大人物要来，因这人久仰白凤飞大名，指明要去刻羽戏院听戏。

贺云钦看见那人名字，眯了眯眼。

红豆错愕了一瞬，点点头道：“白凤飞就算胆子再大，总不敢得罪这位大人物，如果届时那人相招，她是去也得去，不去也得去，到了那日，我们赶去刻羽戏院，在凶手动手之前将她抢下来便行了。”

虞崇毅拿起报纸逐字逐句看过去，可是文章里只说那人近日会来，通篇未提及具体日期。想想也是，似这等要员，为着自身安全的缘故，怎会轻易对外泄露行程。

他迟疑道：“既不知具体日期，我们如何去刻羽戏院部署？”总不能天天买票进里头听戏。

王彼得装作不经意看一眼贺云钦，嘿嘿笑道：“放心，倘若那人真打算来上海，自有人能搞清楚是哪一日。对了，顾筠，趁贺云钦也在，你把你这两日整理好的笔记拿出来，我们大家好好梳理一下案情。”

红豆正疑惑地望着贺云钦，听了这话便道：“王探长，容我打岔一句，上回我跟贺云钦提过我小姨的事，一来因为她自缢之处有很多烟头，二来事发地点在春莺里，为了这事，我上午特地回家问我母亲打听。”

王彼得对此事依稀有些印象，红豆如此慎重，他不免也肃然几分：“哦，虞太太怎么说？”

红豆沉吟了一会儿，起身道：“毕竟我并非当事人，有些细节还需我母亲来复述。”

女婿来家吃饭，虞太太恨不得拿出毕生绝学，正在厨房亲自监督几样菜的火候，被红豆好说歹说才请进书房，坐下后，叹口气，黯然道：“这件事过去十一年了，一说我心里就难过，要不是红豆一再追问，我是一个字也不愿提。不过红豆说得也对，既然当年我能觉得不对劲，也许此事确有蹊跷，说出来请大家剖析一二，也是应该的。”

她揉了揉眉心，愀然道：“丙寅年中秋节前后，红豆小姨在女子中学读书，不知怎么认识了富荣洋行的大少爷，一来二去，两人就谈起了恋爱。”

“富荣洋行？”几人微讶，傅子箫在去大兴洋行前，正是在富荣洋行任职。

虞太太不明白为何大家都露出吃惊之色，狐疑道：“对，就是富荣洋行，这洋行现已倒闭了，那少爷当年也才十七八岁，叫程冠之。小妹出事后，我和红豆舅舅因为怀疑小妹的死因，特去洋行向程冠之讨说法，可是这人先是对我们避而不见，接着又患了痨病，不久便病死了。富荣洋行的程老爷痛失爱子，无心打点生意，未过多久，洋行生意就一落千丈，次年便倒闭了。”

原来这人已死了？

贺云钦问：“岳母当年是怎么发现小姨自缢的？那间教室除了地上有烟头，可还有其他不妥之处？”

虞太太道：“小妹发现程冠之移情别恋，早在出事前头几日就有些心神恍惚了。我回娘家见妹妹茶不思饭不想，短短日子就瘦了许多，问她究竟出了何事。她起初怎么也不肯说，架不住我一再逼问，这才露了两句口风。出事那天，小妹说约了人去百货公司买东西，下午便出门了，可是直到晚上八点仍未回来。我们一家人只当小妹又去找程冠之了，便出去四处找寻，找到快十一点的时候，我们才发现小妹在附近一家女子中学的教室里自缢了。”

说到这里，虞太太眼圈一红，红豆本就偎着母亲，忙拿帕子给母亲。

虞太太拭了拭泪：“当时那教室里没点洋灯，黑漆漆的一片，亏得我们跟人借了电筒，不然恐难发现我妹妹的尸首，照亮了一看，我妹妹就孤零零地挂在梁上，我们吓得魂飞魄散，手忙脚乱将妹妹抱下来，然而太晚了，我妹妹身子都僵了，我母亲怎受得了这个，当场就昏死过去。”

王彼得叹口气，对贺云钦道：“十一点左右发现尸首，彼时已出现尸僵，可见虞太太的妹妹遇害时间应是晚上九点前后。”

“烟头呢？”贺云钦提醒道，能让岳母至今能记得，可见当时地上的烟头极多。

虞太太怔了一下：“对，烟头，我们一家人怎么也不信妹妹会自寻短

见，边哭边去巡捕房报案，又找了附近的大夫来，唯盼着妹妹还能有救。当时大家心乱如麻，根本没留意地上的光景，摆放我妹妹尸首时，我才注意到地上有好些烟头，后来巡捕来了，我就对他们说我妹妹从不吸烟，这些烟头来得蹊跷，需好好查一查。可是当时巡捕根本不接腔，后来仵作验尸也说我妹妹是自缢无疑。”

贺云钦问：“岳母可还记得那烟头的牌子？”

虞太太苦笑道：“上午红豆就问过这个，可是这过去好些年了，谁还记得起？就知道是个大路货牌子，不贵，随处都能买得到。”

顿了顿，她又道：“虽说我和哥哥都觉得妹妹不可能就这么寻短见，可是领回妹妹尸首后，我们仔细验了验，除了脖子上的缢痕，的确不见外伤的痕迹，加之妹妹毕竟年轻，为了一个程冠之，出事前就已经神不守舍，一激之下钻了牛角尖也是有的，只恨程冠之自己也得了病，我们想讨说法都没地方讨，没多久我母亲忧愤成疾，我和哥哥忙着照顾母亲，这件事也就彻底撂开手了。”

王彼得将整理出来的一份名单呈给虞太太看：“您看看这上面的人可认得？”

虞太太将纸举到眼前，微微拉开距离，眯缝着眼道：“傅子箫？春莺里的小流氓，怎会不认得？长得倒是人模狗样的，可惜一肚子坏水。当时红豆小姨出事，我们去富荣洋行算账，就是他替他家少爷出来挡驾，富荣洋行倒闭后他又去了别处，听说如今风光得很。哦，对了，当时我娘家附近来了个不出名的戏班子，这傅子箫曾跟里头一个花旦有过首尾。”

“花旦？”红豆一怔，“是白凤飞吗？”

虞太太望着女儿道：“那时候我白日忙着帮你父亲打点铺子的生意，晚上照顾你们兄妹，哪有机会总回娘家，我也是无意中得知傅子箫迷上了一个戏子。当时那戏班子在春莺里大演其戏，听众寥寥，但有位洋人似乎在研究所谓沪上民情，常支着相架在附近照相，有一回我跟你舅舅碰巧路过，不小心被照了进去，后来这照片被你舅舅收起来了。我去找找，那照片应该还在。”说着便拉开门出去了，不一会儿去而复返，手中果然有张旧照片。

几人凑拢一看，是个露天戏台，戏台空着，但底下长凳上人头攒动，看样子正等戏开台。除了虞太太和潘茂生两人正对镜头，多数人仅有背影或是侧影，难以辨清模样。

“洋人将这照片登了报纸，还配了一篇文。因为上头有我们兄妹的照片，你舅舅特意裁下来当照片。”

红豆逐一看过去，忽然眼睛一亮，指了指第一排一个小伙子道：“这人是不是阳宇天？”

这人虽不及白凤飞那般如雷贯耳，但也算小有名气，何况武生日日需练筋骨，虽说隔了十来年，阳宇天模样身板均未走样，因此红豆一眼就认出来了。

顾筠指了指右上角一个角落：“这个人我看着有点像邓归庄。我们神秘组织团契是邓学长创建的，团里有他当年的照片，秦学长介绍团契渊源时，我曾见过那照片。”

几人看去，就见一个清秀青年，高高瘦瘦立于一边，正仰头看着那空荡荡的戏台。

细辨之下，的确有几分邓归庄的影子。

除了这两人，照片上再未看到面熟之人。

贺云钦盯着照片道：“毕竟时隔多年，这照片又模糊，若非极有眼力之人，很难光凭一张照片找人。”

红豆听了这话，脑子里模模糊糊闪过一个念头，可惜那念头轻得如同柳絮，转眼便消弭无痕。

虞太太在一边插话道：“戏班子后头不远就是红豆小姨出事的那学校。说起来那学校真是邪门，红豆小姨出事后没多久，又有一个女学生在学校里上吊，听说最后也是不了了之。那时节也是洋人带来一股坏风气，到处倡导什么自由恋爱，偷偷摸摸背着家里谈恋爱的女学生不少，若是不幸遇

上个花花肠子，女孩子就此坏了名声，投江的、自缢的，甚或服毒的，一点也不稀奇。”

贺云钦大感意外，抬眼看向虞太太道：“当时学校还有人自缢？也是丙寅年吗，岳母可还记得那女学生是谁？”

虞太太道：“也是丙寅年，小姨出事后不久，顶多两个月。但那个女学生我应是不认识，不然别人说起的时候，我总该对那孩子的名字有印象才是。”

王彼得坐不住了：“春莺里眼下住着不少老人，细细打听总有人记得此事。可惜春莺里女子中学早闭校了，不然一查校志便知。”

周嫂在外敲门说饭已摆好了，几人于是只得出来。

饭毕，贺云钦对王探长道：“红豆身体还有些不适，前次又出了那样的事，我不想让她再插手这案子，一会儿我就送她回家休息。虽说白凤飞不日会在刻羽戏院登台，但凶手很有可能在那之前将其找到，所以我找了一拨人打听白凤飞的下落，另一拨人则负责盯梢邓归庄，不过这些人眼下忙其他的事，晚上方能就位，在此之前，还请王探长让手下好好盯紧邓归庄，千万别出什么差错。”

王彼得道：“自该如此。我下午带顾筠他们去春莺里打听另一个女学生的事，有消息再给贺公馆打电话。”

虞崇毅道：“打听消息我还算有经验，不如我也跟着去趟春莺里吧。”

红豆又跟母亲哥哥说了几句话，这才跟贺云钦回了公馆。

两人甫一进门，管事便悄声说太太在楼上小宴会室跟人打麻将，因来了不少政要的太太，二少爷和二少奶奶理应前去打招呼。

贺云钦一讶，道：“知道了。”

看看红豆，见她并无反对之意，便拉着她上了楼，尚在走廊就听见活泼轻俏的说笑声，可见来人不少。

到了宴会室内，果然热闹得很，屋里一共摆了三桌，来的全是女宾，满眼珠光宝气，除了正打麻将的太太们，还有好些衣饰体面的千金小姐。

因下午无课，贺竹筠和段明漪也在座。

这边贺云钦和红豆俪影双双进来，座上一位太太定睛一看，眼底闪过一抹惊艳之色，笑道："你们老二这般出色，我早就好奇二少奶奶该是什么模样，可惜上回你们老二大婚我在重庆，没能赶过来参加婚礼，今日看了，这模样气度真是没话说。"

众人纷纷朝二人看来。

贺太太瞟一眼儿子儿媳，嘴里不忘自谦："还算马马虎虎，学校里功课也好，年年都是头等，先生们都喜欢得不得了，平时这小两口说起话来一套一套的，我这老太婆想插嘴都插不上。"

众人见她脸上笑得极畅快，知她中意这儿媳，看向红豆的目光不免更温和热络了几分。

贺云钦领着红豆到里头，笑着一一替她做介绍。

红豆甜笑一圈下来，就听贺太太道："明漪，你早上就不舒服，红豆既来了，便让她陪客吧，你该回屋歇息便回屋歇息，不必强撑。"

红豆一看，段明漪的确气色不佳。

听了这话，段明漪只微微笑道："难得几位伯母和我这帮好朋友来上海，别说我身子早见好了，即便未好，也该奉陪到底。王伯母，你这牌出错了，连我这么浅陋的牌技都知道该出八筒了。"

贺兰芝对红豆笑道："明漪这些朋友们弄了个俱乐部，过几日会有节目，到时候红豆一起来玩。"

贺云钦面色稍淡，转脸看向红豆，问："想去玩吗？"

这意思分明是要她回绝，红豆刚要答话，贺竹筠想起前几日听二哥随口说要教红豆德语，没空辅导她功课，便捂嘴笑道："二哥这些日子天天让二嫂跟他学德语，二嫂都要忙死了，未必得空。"

众人一怔，哄笑不已："贺太太，你刚才说你们老二喜欢老二媳妇，我还纳闷，新婚夫妻哪有不恩爱的，这下可算是知道了。德语何其难学，二少爷肯亲自教，可见对二少奶奶极富耐心了。"

第五章

说者无意听者有心，红豆的脸顿时热得能烧起来，贺云钦倒是一贯的稳如泰山，连脸色都未变一下。幸而这时下人过来送茶饮，红豆忙借着招待诸人的机会，将这话掩了过去。

一屋子全是女眷，贺云钦跟几位长辈打了招呼，略站了一站，对红豆道：“我还有几篇文章待写，先回屋了。”

贺竹筠拉了红豆坐下：“二哥你就放心走吧，二嫂还能给咱们吃了不成？”

贺云钦笑了笑，连头也未回，一径出了屋。

贺竹筠逐一给红豆介绍在座这些淑媛。有位姓黄的小姐生着一张尖尖的白净瓜子脸，似乎跟段明漪是表亲，见了红豆，将一只胳膊搁在段明漪的肩上，冲她娇笑道：“二少奶奶这旗袍颜色新鲜，不知在何处做的？”

红豆笑道：“成亲前置办的嫁妆，当时好几家铺子都做过，我也记混了，这件嘛，应是鼎祥做的。”极平淡的语气。

几人微微一笑，她们来前便听说这位二少奶奶寒门小户出身，虽说也在学校正经念书，全赖一身好皮相才迷住了贺云钦。可听这话里意思，原来娘家也算殷实。

黄小姐望一晌红豆白嫩得能掐出水的脸庞，笑着颔首道："这料子也就算了，难得的是这颜色，过于刁钻鲜辣了，我就没见几个能压得住的。"说着便一戳段明漪的脸蛋，"把你比下去了。"

段明漪淡笑着转移话题道："你们刚才商量俱乐部的事，我听了你们所有人的发言，觉得构想不错，但仍欠成熟，若只拟些小题目，时日久了，难免沦为沙龙式的茶话会，到时候给先生们听见了，一定又要发表针对女性胸襟和见识的攻击了。我意思是提前做好设计，比如成立一个秘书会，每回讨论什么、邀请哪些来宾，都需有个章程。"

红豆静静喝了口茶，看来，段明漪打算弄个沪上名媛俱乐部。

贺兰芝插言道："明漪，我记得你学的是文学，怎么这语气活像政治系出来的，也就宁铮吃你这一套，别人谁受得了。我们女人本就喜欢花花草草风花雪月的，男人们要笑话，就给他们笑话好了。"

红豆毕竟半道加入，贺竹筠唯恐她听不懂，便悄声解释道："大嫂她们在商量下周活动的事，因是俱乐部第一回活动，大嫂想办得热闹点，到时会邀各界嘉宾来与宴。"

红豆虽对贺兰芝那番言论不敢苟同，却也无置喙段明漪俱乐部的兴趣，含笑陪着听了一晌，便起身挨着婆婆打麻将去了。

她记性奇佳，随便一瞄牌桌，便对诸人手中的牌面大致有了数，待婆婆出牌时，少不得提醒一二。

贺太太出身锦绣，性子却极为豁达随性，平生最大消遣便是打麻将，一为打发时间，二为巩固人脉，怎奈牌技平平，每打必输，今日在红豆提点下，竟一气赢了五圈，一场牌打下来，脸色都红润了好些。

打完牌，有人要到后花园饮茶，贺家女眷便亲自陪这些太太往后花园去。

红豆只说换衣裳，抽身回了房间，推门一看，贺云钦正在外屋桌前看东西。

室内温暖宁静，他身上只着衬衫，袖子高挽着，一只手里握着自来水笔，另一手里端着杯茶，皱眉盯着桌面，似在思索。

听到开门声，贺云钦头也不抬道：“回来了。”

红豆进屋将大衣挂入衣柜，回到外屋，满桌子摊满了纸张，看了片刻，认出是设计铁路一类的图纸，讶道：“噫，这是要设计何处的铁路？”

贺云钦故意道：“你看得出是设计铁路？”

红豆嘟嘴：“你是不是当我不识字？懒得跟你说了。”扭身便要往屋内走，却被贺云钦一把拽入怀中。

贺云钦故作正经道：“在下当然知道虞女士是圣约翰的高才生，只是没想到虞女士除了教育，连工程学都懂。”

红豆跟他对视，目光情不自禁掠过他高直的鼻梁，缓缓落到他的唇上，凝睇片刻，突然起了捉弄他的心思。她凑近，在他耳边轻声道：“我懂的东西可多了。”

话未说完，看他耳根一红，自己的心先怦怦跳了起来，趁他失神的工夫，她忙从他腿上跳下来，笑着一溜烟进了里屋。

贺云钦伸手一捞，没能捞住红豆，呆了一呆，身子往后一靠：“虞红豆。”

红豆早关上了隔扇门，在里面慢腾腾应道：“做什么？”

“你出来，我们好好说话。”

“我没什么跟你说的。”

“你不是跟竹筠说留洋的事吗，我告诉你怎么申请学校。”

“我自己很懂申请。”

“有我帮你会事半功倍。”

“我不要你帮忙。”

“我认识很多朋友，美利坚也好，德国也罢，我帮你选一个最好的教授。”

“不用你帮，我反正也不急。”

“你不急我急，你出来，我们好好说话。”

“我就不出去。”

“你不出来我可就进去了。”

红豆像是吓了一跳，在屋子里清脆地娇笑了两声，仿佛真要躲起来。

贺云钦只觉心尖仿佛有羽毛扫过，痒得无可忍耐。他起身走到门边，尚未抬手推门，门霍地一开，红豆已从里面开了门，一会儿工夫，身上已换了件烟紫色旗袍，手里拿着件外套，耳朵上一对白玉坠子犹自在腮边晃动不停，不等贺云钦将她拽到怀里，便抬手抵住他的胸膛：“你别乱来，我还要陪女眷，下人很快就来找我了。”

贺云钦还在等王彼得的电话，本没诚心乱来，给红豆这么一说，反倒正经想乱来了。他揽着她的腰，扬了扬眉道：“要不你先告诉我什么叫‘乱来’，平日我们怎么‘乱来’的，为何下人来敲门我们就不可‘乱来’？”

红豆被他一步一步逼到屋内，笑得气都喘不上来：“贺云钦，你怎么这么坏？”

贺云钦目光缓缓下移，凝视着她红艳艳的唇：“向吾妻求解而已，我怎么就坏了？”

这时下人在外头敲门道：“二少爷，王探长的电话。”

红豆推他道：“看吧，叫你乱来。”

贺云钦也知王彼得定是查到了不得了的要紧处才会打电话来，不得不放开红豆，待身体稍稍平复了，才拉着红豆出来接电话。

“云钦，我们才从春莺里回来。”王彼得语速又急又快，“这些年春莺里改换门庭，老人早不剩多少，顾筠家的老妈子相较之下算住得久的了，据她说，丙寅年在春莺里女子中学自缢的女学生共有两个，一个是虞太太的妹妹，另一个只听说姓丁，这姓丁的女学生死的时候也才十七八岁，原不住在春莺里。两个女学生死了之后，晚上无人敢去那学校，可老妈子说，学校里头那间教室极邪门，三更半夜的常亮起灯，有时还会有脚步声，当时都传是闹鬼，但照我看，会不会当年也有人去查过现场。”

贺云钦跟红豆对了个眼神："这丁姑娘当年住何处，叫什么名字？查了一下午，这些统统都打听不到吗？"

"还真就没查到。"王彼得闷闷道，"我们到春莺里女子中学附近的住户一家一家问，都对虞太太妹妹的事有印象，唯独叫不上后头那女学生的名字，因为这孩子既非学校里的学生，也不住在春莺里，不知怎么就跑到那学校上吊了。我打算派人去周围的学校再好好打听打听，虞先生说他朋友的父亲曾做过一段时间法租界的仵作，已经找那人问去了。"

贺云钦抬手看看腕表，四点半了："我找的人应该已经到位了。邓归庄那边如何了？如果你们还忙不过来，我这就过去一趟。"

王彼得刚给助手打过电话："已到了，都在邓归庄外头的寓所盯着呢，若是一会儿邓归庄有什么风吹草动，我再给你打电话。"

挂了电话，贺云钦转脸一看，红豆心事重重地坐在沙发上，便拉她起来："在想什么？"

红豆随手披上外套："我想的问题多半你也觉得奇怪，那女学生死后难道真有人去查现场，家人还是朋友？"这人既这么执着，都过去这么多年了，理应查出些什么了。

贺云钦脚步一顿，皱眉道："还有可能是凶手。"

"凶手？"

他看她一眼："如果小姨和这位姓丁的女学生死因都有异，凶手为何要杀害她们，杀人地点为何选在学校里？凶手杀人后为了确保万无一失，事后当然可能去现场再排查一遍。"

红豆犹自思考，贺云钦目光已经落到她身上那件大红色外套上。红豆失踪时，身上穿的正是这件衣裳，昨天下人已重新将衣服浆洗过了，早上才送过来。

"红豆。"贺云钦摸摸鼻梁，眼底浮现一抹困惑，"那晚凶手的模样你一点都想不起来了？"

红豆微讶："为何这么问？"

“当时我朋友找到那辆车的时候，虽然你不在车里，但他们在后座发现了你的外套。”

红豆一怔，药物作用下，这件事她几乎没有印象。

“被那人袭击时，你记得这外套是穿在身上还是拿在手上？”

红豆回忆道：“原是穿在身上，但因在学校里找顾筠，我身上出了汗，就把外套脱下来挽在胳膊上——”

她一顿，当晚下了雨，天气有点冷。她歪头想了想，笃定点头道：“被那人追上时，因我挣扎得太厉害，外套掉在了地上。”

“凶手应是不想让人立即发现你的行迹，带你走的时候顺手将外套给捡起来了。你再好好想想，你中途醒来的那次，外套在不在身上？”

红豆缓缓踱了两步，试着去回忆当时的情景：“我只记得口渴，想找水喝，脑子里昏昏沉沉的，以为自己在家里，拧开门就出来了。”

如今再仔细回想，那扇她误以为房门的应该就是车门。

“然后我记得有点冷，又冷又渴，滋味难受极了，那外套嘛——”

记忆太零碎了，东一片西一片的，极难重组起来。

想了许久，她隐约捕捉到一点模糊的片段，黑暗中，依稀记得耳边衣料窸窣的声音。

她脸色微变，愕然抬脸看着贺云钦道：“那外套好像是盖在我身上，我起来的时候才滑落下来。”

两人一时都未开口，只觉得疑团百出。

凶手掳走红豆而不杀她，勉强可以用不愿滥杀无辜来解释，可是就算这人再仁慈，总不至于宽厚到关心一个陌生人的冷热。

贺云钦面色复杂地望着红豆：“我怀疑凶手不仅认识你，还对你有种特殊的怜悯之心，而且如果他对你有一定的了解，应该知道随着你记忆力的恢复，会慢慢想起更多细节。而这人不会等到你完全想起来那一天，下手的速度也许比我们想的还要快，如果邓归庄不是凶手，至少也该是知情人之一。”

他脸色微沉："不行，我得马上去他寓所一趟。"

红豆忙跟上几步，若家里没有这些政要的太太，她定会缠着贺云钦一起去，今晚忙于应酬，跟着去是万万不行了，只得打消念头。她在后头道："要是有什么进展，记得给我打个电话。"

贺云钦点点头道："如果我回来得晚，你别等我，自己早点睡。"

就在这时候，身后电话铃突兀地响了起来，因为两人正满腹猜疑，那铃声于刺耳之外还有种悚然的意味，都吃了一惊。

贺云钦本已拉开房门了，跟红豆对视一眼，又走到书桌前接电话。

"贺云钦。"王彼得的声音前所未有的焦灼，"邓归庄死了。"

红豆原就贴着贺云钦在听，王彼得嗓音又大，这话一字不落地落到她耳中，脸色蓦地一白。

"死了？"贺云钦呆了一呆，静了片刻才开口，"何时发现的？已经确认过了？"

"你派来的人刚到邓归庄寓所外，一去就问我新招的那两个助手，得知邓家一整日都未有人出来，觉得不对劲，便翻墙进了邓家寓所，到了楼上才发现邓归庄已自缢了，忙出来给我留的号码打电话，怪就怪我那几个助手没经验，一整天都没发现不对劲。我现在正往邓归庄的寓所赶，云钦，你若得空，赶快来一趟。"

贺云钦挂了电话就往外走。

红豆忙也跟上，邓归庄既能借农耕类工具的书来看，说明他早起了防范之心，可是在这种情况下，凶手依然能敲开他的门。她越想越觉得不安："他是自缢还是被杀，若是被杀，凶手到底是谁？"

贺云钦脸色也不大好看，走到门口，忽又停下："你找出婚礼上的名单，找找里面你熟识的人。"

红豆正有此意，忙点头道："好。"

两人出来，走廊上就遇到贺竹筠："二嫂，又来了好些太太，都是南京来的，母亲正到处找你呢。"

贺云钦停步对红豆道：“你去吧，有什么发现我会给家里打电话。”

红豆只得敛了异色，跟贺竹筠走了。

屋子主人的死讯尚未传开，邓归庄的寓所外仅有王彼得的助手及贺云钦派去的底下人把守，报了警，警察暂未赶来。巷口静悄悄的。

贺云钦在马路边停好洋车，刚到门口就遇到王彼得，他刚勘查完屋子出来，一见贺云钦就道：“邓归庄死亡时间是今晨六点左右，当时我助手尚未过来。邓归庄眼下独居，家中只雇着一个下人，昨天傍晚邓归庄说这两日要静心做事，让下人出去住几天，下人正好要回家照料老小，便回家住了一晚，今日又忙着给母亲抓药，到傍晚才拎着菜进屋。邓归庄是在二楼书房里上吊的，但现场跟前几次有些不同。”

贺云钦进了客厅，果然看上次那个领他们进屋的下人惶惶立在一边，茶几上摆着一杯未饮的茶，旁边搁着一只西洋珐琅烟灰缸，然而里头光亮如新，半点烟灰都无。

他收回视线，三两步上了楼。

邓归庄的尸首已从梁下取下来了。记得第一次来邓家时，此人不修边幅，头发乱蓬蓬的，这次头发却梳得一丝不乱，脚上皮鞋擦得锃亮，身上一件海天青色长袍亦是簇新平整。

他蹲到尸首边细看。

王彼得早前已进行过简略的尸检，衣领里缢痕清晰可见，略一翻检，尸首表面不见其他伤痕，从指甲和尸斑率先出现的部位来看，应是窒息死亡无疑。尸首头侧有根吸了一小截的烟头，已被王彼得用纸袋固好，捡起一看，是长乐牌。

他起身环顾四周，屋内有一扶梯，估计是王彼得为了查看房梁临时弄来，便搬过那梯子上去。一看才知为何王彼得说这次跟前几次有不同了，因为从房梁上的灰尘范围来看，这次死者的挣扎时间和幅度较之前小了许多，怎么看都符合正常自缢的痕迹。

他满腹疑问下了扶梯，从怀中取出袖珍手电筒，细细在房中每一个角落盘查一遍，然而一番检查下来，房间里并无上回使用杀人工具留下的钉痕及细绳纤维，不觉呆立在房中。

“难道是自杀？”

他疑惑地看向地上烟头。

“我也是这么想的。”王彼得望着房梁，“可如果是自杀，这烟头又是怎么回事？是邓归庄吸完烟上吊，还是有人在边上吸烟亲眼看着邓归庄死了才走？”

若是后者，也太令人不寒而栗了。而且邓归庄若不是疯得不轻，怎会乖乖自缢。

两人下了楼。

“王探长。”那下人走近，一开口牙齿便直打战，“我们先生是……是怎么死的，不是被人给害的吧？”

贺云钦端起茶几上那杯茶端详，里面茶叶团团浓碧，静静漂浮在清绿的茶汤里。

是碧螺春。

他问：“你家先生平日喝碧螺春吗？”

那下人木呆呆地摇头道：“不喝，我家先生只喝银针，平日待客只用陈茶，这碧螺春是友人送的，因是明前茶，茶色极好，先生只在贵客来才会拿出来待客。”

“昨天你走的时候可替你先生泡过茶？”

“不曾。”

王彼得走近道：“所以这茶是邓归庄自己泡的了。”

贺云钦望着那茶暗忖，邓归庄应是早知此人会登门拜访，不知何故提前遣走了下人，那人来后，还特拿出这罐新茶来招待对方。

熟人？故人？

他问那下人：“家里可安了电话，这几日你先生可曾接过电话？”

“家中无电话，先生一贯好静，素不喜这些西洋玩意儿。”

贺云钦跟王彼得对视一眼，可见邓归庄是通过别的法子知道这人会来家中了。

王彼得早前已核对过抽屉里的部分书信和照片类物事，看完后又一一放回原位，因为未看信件内容，光从扉页来看，未发现跟贺云钦红豆婚礼宾客重合的名字。

贺云钦回到楼上，明知以凶手的谨慎，就算继续在书房盘桓也未必会有收获，仍打开书桌抽屉，重新检查一番邓家近半月的拜帖，看了一晌，依旧一无所获，只得下了楼。

南京那位大人物来沪的消息传扬出去，是晚不少人来贺公馆登门拜访，连顾太太也带着顾筠来了。来客极众，红豆陪着女眷们应酬用饭，因贺太太着意抬举红豆，女眷们大半注意力都由段明漪转移到红豆身上，红豆整晚忙于应对，无暇回房研究那份宾客名单，更无暇跟顾筠交流案情。

闹到八点，不知谁说难得回上海，提议去西洋大剧院看洋人出演的莎翁话剧，太太们都觉这主意极佳，纷纷应和。贺家于是令人安排车马，将众女眷送去大剧院。

红豆本要陪着一道去，谁知这时贺云钦回来了，门口遇到，有位年高德劭的郑老太太对贺太太笑道：“我这老婆子听不大懂洋文，你们贺家两位少爷英语都极流利，可惜大少爷素来正经严肃，不如你们老二风趣，不知二少爷有暇否，肯不肯陪我们几个老东西一道去看西洋戏？”

贺云钦一讶，碍于长辈诚意相邀，不好推却，看了看红豆，笑道：“自无不奉陪之理，伯母们先走一步，晚辈稍后就来。”

贺太太笑道：“那你早些过来，也别让你媳妇跟我们挤一处了，干脆让她坐你的洋车。”

红豆便拉着顾筠留在原地，待目送一行洋车远去，刚要上车，忽然想起未带那份婚礼宾客名单，忙要回房取，被贺云钦拦住：“王探长那儿有。”

红豆诧异道：“我们一会儿会见到王探长吗？”

贺云钦替红豆和顾筠拉开车门，待她们上了车，这才进了驾驶室，

顾筠打算让贺云钦半路将她放至顾公馆，上车之前就对红豆说：“明日是严夫子的国文课，我跟你不同，一来国文功课不及你好，二来也不是新婚，他那般严厉，待我远不及待你们这几个优等生有耐心，我实在不敢再缺课了，不如我将整理好的资料给你，一会儿你想起什么要问我，只管给顾公馆打电话就是了。”

红豆刚要答话，谁知贺云钦看了看腕表道：“大剧院最后一场戏是晚上九点，离开场还有五十分钟，我现在怀疑凶手认识你，王探长他们在那边等我们，我们先过去碰个面，将线索归拢一下，看能不能在白凤飞登台之前找到凶手。”

顾筠听贺云钦这么说，好奇心起来，再不提半路回家之事。

红豆对贺云钦道：“你看了邓归庄死亡的现场，他也是被同一个凶手杀的吗？”

贺云钦将自己的推测说了。

红豆骇异地跟顾筠对视一眼：“这太诡异了，邓归庄怎肯乖乖自缢？”

贺云钦道：“我们尚不知道这案子跟当年春莺里那两桩自缢案有没有关系，红豆，你仔细想想，你认识的人里有跟本案凶手特征相符的人吗？”

红豆缓缓摇头：“我整晚都在想这个问题，可是我想来想去，我认识的这些人里，怎么也找不到接近凶手外貌之人。”

顾筠淡淡颔首：“连红豆都想不起，那我就更想不起了。”

大剧院离得不远，到了剧院门口，贺云钦未有停车的打算，反绕到一旁的林荫道，直开到尽头才停车。

红豆和顾筠下车一看，见是一座极为幽静的寓所。贺云钦拉了红豆近前，一揿铃，马上便有人应门，是位四十多岁的中年管事，见了贺云钦和红豆，垂眸躬身道：“二少爷，二少奶奶。”又对后头的顾筠点点头道，“顾小姐。”

红豆来不及惊讶，贺云钦领了她和顾筠一径入内。红豆边走边环视四周，见是座处处布置得玲珑精巧的寓所，便暗猜是贺家的别业。

贺云钦笑了笑道："家里人多眼杂，这地方还算清净，到此处分析案情不错。"说着便穿过一座幽峭清芬的小小天井，到得正房。

客厅里一盏吊钟状水晶灯将屋子里照得亮如白昼，王彼得和哥哥在里头，俨然一副临时组建起来的侦探事务所的架势。

一见他们来，虞崇毅率先起身道："总算来了。"

王彼得看着贺云钦道："南京那位人物已提前来了上海？消息确否？那白凤飞岂不是藏不了多久了？"

贺云钦拿起那张摊在桌面上的密密麻麻的数以千计的宾客名单："明天那人会到刻羽戏院听戏，如果消息传扬出去，我们顶多还有一个晚上时间找出凶手。先试着缩小范围吧。红豆，你再好好想一想，当时虞家都邀请了哪些人来与宴？其中可有高瘦、穿长衫且手大脚大之人？"

红豆回忆当晚情形，补充道："这人不仅高瘦，走起路来还极快。"

她缓缓滑过那份名单："我父亲是独子，虞家本埠亲戚不多，除了我舅舅、舅妈，婚礼只邀请了铺子原来的老人、邻居，及一些学校里的先生和同学。可我们家搬进那洋房才一年多，跟这几位邻居并不熟识，除了底下的彭裁缝两口子，这一年来我们跟其他邻居几乎未说过话，而且这几位邻居想是自矜身份，帖子是接了，根本未来参加婚礼。

"我母亲发了帖子后，忐忑了许久，唯恐三楼的邱小姐会一时兴起去喜宴，事后得知邱小姐知趣未去，心里好生过意不去，送了好些喜果到三楼，所以我这些邻居根本未去参加婚礼，如果凶手在婚礼上出现过，怀疑楼里那些邻居根本是没影的事。至于学校里的先生和同学嘛，高瘦且手大脚大之人不在少数。"

第六章

贺云钦看红豆没有头绪，对众人道：“不如我们从头梳理一下线索。

“第一位遇害者阳宇天，于上月初十被发现死于刻羽戏院，经过痕迹检查，此人并非自缢，而是被人用滑轮类的工具吊上房梁后勒毙。尸检证实阳宇天死亡时间大约为九点至十点左右，因发现阳宇天尸首时，不少人闻讯去后院看热闹，地面被糟践得一片狼藉，故未发现单独的长乐牌烟头。但从房间那种特殊的作案工具来看，此人应是本系列案第一个受害者。

“第二位遇害者许奕山，于本月十八日，也就是我和红豆婚礼当晚，死于自家寓所，经现场痕迹检查，此人同样是被滑轮吊上房梁后伪装自杀，而且跟上回不同，这回许家卧室地面上明确丢掷了长乐牌烟头，而许奕山平日只吸三五牌。因为许太太是在婚礼上临时起意去娘家打麻将，故我们怀疑凶手当时也在婚礼现场。”说着，他便从怀中取出自来水笔，将后一句话用笔写于纸上，并注明关键线索一。

“第三位遇害者傅子箫，于本月二十二日被害，跟前两次不同，遇害地点并非受害人寓所，而是圣约翰后门废旧教室——关于凶手为何改变作案地点的原因，从傅子箫家中境况便可推测一二了。此人是本埠有名的大买办，身边光姨太太便有六个，家中供使唤的下人更是多不胜数，如此人多眼杂之处，凶手自然不方便下手，只能将其从家中约至偏僻之所，因行凶时不小心被红豆撞见，凶手不得不临时改变了计划，傅子箫因此成为本案唯一一个直接被勒毙的受害人。当然，凶案现场同样有长乐牌烟头。

“但由于傅子箫遇害当晚发生了几件不寻常的事——顾筠被袭击，红豆被凶手带走，我们因而掌握到了极多的线索：高瘦，穿长衫，手大脚大，鞋码 43，走路速度快，平日也许并不吸烟，但作案时必定吸烟。袭击顾筠的原因嘛，很可能跟那几本工具书有关，值得注意的是，据后巷面馆那位目击者称，此人驾车带红豆逃跑时仍不忘用围巾遮挡头面，这一点非常不同寻常，据此我怀疑此人常去圣约翰，并为周围人所熟知——此为关键线索二。

“至于第四位死者邓归庄，他死于家中寓所，从现场勘查来看，是自缢而亡，并非被人谋杀，但邓家下人说邓归庄平日不吸烟，现场却同样发现了长乐牌香烟。而且邓归庄自缢当晚，邓家的确有客登门，邓归庄事先得知此人要来，不知何故提前便将下人遣走，为了款待此人，还拿出平日只用来招待贵客的碧螺春。”

他说完，抬眼看向众人道：“整个案件清楚了吗？”

“清楚了。”

贺云钦摸摸下巴道：“纵观本案，凶手唯一两次露出破绽就是袭击顾筠和红豆那晚。凶手袭击顾筠的目的成谜，但不能排除跟那几本工具书有关，而图书馆的借阅记录显示近三月只有顾筠和邓归庄借过，前者被袭击，后者自缢。因此我有理由相信凶手虽然未借书，但有办法查到图书馆的借阅记录——加之前面的两条关键线索，我怀疑凶手可能是圣约翰的学生、先生或是文员之类的雇员。”

“而且——”他面色复杂地望向红豆，“虽然我们不能确定凶手当晚是不是曾亲自将外套覆在红豆身上，但从此人当晚掳走红豆后的一系列前后矛盾的行为来看，我依然认为此人认识红豆。”

一条条线索摆在眼前，由不得众人不信。虞崇毅看一眼妹妹，纳闷道：

“难道凶手真是圣约翰的？可他的动机是什么？”

几人凑拢看婚礼宾客名单，当日圣约翰来参加婚礼的先生和学生统共有百余人，剔除掉女学生和女老师，还剩六十余人。

红豆对着名单逐一回想这些人的身高相貌。

也许圣约翰太养人，这六十余人当中，上至校长约翰逊爵士，下至同系同学，无有不高大挺拔的，可疑对象太多，总不能一个一个去查谁穿43码鞋。

红豆思忖着道：“我总觉得这几名受害人彼此都认识，而且共同遵守一个秘密，大家光看本案的几名相关人员就知道了——第一位白凤飞，此人在阳宇天遇害后第一反应是找王彼得来查案，可是事后却避而不见，眼下更是藏匿无形。第二位傅子箫，此人遇害前一月便心神不宁，近日更打算去苏州别馆小住。第三位邓归庄，邓先生遇害前曾借阅过工具书，不知是不是也对那几人的死起了疑心，所以才去借书来研究。”

贺云钦点头道：“若是单独来看，这些不寻常之处都不能称其为有价值的线索，但汇总在一起就很耐人寻味了。王探长，中午我请你拿着我岳母那张报纸剪下来的照片去几名受害人家中打听，打听到什么了？”

那照片年代太久远了，他们几个仅能认出照片中的阳宇天和邓归庄。

王彼得道：“你这法子的确管用。我先去的傅子箫家，他那些姨太太都是近年娶的，谁也不知道十一年前傅子箫的模样，但傅家下人因为傅子箫发迹前便跟随他，一眼就从照片认出来了，喏，就是这个人。”说着将那张照片摊在桌上。

几人一看，果然用笔圈出了好几个人头。

王彼得所指的那人坐于第二排长凳，二十多岁，穿短褂，板寸头，模样生得极好。傅子箫这几年纵情声色，早就走样变形，若非知根知底的人，根本无法将照片上的俊俏后生跟现在大腹便便的中年买办联系在一起。

王彼得又指了指另一个穿长衫的戴眼镜的青年：“这个是许奕山，下午去许家问了许太太才认出来。十一年前此人还在南洋公学念书。”

顾筠在旁边一一记录："阳宇天、邓归庄、傅子箫、许奕山，四名受害人全在照片上。"

红豆找了一圈："既是戏班子唱戏，为何不见白凤飞？"

王彼得道："本打算去刻羽戏院打听，谁知刚从许家出来就得知了邓归庄的死讯，我忙着往邓家赶，自然也就顾不上去刻羽戏院了。这照片年代久，人又多，若非旧识，谁能光从照片上找出想要找的人？反正我是没见过这等目光如炬之人。"

顾筠推推镜架道："我们系里有位先生就有这本事，只需两回就能记住所有学生的相貌，点名根本不用名簿，任谁也别想逃他的课。"

贺云钦目光一动，抬眼看向顾筠："这人就是那位大名鼎鼎的严夫子？此人多高？多大年纪？"他听四妹提起过两回，记得这位先生教学极严苛，训起学生来气势惊人，四妹极怕这位先生，最不喜上国文课。

顾筠跟红豆对视一眼。

红豆面色微变，顾筠素来平静的表情也起了一丝微澜，许久才道："严夫子六十多岁，身高嘛，只知道很高。"

贺云钦便要拿那份婚礼宾客名单来看，这时虞崇毅指了指照片一个梳长辫的少女道："这人是谁？跟邓归庄认识吗？"

这少女上面穿件齐腰短袄，底下长裙，一副女学生打扮，所站之处离邓归庄不远。邓归庄看着空荡荡的戏台，少女却看着邓归庄，因侧对镜头看不到正脸，但光从侧脸来看，这少女轮廓极秀丽。

红豆思绪仍停留在前面的事上，越想越不安，心不在焉道："难道是邓归庄的恋人？"

王彼得道："晚上我问过邓归庄的母亲，她不记得邓归庄谈过恋爱。当年邓归庄为什么突然去北平，她也是至今未弄明白。"

虞崇毅道："下午去问了我朋友的父亲，原来我记错了，我这朋友的父亲根本未在法租界巡捕房做事，但他家对面邻居有个做仵作的朋友，从前聊天时，他曾听这人说过丙寅年春莺里女子中学学生自缢的事，前面那

个是我小姨，后面那位姓丁的女学生因住在贡桥一带，离他家不远，故他至今有印象，如果我们去贡桥仔细打听，应该能知道这丁姓学生的底细。”

贺云钦看看时间，快九点了，戏要开场了，他和红豆得走了。他沉吟一晌，对王彼得道：“明日南京那要人要去刻羽戏院听戏，因随行女眷多，人多嘴杂，我估计这消息今晚就会传遍上海滩，到了明早，自然会有不怕死的报纸大肆宣扬此事。”

众人愕然，如此一来，白凤飞藏无可藏，必须出来排戏。

红豆在旁望着贺云钦，心头仿佛有一大片阴影慢慢笼罩下来，表情竟透着几分惘然。

贺云钦对王彼得道：“所以我们还剩一晚时间，今晚我把我认识的人全都派给王探长，让他们拿了这份勾选出来的名单，在一个小时之内打听完这些人的住址，一拨负责盯梢这些人，另一拨则去贡桥打听丁姓人家的底细。”

贺云钦一边说一边看红豆，看出她心事极重，也感知到了什么，默然一晌，对王彼得道：“如果找到了疑似凶手之人，先不急于布置下一步计划，随时给贺公馆打电话。”

说罢，他便拉了红豆起身，温声道：“别胡思乱想，先去戏院。”

众女眷前来听戏，戏院自是早已提前清场，然而因闻讯赶来的名流不少，随着来人数目渐多，观赏席上说笑声越来越嘈杂，红豆挨着贺太太在二楼包厢听戏，贺云钦则被大姐夫及大哥叫去了旁处。

听至一半时，有下人轻声轻脚自外头进来，说有电话找二少爷。

红豆听了这话，只说要更衣，忙也托词下楼。

到了走廊上，贺云钦已打发那下人走了，正立在原地想事，想了一会儿，本已打算走了，抬眼见红豆过来，又停下脚步，看着她道：“王探长应查到了什么，我去回个电话。”

红豆跟上几步：“我也去。”

贺云钦握住她的手，只觉得她的手冰凉湿腻，全无平日的热度，走了几步，心中微异，回头看她道："红豆。"

红豆原在低头想事，听了这话，抬起头来，目光透着几分茫然。

贺云钦静静望她："你今天一整天都不对劲，是不是想起什么了？"

红豆毕竟被凶手掳走过，虽说当时意识未恢复，但经过这几日的休整，难保不会想起凶手的什么特征。

红豆面色变幻莫测，当晚在洋车后座时，她迷迷糊糊醒来过一次，在那人开门下车时，于一片昏蒙中，她曾无意识瞥见了这个人的身形及步态。

然而即便有所触动，她依然安慰自己说，那种迷幻药最能扰乱人的记忆，那仅是稍纵即逝的印象，并不意味着什么。

哑然片刻，她恍惚道："贺云钦，我有种很不好的预感，但我眼下还无法确定，我们先去听王探长查到了什么，好不好？"

贺云钦了然望她："我记得当初我们猜这人能查到图书馆借书记录，你不肯接腔，揣测那人为何知道顾筠在教育系的专用大教室温书，你亦不愿深谈，讨论凶手为何用围巾挡脸时，你更是只寥寥议论了几句。红豆，你能不能告诉我，在那人袭击又放走你的四十分钟里，你是不是曾经听见或者看到了什么？"

在这一刹那间，红豆脸色变得极为迷惘，仿佛站到了危险的深潭边，顿生茫然四顾之感。她呆了片刻，抚平了心绪，诚心诚意道："我是真的什么都不知道。"

她连脸色都变了，贺云钦虽然满腹疑问，到底软了下来，声音放低道："好，我知你并未存心要隐瞒什么，先不说此事，我们先给王彼得打电话，看看他查到了什么。"

接通电话，王彼得在那头道："还记得我们勘测现场时曾议论过凶手的行凶手法吗？当时你就说过，阳宇天是武生，许奕山也是高大之人，怎么可能乖乖被凶手吊上房梁，最怪的是，事发当晚，邻近之人根本不曾听见受害人呼救。

“刚才我托的人给我从法租界警署弄出了尸检报告，原来阳宇天和许奕山生前都服用过一种叫氯胺酮的迷幻药，死前便已丧失了意识。此药跟乙醚一样，本埠只有少数几家私立医院有，傅子箫尸检报告虽暂时未出，但我怀疑这几人跟邓归庄一样，都曾跟凶手喝茶、交谈乃至用膳，正因如此才遭了暗算。可是我就奇怪了，这几人均非涉世未深之人，傅子箫、阳宇天尤非善类，究竟在面对什么样的人时，才会放松警惕？”

贺云钦看一眼红豆，红豆脸色果然又差了几分，便问：“不是派人去贡桥那边打听丁姓人家了吗，可有结果了？”

王彼得道：“虞先生自告奋勇刚打听回来。贡桥根本没有姓丁的人家，虞先生问了一圈无果，只得换了个问法，又沿着原路，回过头去一家一家打听十几年前有无谁家的女孩子自缢轻生。起初也没人知道，问到一户老人才打听到一件事。十几年前，这里住着对中年夫妻，因三十好几才得一女，两口子将女儿视为掌上明珠，谁知这孩子长到十七岁突然跑到女子中学自缢了。这家人伤心欲绝，不久就搬走了，那位老人只记得那户人家的男人是大学教授，至于姓什么早不记得了。”

贺云钦滞了一瞬，开口道：“孩子没时这人五十岁左右，如今又过了十一年，我们的范围可以稍微缩小一点，今晚你们不妨重点去盯梢婚礼名单上年龄六十岁往上且在圣约翰供职之人。当然，到目前为止，我们并不清楚凶手杀人的目的是否跟丁姓女学生有关，所以其他人也不可松懈。”

王彼得看了一回，道：“照这么说，那便需重点盯梢圣约翰的校长约翰逊爵士、政治系的刘老先生及国文系的严夫子了。”

红豆勉强扯出几分笑意道：“可如果跟那件事有关，那女孩姓丁，这几位老先生可没一个姓丁。”

贺云钦默了默，又问王彼得：“依然没有白凤飞的下落吗？”

“没有。”王彼得懊丧极了，“这女人三教九流的朋友不少，若是真心要藏起来，任谁也找不到。”

贺云钦道：“南京那要人最喜彰显自己平易近人的派头，明日去刻羽戏院听戏时，未必会提前清场，届时若是凶手佯装观众混进去，以凶手的谋略和手段，白凤飞难逃一死，今晚需盯紧圣约翰那几个人，另外我们再试着到各处找一找吧，倘若能在天亮之前找到白凤飞再好不过，剩下的人则全都提前到刻羽戏院前门及后门把守，免得凶手预先进去部署。”

戏散场后，红豆同贺云钦回了贺公馆，然而等至凌晨，仍未有白凤飞的下落，幸而当晚圣约翰那些名单上之人均未有不寻常之处，一夜风平浪静。架不住贺云钦强逼着她安寝，红豆虽然觉得不安，只得心事重重挨着他睡了。

次日白凤飞仍不见踪影，但因一整日报上都未有相关新闻，红豆悬了一天的心多少安然了几分。

谁知傍晚下人送报纸来，不过一下午的工夫，竟有半数报纸刊载白凤飞今晚登台的消息。

贺云钦盯着报纸不语，红豆却霍地起身，思忖着道：“南京那要人想来随扈极多，若真去刻羽戏院听戏，剧院内外必会布下天罗地网，若是凶手忍不住行凶，定会当场被抓住——不行，我得去学校一趟。”

贺云钦拉她回来道：“你去学校做什么？找谁？”

红豆回头看他：“这几人都是学校里我极为尊敬的老教授，我不希望凶手是他们中的任何一人，更不希望他们以这种不体面的方式落网。”

贺云钦看着她道：“正因为我清楚你的顾虑，所以我才让人盯住圣约翰那几位老先生的寓所，昨夜为了找寻白凤飞，更是整夜不敢松怠。南京那要人身份极复杂，贺家今晚多半会同去听戏，为了避嫌，我们实在不宜提前在戏院做手脚。红豆，这案子查到这个程度，我们能做的都已经做了——”

红豆定定地看着贺云钦，不过片刻便放软声调道：“我知道，我都知道，可是——”

这时，外头有人敲门，原来是王彼得打电话来了。

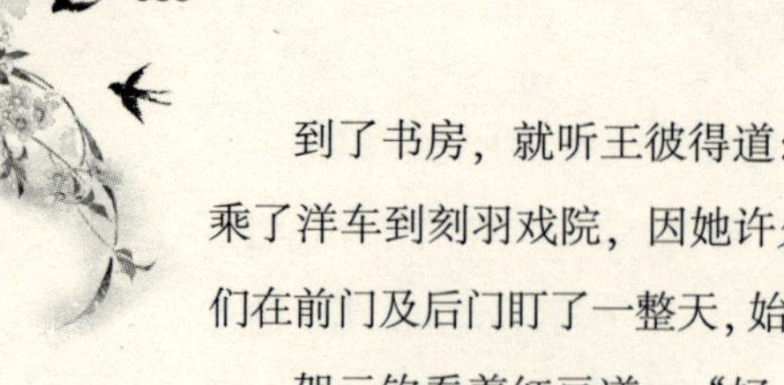

到了书房，就听王彼得道：“贺云钦，白凤飞总算出现了！此女刚才乘了洋车到刻羽戏院，因她许久不冒头，今晚戏院门口戏迷极多，好在我们在前门及后门盯了一整天，始终未发现有圣约翰的先生或学生进去听戏。”

贺云钦看着红豆道：“好，你们继续盯着，我们稍后就来。”

第七章

红豆匆匆回房换了衣裳，同贺云钦下了楼。

贺家接了相邀的电话，贺孟枚及贺太太早已往戏院去了。两人到公馆门口时，贺宁铮及段明漪刚上洋车。

贺云钦带着红豆另开车出来，路上看红豆忐忑，便宽慰她道：“自昨晚到今日，圣约翰的几位老先生均无异常，刘老先生在政治系课研室著书，严夫子虽在家中休息，却整日在书房挥墨。而且刚才你也听见了，王彼得他们前门及后门盯了一整天，未有圣约翰的师生前去戏院听戏，所以就算白凤飞现身，凶手也许临时改变了主意，不愿以身涉险。”

秋雨淅淅沥沥下个不停，潮寒的气息丝丝缕缕自窗外钻入车内，红豆觉得冷，贺云钦在开车，不便倚着他，只得将大衣穿上，想开口，然而满肚子话到了嘴边，全都化作一声怅然的叹息。

贺云钦镜子里望了望她，她应该是有了确定的人选，才会这般难过。可见“过愚”固然不好，“慧极”又何曾是好事。

两人各怀心事，未再说话。到了刻羽戏院，除了闻风出动的戏迷，尚有不少听到风声赶来的本埠名流，细雨如丝，门前水门汀早积了一团团水洼，说来并不是出门的好日子，可众人热情丝毫未受波及，车马陆续而来，

人群接踵摩肩，戏院门口堵了个水泄不通，

贺云钦特将车停在一个不起眼的角落，两人刚下来，便有人那边唤道：“云钦。”看过去，原来是王彼得在洋车里唤他们，顾筠和虞崇毅坐在后座。

红豆一看见哥哥就道：“哥哥怎么没回家？”

虞崇毅苦笑道：“本要回家，因王探长忙不过来，新招的助手又尚不得用，只好临时请我来帮忙。”

哥哥一向是老好人，何况又因玉淇表姐的事对王彼得心存感激，从前当警察积累下来的那些经验，这几日几乎全都用来帮着王彼得收集线索了。

顾筠嘛，即便在车内也不忘认真整理王彼得所要的资料，俨然一副头号助手的架势，然而她昨晚听贺云钦分析了一通案情，今日又在王彼得指导下整理线索，多多少少猜到了凶手是谁，情绪因而显得有些低落。

贺云钦隔着车窗再三向王彼得确认道：“圣约翰那边没有问题吗？”

王彼得下了车道：“盯着的人都说无异动，戏院这边也不见可疑之人。今日我去圣约翰翻校志，查到了两桩事。第一便是我找到了当年跟邓归庄同住一间校舍的数学系同学，此人跟邓归庄系好友，因十年前邓归庄不告而别，两人几乎断了联络。据此人说，邓归庄念书时的确谈过恋爱，但因尚未婚配，邓归庄极维护那女孩子的名声，故他只知那女孩子似在一家女子中学念书，并不知其名姓，也就是那女孩儿来找邓归庄时，此人隔老远曾见过那女孩儿一面，我听了便拿这照片上邓归庄身边那女孩儿给他看，那人只有点模糊印象，早记不清了。

“他说邓归庄念到第四年时，因为研究稀奇古怪的玄门法术，结识了当时在春莺里唱戏的一个绝色花旦，邓归庄以前本就在春莺里念过一段时间书，一来二去，就常往春莺里跑。不知是不是因为这个缘故，邓归庄跟那姑娘生了隙，此后那同学再未见过那姑娘来过，不久邓归庄突然得了一场大病，险些死在红十字医院，病好后便去了北平，一去经年，到今年才回上海。至于第二件事嘛——”

王彼得看看顾筠，又看看红豆，看她二人神色凝重，蹙了蹙眉，叹道："我查了圣约翰几位先生的家庭状况，这几位老先生中，唯有严夫子是十一年前半路调入圣约翰，此前他一直在上海大学任教，因他本人三缄其口，素来又极严肃，少有人知道他过去的事。我上午去上海大学打听才知道，严夫子原有个女儿，可惜十一年前因谈恋爱自缢了，其妻此后一直缠绵病榻，于三年前亡故。因从校志上弄清楚了严夫子原来在贡桥的确切住址，我又到他原来所住之处找邻居打听。严夫子当年中年得女，因极爱惜此女，两口子虽满腹墨水，竟也信了一回周易之说，女儿刚落地便带着孩子去算卦，算卦之人说严夫子命里本无嗣，孩子唯有随妻姓丁方可免灾。"

红豆脸上的血色瞬间褪了个一干二净，顾筠摇头道："不，这几日严夫子极正常，仍跟从前那般刻板严肃，该骂学生时骂学生，该肃纪律时肃纪律，半点都不含糊。我们大家交上去的国文功课每一份都经他仔细批阅，但凡有错漏不通之处，他老人家统统不厌其烦逐一圈出。"

她说着便回到车上，从后座取出一份手抄稿，为了证明什么似的，将功课呈给大家看："你们看，这就是严夫子批的功课，教学先生我们见过不少，没一个像他那般治学严谨，我们大家虽怕他，却也敬他。"

红豆哑然望着那份朱笔批阅的功课，喉头仿佛堵着什么，王彼得张了张嘴，半天都未憋出话。

虞崇毅感染了妹妹和顾筠那份强烈不安，斟酌着词句，以温和的语气道："那个，你们先别胡思乱想，一切毕竟还只是猜测。"

贺云钦默然片刻，看了看腕表，对仍在发怔的红豆道："刚才路上跟你说了，严夫子今日一整天都在家中，倘若凶手真是他，既然他未来，也许早改了主意。快七点了，南京那要人很快会来，戏马上要开演，白凤飞这时估计已扮上了，机不可失，我们费了许多工夫才打点好戏班子里的下人，趁白凤飞登台之前，我们必须跟其'好好'地谈一谈。"

红豆这才如梦初醒，道："好。"只要严夫子未来戏院，一切都还有转圜的余地。

后门处有条专供贵宾出入的隐秘通道，贺云钦领着红豆入内，王彼得等人也跟着进来。

贺云钦走了几步，突然停下脚步，回头问王彼得："你们确定严夫子今日一整天都在家中？"

王彼得愕然望着贺云钦道："没错啊。昨晚他在卧室看书，灯亮至晚上十二点才熄，今日又在书房挥墨，傍晚才去客厅休息，我们的人隔着窗户确认过了，那人白发长衫，高瘦挺拔，确是严夫子无疑。"

红豆前头听见，更放了心。

戏园子里座无虚席，楼下普座，楼上包厢，全是前来观戏的戏迷，红豆、贺云钦他们进来时，台上是刻羽戏院那位跟白凤飞齐名的武生小金荣，扮的是禁军教头林冲，唱的是《山神庙》。

"凉夜迢迢，凉夜迢迢，投宿休将他门户敲。遥瞻残月，暗渡重关，奔走荒郊—— 一宵儿奔走荒郊，残性命挣出一条。到梁山借得兵来，高俅啊！贼子！定把你奸臣扫！"

斩奸人、祭酒、纵火焚庙、雪夜奔亡，小金荣今日着意卖好，唱腔不仅空前凄怆，亦丝毫不减豪壮之气。红豆因怀有心事，只觉得那小鼓节点太过惊心繁密，每一声都狠狠敲打在心头。

这时有人悄悄走过来，趁台上灯熄灭，黑暗中对贺云钦道："二少爷，白老板自来后便在后台厢房里妆画。"

贺云钦点点头，从怀中掏出一沓钞票递给那人，道："速带我们去找白老板。"

那人低眉耷眼藏好那钞票，推开右手边一扇小门，领着贺云钦一行人往里头回廊走，刚走几步，便听后头观众席上一片克制的嗡嗡嘈嘈声，似是在议论来人。红豆看了看贺云钦的侧脸，心知多半是那位大人物来了，接下来便要轮到白凤飞上场了。

沿着回廊走到尽头，那下人对角门看门的老头儿点了点头，那老头儿认出贺云钦和王彼得，未啰嗦便推开门放行。一排厢房都静悄悄的，到最靠东侧那间，那下人敲门道：“白老板。”

尚未听见回应，后头回廊上由远及近传来阵阵纷杂的脚步声，待那群人到了近前，却是戏班子老板带着随从亲自来请白凤飞。

那老板嘴里本叼着烟斗，一眼看见贺云钦，忙取下烟斗道：“贺公子？您怎么来了？”

贺云钦道：“白老板失踪多日，我有事向她打听，难得回来登台，我等不及她唱完，特来后台找她。”

这时那下人又敲了敲门：“白老板？白老板？”

里头无人应答。

贺云钦跟红豆对了个眼神，就在这时，原本死寂的房里突然传出沉而缓的脚步声。

几人脸上都露出惊疑的神色。

贺云钦对那下人道：“有钥匙吗，快开门。”

那下人踟蹰着不动，白凤飞脾气暴架子大，未得她允许，谁敢擅自闯入她妆画的房间。

这时屋里又传来板凳挪动的声音，贺云钦面色微变，推开那下人，抬脚便踢开房门。

红豆心知不妥，忙要入内，抬眼一看，手脚一阵冰凉，骇异地怔在门口。

屋子房梁上吊着一个人，正对着门口，因作花旦打扮，水袖长长垂下，满头蓝翠犹自颤颤巍巍晃动不已，脸上的妆容本该极艳丽，此时却透着死人才有的青灰。

房中一位白发老者风度跟从前毫无二致，听到动静并未回头，先是不紧不慢将手里缰绳收好，接着又理了理不见褶皱的长衫，这才从容看向红豆和顾筠道：“你们来了。”

红豆骇然望着严夫子，整个胸膛都冷透了。

那下人吓得连连后退，一不小心，失足从台阶上滚下，痛也不觉得，

一径连滚带跑出来，揪住戏班子老板的裤腿，抖着嗓子道：“白……白老板她——”

戏班子老板一脚踢开那人，疾走几步上了台阶，待看清房梁上挂着的那人，一下子怔在了那里，半晌方回过神，大骇道：“来人哪！杀人了！”

那几名随从慌乱得想跑，待想起凶犯仍在屋内，又拥回来堵在门口，碍于白凤飞死状太惨，一时不敢进屋。

戏班子老板勉强定住神，然而腿依然直发软，须得扶着人方能站稳，好不容易脸不那么黄了，连声嚷道：“快，快报官，别让凶手跑了。好端端的，这是造了什么孽？外头还等着白老板上台，南京那位老爷我亲自去解释，你们速让小蕊仙扮上去顶白老板。”

严夫子对外头的喧嚷一无所动，一步一步走到窗边的太师椅上坐下，长长舒口气，缓缓闭上眼。

若是警察赶来，严夫子连最后一份体面都没了。红豆挪动发僵的腿，抬步要进屋，贺云钦忙拦住她，以仅有两人能听见的声音道：“外面很快就会有异动，不用等到警察来，戏院必会大乱。”

红豆呆了呆，满腹疑问看向贺云钦。

贺云钦沉声道：“我来处理，你在外面等着。”

说着，他进了屋，走到严夫子面前，到近前俯身一看，顿时呆住：“严先生，您服了毒？”

严夫子闭目不答，呼吸已有渐缓之势。

贺云钦滞了滞，缓缓蹲下身：“严先生，就算有罪，自有律条来定夺，是非对错姑且不论，我们不能见死不救，我先想办法带您出去就医。”

严夫子蔼然一笑道：“不必了。贺先生，你是厚道人，但我服药已超过半刻钟，纵是神仙来了也无救，杀人偿命，我当有此报。”

红豆眼泪无声滑落下来，终于还是进了屋，到严夫子面前蹲下：“严先生，学生我……”

想不明白。

严夫子闭着眼睛笑了笑："我有个女儿叫丁琦，若当年没遭傅子箫等人的毒手，应该跟你的小姨一样，今年二十有八了。"

小姨。

红豆诧异地张了张嘴，难道她早前的猜疑竟是真的："先生，我小姨她——"

严夫子睁眼看向红豆，仿佛触及了极为心痛之事，脸上浮现一抹异色，良久，方苦涩长叹一声道："从阳宇天到白凤飞，这几人的确全系先生所杀，但先生不悔。这些年我每日都痛苦如煎，唯到今日才痛快了一回。"

这时外头传来纷杂急促的脚步声："凶犯就在里头。"

显然警察已赶来。

红豆忙看向贺云钦，可就在这时候，不知何处"砰"的一声，传来极短促的爆响，像岁时伏腊时家家户户放的爆竹。周围寂静了一瞬，旋即如沸水般喧哗起来，尖叫声、脚步声、呼喊声，各种嘈杂声响搅和在一起，转眼便乱成了一锅粥。

红豆这才意识到刚才那动静是枪响，哥哥刚当上警察时，为了满足她的好奇心，曾带她去旷野空寂处用枪匣子打过鸟。

外头那群人为这枪声所慑，还未闯进屋，全都怔在了廊下，不一会儿有人怪叫道："戏院里有刺客。"

公公婆婆可全都在前头听戏，红豆一惊，待回头，看贺云钦镇定自若，显然早有准备，虽然疑团百出，但仍迅速冷静下来。

经此一遭，院子里的人哪还顾得上白凤飞，眨眼工夫便跑得一个不剩。

王彼得在门口寒声道："云钦，红豆，外头这么乱，实在不宜再久留，我们需尽快带严先生离开此处。"

虞崇毅进来，俯身劝道："严先生，刚才云钦说得对，如果白凤飞他们真是罪大恶极，公道交由法官来论断，您不该自戕，趁外头大乱，让我们先带您出去就医。"

严夫子呼吸越发滞缓，说话变得更艰难，抬手抖了抖袖子，从里头取

出一封厚厚的书信，递给最近的红豆："先生知道你们一直在查这案子，来前已将事情来龙去脉全写成了两封信，一封在此，另一封过几日便会寄到你府上，若不是半年前邓归庄回沪照料母亲，我无从得知当年真相，既得知了真相，不枉我苦心筹备半年，如今总算了了夙愿。吾实不悔。"

红豆搀他起来，哽声道："严先生，您先别说了，求求您，跟我们走吧。"

可是严夫子身体沉重如山，她搀了好几把都没能搀起来，越发急切，忙对顾筠和虞崇毅道："快来帮忙。"

顾筠擦了擦眼泪，疾步走进来。

贺云钦道："来不及了。"

红豆低头一看，严夫子低垂着头，面容依旧平静，但脸若金纸，不知何时已断了气。

这时，外头又传来几声枪响。

贺云钦拉了红豆，叹道："这是严先生自己的选择，我们能做的都已经做了。外面越来越乱，此处很快就会封锁，我们须得即刻离开。"

红豆噙着泪花将严夫子扶靠在椅背，细细替他理了理蓬松的头发，这才跟顾筠一人一边，恭恭敬敬地朝严夫子鞠了个躬，跟贺云钦出来。

外头已乱得不像话，沿原路回戏院是断断不行了，一行人从后门出了戏院，找到之前停在对面的洋车，顾筠、虞崇毅上了王彼得的洋车，红豆上了贺云钦的车。到了上回去过的那栋中西合璧的小洋楼，贺云钦停了车，拉着红豆入内，一进门便给贺公馆打电话，确认贺孟枚和贺太太已安全回了公馆，这才放了心，刚放下电话，王彼得载着虞崇毅、顾筠也赶来了。

红豆思绪凝结在严夫子的话上，脸色极差，进屋后怔立在厅中。贺云钦心疼不已，忙令人倒了暖茶来，扶红豆在沙发上坐下，对她道："今晚不来回折腾了，就在这边住吧。"

红豆心乱如麻地点点头："好。"

贺云钦又道："严夫子是位极体面的读书人，临终前能说出'不悔'

的话，定是早就做好了赴死的准备，拦了这回，拦不住下一回。我们眼下该做的事便是从严夫子信里整理证据，若能将当年之事大白于天下，那是再好不过，因为既能还严夫子体面，也能还丁小姐公道。”

红豆抬眼看看哥哥，哥哥面色跟她一样凝重，便将那封信递给贺云钦，哑声道：“云钦，我不怕别的，但是照严夫子所说，我小姨也是被人所害，我现在心里根本静不下来，你来看看这封信上写的什么。”

猜疑是一回事，被证实又是另一回事。

第八章

贺云钦只觉她的手冰冷透骨，虽说天气远算不上冷，仍令人生了炉子，一为给红豆取暖，二为驱驱连日下雨所带来的寒气。

顾筠给顾公馆打电话报了平安，趁顾家派车来接之前，默默挨着红豆在炉边坐下，王彼得及虞崇毅也坐拢来，四人围着炉子，注意力全放在那封信上。

贺云钦立在桌边展开那封信，一页一页看下去，越看表情越庄肃，待看完整封信，静了片刻，以自己的语言复述道："严夫子不相信女儿会自缢，曾多次去春莺里女子中学察看现场，可惜除了当时教室地上的长乐牌烟头，他始终没能找到女儿系被人所害的明确证据，直到半年前邓归庄因探母回沪，并因此生出了调回圣约翰的念头，严夫子才因为接触邓归庄，慢慢将十一年来收集到的线索，零零碎碎地拼凑在一起……"

十一年前，傅子箫、许奕山及阳宇天同住春莺里。傅子箫、阳宇天从小便认识，二人以拜把兄弟相称，许奕山不如他二人交情好，但因为住得近，家境也相当，免不了常跟两人走动。

三人当中，傅子箫是富荣洋行少爷程冠之的常随，阳宇天是本籍春莺里的戏子，许奕山天资聪颖，最大心愿便是借读书摇身一变成为上等人，可惜他因为父亲早逝，家中四壁萧然，为了读书凿壁囊萤自不必说，还经常向亲戚借贷，考取了南洋公学，但彼时还不认识后来成为许太太的露露百货千金，以许家当时的境况，能否毕业都成问题。

邓归庄家境远较三人殷实，但因为他在春莺里读过中学，素来也佩服许奕山才高志远，于是常来找许奕山，一来二去，便认识了傅子箫和阳宇天。当时他已认识了严夫子的女儿丁琦，但丁琦因为害羞，从未向父母透露过自己跟邓归庄谈恋爱的事。

不久，阳宇天所在的戏班子迁来了春莺里。彼时白凤飞不过十七八岁，模样标致，唱腔惊艳，傅子箫很快迷上了白凤飞，然而白凤飞虽是为世所贱的戏子，心性却高，虽说同时跟阳宇天和傅子箫周旋，却并不将他二人的示好放在眼里。没多久，有位阔人来听戏，一眼便看中了白凤飞，给戏班子老板出大洋千元，要买白凤飞回去做妾。这人虽阔，却已年近八十，白凤飞自然不肯，只得找傅子箫、阳宇天及许奕山商量应对之策。

三人是穷小子，听了白凤飞的话，苦于拿不出钱，都一筹莫展。傅子箫因为巴结程冠之少爷得法，早在洋行里谋了事，但他素日大手大脚，并未攒下积蓄，可他向来以口才见长，白凤飞尚未到手，自是不舍她被人买去做妾，思来想去，便去游说当时的戏班子老板——也就是现任戏班子老板的父亲。

因这人唯利是图，傅子箫便对症下药，说白凤飞唱腔独特，若是假以时日定会成为一方名角，倘若就此卖了，戏班子等于提前失去一株摇钱树，无疑是桩亏本买卖。戏班子老板听了有些意动，改口说不卖白凤飞可以，但需拿千元大洋来抵资，不然还是要卖给那阔老爷。

白凤飞的身契在老板手里，戏班子别的没有，打手养了一大帮，跑是别想了，傅子箫便和阳宇天几个整日琢磨弄钱的事，他们也曾跟家境相对较好的邓归庄借过钱，可是一千大洋在当时算笔极大的数目，即便富人都

得斟酌再三，何况邓归庄一个学生。

不久机会来了。富荣洋行的程老爷为了历练儿子，将一笔重要的单子交给儿子程冠之，让他去码头谈生意。傅子箫本就常跟程冠之出入，见机会难得，便跟阳宇天商量了一个里应外合的惊天主意，许奕山本不齿为之，但当时他正愁学费，听傅子箫把那计划说得天衣无缝，想必若是谨慎些，料也不至于露出破绽，何况傅子箫整天说“富贵险中求”，许奕山和阳宇天都是穷怕了的人，架不住傅子箫整日游说，很快便松动了。

到了那日，傅子箫跟程少爷一起去码头，在码头足足待了三日，眼看船货交割完毕，款子也到手了。晚上程冠之便欲回家，突然想起约好了要去春莺里看望潘姑娘（也就是红豆的小姨），临时又改了主意，未随洋行的大队人马回家，而是另让司机开车送他去春莺里。谁知开到僻静处时，洋车轮胎碾过路上的钢钉子，一下子抛了锚，车夫下去检视，被人一棍子夯晕。

傅子箫咋咋呼呼地跳下车，两下就被打得头破血流。程冠之吓得不轻，这才看到车前头来了两个高壮的蒙面大汉，看样子是拆白党来打劫的，为求保命，忙主动拿款子出来，谁知刚将钱拿出来就被贼给敲晕了。

程冠之醒来时已是半夜，身上款子早被一扫而空，傅子箫和司机仍昏迷不醒，只得挣扎着起来给洋行打电话求救。程老爷赶来后，原疑惑过傅子箫和司机，调查了一番未果，加之当时的确有不少拆白党抢钱，遂打消了疑惑。程冠之又说傅子箫自小跟随他，对他最是忠心，何况三人中唯有傅子箫受伤最重，程家便将傅子箫送到医院，每日延医用药，好好地将其将养起来。

三人这一番筹谋下来共抢得五千大洋，除去给白凤飞抵资的一千大洋，还剩四千，算起来在当时是极烫手的数目了。傅子箫还在住院，许奕山和阳宇天便提前将钱分作四份，加上白凤飞，一人得了一千。邓归庄某天来找许奕山讨论学问，正好撞上许奕山和阳宇天喝酒，见桌上的下酒菜空前丰盛，诧异之下打趣说前些日子还要借钱，这才几日，竟这般阔绰了。说者无意听者有心，当时许、阳二人脸色都变了，邓归庄前几日在报上见了富荣洋行少爷遭劫的事，说来就在春莺里附近，贼匪共两个。事后回家，他想起许、阳二人的反应，老觉得这件事太凑巧，但怎么也不敢将他向来佩服的许奕山跟这种宵小之辈才有的行径联系在一起。

经此一事，白凤飞暂且算是解了围，然而也知道这样下去不是长久之计，难保下回不会再有糟老头儿打她主意，当时她所接触的这些男人中，只有邓归庄模样体面，家境也殷实，虽听说有个小女朋友，但毕竟未婚配，听邓归庄对玄幻之事感兴趣，便搜肠刮肚编些古怪奇谭引邓归庄来找她，有意勾引他。丁小姐为了这件事跟邓归庄吵了好几回架，邓归庄一心要研究玄术，认为丁小姐是无理取闹，自不肯退让。白凤飞伺机趁隙，更是想方设法用各种稀奇题目绊住邓归庄。

这边傅子箫养好伤出了院，第一时间来找许、阳二人讨钱，不料他们未跟他商量便将钱分作了四份，当下便勃然大怒，说出主意的是他，提前铺垫洋行的是他，受重伤的也是他，凭什么才得一千？硬说他该独得两千，剩下两千给他三人分。吵了几日众人都不肯退让，左右邻居耳目众多，这事毕竟见不得光，四个人只得去附近少有人去的女子中学商量重新分赃的事。

在他们吵着分赃时，洋行少爷程冠之跟潘姑娘（红豆小姨）谈了一段时间恋爱，又转头去追求一家绸缎庄老板的女儿。潘姑娘想找程冠之当面说清楚，程冠之避而不见，这晚潘姑娘回家，突然想起同住春莺里的傅子箫是程冠之的随从，傅子箫定会知道程冠之平日的行藏，便去找傅子箫。路过中学时恰好看到傅子箫跟人进校，潘姑娘一心要找程冠之讨说法，便也跟着进了学校。找到学校顶里头的教室时，正好听见傅子箫几个正说分赃的事，潘姑娘大吃一惊，这才知道前些日子程少爷遭打劫竟是傅子箫的主意。

傅子箫几个见此事败露，当即吓破了胆，尤其是傅子箫，若是让程老爷知道当日之事是他一手策划，定会将他剁了丢进黄浦江喂鱼。许奕山原

本还挣扎，可是一想起此事若曝光，他必定身败名裂，书是别想再念了，一辈子只能做个下等人，几人于是跑出教室将潘姑娘捉住，本想拿钱堵潘姑娘的嘴，可是又怕她迟早将这事告诉程冠之，索性一不做二不休，找来了绳子，合力将潘姑娘活活吊上房梁……

红豆听得又悲又怒，捂住嘴低叫一声。虞崇毅本性温吞，竟也激愤得红了眼圈，小姨死时他十三四岁，早是记事的年纪，当时外婆哭天抢地的那份悲恸，他到现在仍历历在目。所谓感同身受，由来只是轻飘飘的一句话，可到了此时此刻，兄妹俩竟能体会严夫子的那份切肤之痛。

屋子里沉肃无言，贺云钦待兄妹二人情绪稍有平复，这才沉声道：“四人将红豆小姨缢死后，手忙脚乱收拾现场，出来的时候，白凤飞看见教室前头树底下有个人影一闪而过，是个女学生，且背影极熟，认出是邓归庄的女朋友丁小姐，便对几人说：会不会是丁小姐来春莺里找邓归庄，无意中闯进了中学。

“说起来丁姑娘来的次数极少，傅子箫几个根本认不得她，只有白凤飞因为邓归庄的缘故记住了丁的相貌。几人本就心虚，唯恐丁小姐目睹了他们的杀人经过，接下来几日简直度日如年。后来邓归庄来找他们时，许奕山便有意将话引到丁小姐身上，邓归庄因为维护丁小姐的名声，并不肯多言，他们打听来打听去，只知道她姓丁，连她在哪家中学念书、家住何处都不知道，更无从知道她父亲原来并不姓丁，想去找丁小姐，却半点头绪都无。

“后来丁小姐果然再未来找过邓归庄，几人越发害怕，尤其是白凤飞，怎么也不信丁姑娘会甘心心上人被人抢走，故认定丁姑娘目睹他们行凶才不敢再来春莺里。就算丁姑娘未看见凶案现场，但潘家为了小女儿自杀的事几次去洋行找程少爷的麻烦，眼下正闹得不可开交，若是日后将此事闹上报纸，难保丁姑娘不会疑心到他们身上。

“几人越想越不放心，索性开始跟踪邓归庄，跟了几日，有一回撞上丁姑娘来春莺里找邓归庄，没说几句两个人又吵了起来，丁姑娘气得直哭，邓归庄负气之下走了。这几人趁丁姑娘落单，将其捂昏了，趁夜深，用之前的法子，将其吊到女子中学教室的房梁上，既然仵作检不出前头潘姑娘的死因，自然也检不出丁姑娘的死因，这种法子算来最稳妥不过。

“次日邓归庄得知丁姑娘自杀的消息，只当丁姑娘是因为他的缘故寻了短见，悔恨得险些病死，好不容易病好，心灰意冷去了北平……”

严先生苦等了几日，终于等来了仵作的验尸结果。丁姑娘跟潘姑娘一样，均是自缢而亡，生前未受外伤，亦不曾遭侵犯。严先生在女儿死前已经猜到女儿谈恋爱了，但因为女儿瞒得太严，两口子始终不知道那后生是谁，女儿死后，两口子在女儿房间翻了许久，在床下翻到一双 42 码的男式鞋样，记起女儿之前去过几次春莺里，怀疑那后生住在春莺里，除了认真搜罗此前几月关于春莺里新闻的报纸，还将现场捡到的长乐牌烟头小心保存下来。

事后他拿着女儿的照片去春莺里打听。可是丁小姐来得太少，邓归庄又有意顾全她名声，鲜有人见过丁小姐。严先生怕再打听下去打草惊蛇，只得每日都去春莺里打转，遇到戏台子搭戏的时候，便假作听戏，到台下听戏的人中找寻跟女儿年纪相当的年轻人。

如此过了数月，他开始怀疑许奕山，因为许奕山曾在南洋公学念书，生得又相貌堂堂，而且因为跟露露百货千金谈恋爱，马上要议婚了。他便猜，会不会正是因为许奕山移情别恋，所以女儿才自杀？核对许奕山的鞋码后，他马上打消了这个疑问，因为许奕山脚上所穿是 43 码鞋，并非 42 码。一干后生中，严先生又注意到相貌出众的傅子箫和阳宇天，然而阳宇天穿 44 码，不合条件。傅子箫虽是穿 42 码鞋，但言行委实上不得台面，想来女儿不会心系这种人。

因为调查女儿的事，他曾撞见过这几个后生同白凤飞一齐去女子中学，但他当时怎么也想不出这几人为何要害女儿。而且据他这几月搜罗到的报

纸，女儿出事前，春莺里仅有两桩新闻算起来不寻常，一桩是富荣洋行程少爷遭劫之事，一桩便是潘姑娘自缢案，巧的是，潘姑娘听说曾跟程少爷谈过恋爱，而且死的地方也有烟头，潘家人为此还曾去洋行找过麻烦，可是任严先生想破了脑袋，也想不通这会跟女儿的死有什么关系。

他事后在春莺里足足调查了一整年，随着戏班子迁至旁处，能搜罗的线索越来越少，只得暂且按下。

半年前邓归庄因母病起了调回上海的念头，托人找到严夫子，想请严夫子开具一封介绍信。邓归庄当年跟丁琦谈恋爱时，丁小姐常提起她父母，邓归庄始终认为她父母是上海大学的教书先生，丁琦姓丁，父亲自然也姓丁。所以在初次拜访圣约翰的教授严夫子时，他根本没意识到严夫子就是丁琦的父亲。

有一回邓归庄带自己著的旧书给严夫子过目，不小心从书的夹页中掉下一张从报纸上剪下的照片，这照片就是当年洋人在春莺里戏班子边上照的那张，因为照片上面同时有自己和丁琦，邓归庄特将其剪下来，一保存便是十一年。

虽然邓归庄若无其事将照片又收了回去，但严夫子因为目力甚佳，非但一眼便认出照片上的女儿，更认出女儿旁边的那个年轻人便是邓归庄，这才知道，原来当年跟女儿谈恋爱的那个后生正是眼前这人。他惊怒交加，差点当场发作，又唯恐邓归庄便是凶手，不得不强作无事，而为了追查真相，此后他常约邓归庄来家里叙谈。

有一回邓归庄被严先生灌醉，哭诉说自己平生最饮恨之事便是当年跟女友吵架后未去哄她，致她想不通寻短见。严夫子问他二人当时为何吵架，邓归庄说女友有件奇怪的事要跟他说，因为事关他的几位朋友，想找他商量。此前女友便处处管束他，老限制他交朋友，为此两人吵过好几回，他早积了一肚子火，只听了个开头便不肯往下听了。严夫子沉住气问他可还记得是哪日吵架，女友开头那几句话是什么。

邓归庄因为痛悔不已，一字一句都记得，便含含糊糊说，是甲癸年九月二十二日。女友当时说的那句话是："上回曾看到许奕山四个人一起去女子中学。"而他则打断她道："你是不是又想说我尽交狐朋狗友？"女友跟他大吵一架，他一气之下丢下女友走了。

严夫子又问邓归庄，除了女友那句话里提到的"许奕山"，剩下三个是谁？邓归庄便说是阳宇天、白凤飞和傅子箫。严夫子问，时隔多年，邓可还记得他们之中谁抽长乐牌香烟？邓归庄说傅子箫和阳宇天最喜抽长乐牌。

严夫子于是将报纸全找了出来，重新整理这些年收集到的线索。富荣洋行少爷是九月三日遭劫，遭劫时身边只有司机和一名姓傅的常随。十六日潘姑娘在女子中学上吊自杀，死时教室里有烟头。女儿极有可能当晚看到傅子箫、阳宇天等四人进中学，因觉得奇怪，所以才于二十二日去找邓归庄商量此事，可惜邓归庄不肯听，当晚女儿便在中学自杀了，死时教室里也有烟头，而且是长乐牌。最耐人寻味的是，富荣洋行少爷当年得了重病，年底死了，傅子箫脱离富荣洋行后非但未穷困潦倒，反而手头极阔，不久便经一番打点进了大兴洋行，并慢慢爬到了大买办的位置。

过几日他跟邓归庄闲聊时，趁邓归庄醉酒，便故意提起洋行少爷遭劫之事，说当年这事太蹊跷，他怀疑根本是那傅姓下人监守自盗。邓归庄这几年沉淀下来，早开始怀疑傅子箫几个便是当年劫案的始作俑者，只苦于没有证据，便将当时的所见所闻以及自己的推测都说了。

有一回琅寰书局邀几位大学者举办茶话会，严夫子见许奕山在座，便故意借批判自由恋爱，将话题引到春莺里上，说这风气太坏，委实不宜提倡，当年就曾有几个女学生因为谈恋爱跑到学校里自杀了。许奕山本是极有城府之人，一听之下脸色马上就变了。严夫子于是更加确定潘姑娘和女儿的所谓自杀都跟这人有关，只要一想到女儿的死状，便恨不得手刃这几人，暗想若女儿真是被这几人所害，他该如何自处？

日也想夜也想，他干脆花了两个月的时间做了一套备用的工具，为了出入方便，特拆了一个大鸟笼，将工具放入其中，里头放着一只鸟，外头

蒙上布。与此同时，借着著书及听戏的机会，跟许奕山、阳宇天等人彻底熟络起来。

四人当中，他最先试探白凤飞。借着在刻羽戏院听戏的机会，他在后院苦守了半个月，终于等来了一次机会，趁白凤飞身边无人，有意将女儿当年照片丢到路上。白凤飞路过看到那照片，吓得转身就跑。白凤飞走后，他取回女儿照片，换成了一张新近走红女明星照片，不一会儿白凤飞带着从人去而复返，自己不敢捡照片，硬逼下人去捡。下人看了说是明星的照片，白凤飞起初不相信，含着怵意看了好几眼，这才松了口气。可是从那以后，白凤飞就总疑神疑鬼，晚上若非排戏，轻易不肯到刻羽戏院来。

越接近真相，严先生内心越煎熬，事情已过去十一年了，女儿早已化作一抔黄土。四位凶手却都活得风光体面，许奕山任着书局经理，如今家庭和睦、出入体面，俨然过上了当初梦寐以求的上等人生活。傅子箫敛财无数，白凤飞成为一代名角，就连阳宇天也是衣食优渥，早已今非昔比了。

为了彻底弄明白当年的事，严先生决定从最容易接近的阳宇天身上下手。他每天必去刻羽戏院听戏，还装作阳宇天的戏迷，不时进行打赏，准备了一月有余，终于将戏院前前后后都摸得极清楚了。这晚戏院未排阳宇天的戏，前头特别忙，阳宇天的几个徒弟都需登台，严先生趁乱带了准备了许久的氯胺酮及鸟笼去后院拜访阳宇天。除了几个徒弟，少有人会于晚间来寻阳宇天，这院落一时半会儿不会有人回来。

严先生掐准了药量，在两人闲谈时，于阳宇天茶中羼入迷幻药。不久阳宇天丧失意识，严先生用手帕堵着他的嘴，颈上套上绳索，再用吊钩将其吊至房梁。阳宇天清醒后，万想不到自己会被如此德高望重的一位老夫子给暗害，自是骇异莫名，严先生将自己推测的真相说与阳宇天听，每说一句，阳宇天的脸就白一分，严先生说完后，问阳宇天，他说得对不对？阳宇天当然不肯承认。

严先生只说，若是能供出谁是主犯，他可以考虑留阳宇天一命。阳宇天起初一心盼着外头有人闯进来救他，一味地熬时间。严先生怎肯让他如愿，慢慢收紧他脖子上的绳索。阳宇天只剩最后一口气时，终于忍不住求饶，用目光示意是旁人害了严先生女儿，严先生将誊写了白凤飞等人名字的清单举到阳宇天面前，从白凤飞、许奕山一路点到傅子箫的名字，问一个阳宇天便点一下头，到了傅子箫的名字时更是拼命点头。严先生由此知道，阳宇天、白凤飞、许奕山、傅子箫都是当年害死他女儿的参与者，而傅子箫则是罪魁祸首。

严先生又问，四人当中，只有傅子箫和阳宇天吸长乐牌香烟，女儿死时教室里那么多长乐牌烟头，到底是傅子箫吸得多，还是他阳宇天吸得多？究竟什么样的石头心性，才能在杀人时还不忘吸烟？

阳宇天至此知道自己必死无疑了，灰着脸再不肯透露信息，严先生这时将事先准备好的长乐牌烟抖着手拿出来，一边吸烟，一边收紧阳宇天的绳索。其实有的是比这安全稳妥的杀人法子，但是严先生觉得，自从知道女儿惨死的真相，心里就仿佛破了个窟窿，每时每刻都在淌血，他白发人送黑发人，妻子早他一步走了，如今孑然一身，无牵无挂，唯有让这些人尝一遍当年女儿尝过的痛苦方才解恨。

杀了阳宇天后，严先生参加婚礼，在婚礼上认识了傅子箫。又听说许太太带孩子回娘家，于是当晚便去拜访许奕山，趁许家无人绑住许奕山。因许家独门独户，家中又无旁人，就算许奕山叫嚷也不怕被人听见，严先生便未用手帕塞住许奕山的嘴，让他亲口承认共有几人谋害他女儿和潘姑娘。

许奕山在梁上挣扎无果，为求活命，只得断断续续地说了当年之事，说话时有意撇清自己，恨不得将所有事情推到其余三人身上。严先生至此知道了许多未猜透的当年细节，恨极之下问许奕山，枉他饱读诗书，为了一千大洋杀人值不值？这些年想起当年之事，他许奕山可曾有过半分不安？

许奕山支吾不语，严先生冷笑道：“许经理如今俨然以正人君子自居，

若是有半分悔意，怎好意思各处办学术讲座，自己先愧死了。”

杀了许奕山后，严先生在筹划杀傅子箫时遇到了困难，不知是不是白凤飞在阳宇天死后给傅子箫透了口风，傅子箫晚上总不肯出门，还四处收集上海滩丁姓人家的资料，似乎在查当年那女孩子的底细，因不清楚当年那个丁姓女孩父亲原姓严，暂未查到他头上而已。

严先生知道自己必须尽快下手，免得自己尚未动手，便被傅子箫抢先加害。他摸查了傅子箫平日总去的那几个消遣之处，从车行租了一辆洋车，每晚都在等机会。这晚傅子箫约了人打牌，一个人从家里开车出来，严先生本对今晚动手未抱希望，谁知傅子箫开到路边一家面馆时，竟停车下去吃面，严先生便也停好车，进了面馆，装作偶遇傅子箫。

傅子箫虽在打听丁姓女学生的底细，但自从得知邓归庄调回上海的消息，早将疑心对象放到了邓归庄头上，回想前因后果，越想越怀疑许、阳二人之所以被害，乃是因为邓归庄查到了当年女友自缢的真相，特回来找他们报仇来了。以他的心性，由来只有他害人的，怎肯让旁人害，这几日早就谋划着对付邓归庄，不想遇到圣约翰的老先生，他深觉这是个好机会，便着意拉拢，请严先生坐下。

严先生等待多时，怎肯错过这千载难逢的机会，看傅子箫有意无意向他打听邓归庄，便暗猜傅子箫是因为许、阳二人的死，早就起了疑心，而怀疑对象不是别人，正是邓归庄。

他本就有心跟傅子箫周旋，坐下后，时不时露一两句口风，以此来吊起对方的好奇心。

两人共说了一刻钟，傅子箫防心太重，严先生始终未找到机会，他唯恐暗算不成反坏事，只得稍后再俟机会。

谁知这时面馆的伙计端汤过来，不小心将汤汁溅到了傅子箫的手上。傅子箫自阔了之后，最喜在人前装斯文，然而流氓本性，一到关键时刻就现原形。

严先生趁傅子箫破口大骂那伙计之际，在傅子箫面汤里下了早准备好的药，怕傅子箫面馆里便发作引旁人怀疑，并未下足分量。

傅子箫吃完半碗面果然未发作，只叫了伙计付账。严先生眼看傅子箫要走了，便说他家就住在附近，他腿病犯了，问傅先生能否载他一程。

傅子箫本是懒得理这老头子，但既然要不动声色的谋害邓归庄，邓归庄身边的人总有一天用得着，便佯作热情应允了。严先生坐了傅子箫的车，不久药性发作，傅子箫昏昏沉沉开始打瞌睡，严夫子唯恐自己对付不了傅子箫，忙把住方向盘将车停下，又用倒了乙醚的帕子捂住傅子箫的嘴，待傅子箫彻底昏迷了，才从另一边下来，将傅子箫推至副驾驶座，径直开到他最熟悉的圣约翰。

这次遇到傅子箫纯属偶然，严先生深知最果断的法子便是直接在车上勒死傅子箫了事，但傅子箫既然是罪魁祸首，他怎甘心这么轻飘飘地杀了傅子箫，想起圣约翰后门的破教室长期废置，晚间向来少有学生过去，便将车开入后门。

怎料傅子箫身强体健，还未等严先生将他挂上房梁便有了醒转的迹象，严先生怕他发出响动引来旁人，只得急用帕子捂住傅子箫。

傅子箫认出严先生，死死地瞪住严先生。

严先生恨声告诉傅子箫，他就是当年那个丁姓女学生的父亲，让傅子箫看清楚他的模样，别死得稀里糊涂。傅子箫心性冷硬至极，听了此话只稍稍一惊，立刻便拼死挣扎起来，若无帕子上的乙醚，严先生非但害不了傅子箫，还会被傅子箫所害。

老先生全副心神都用来制伏傅子箫，好不容易傅子箫重新昏迷了，抬手擦汗时才注意到外头有脚步声。

严先生暗吃一惊，不确定对方听到了多少，忙打开门追了上去，幸那人就在门外不远，不及细想，趁黑将那人捂昏。

他心知今晚是断不能布置现场了，在外头那人醒来前果断回教室将傅子箫勒死，又将教室外那人搬上车。

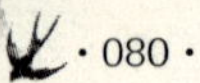

亮灯时才发现被他迷昏之人竟是他的学生红豆。

严先生顿时心乱如麻。

他知道自从阳宇天和许奕山死了，不止王彼得被探长引来调查此事，连邓归庄也起了疑心，不但借他借过的工具书来看，还着意打听丁琦的父母是谁。

想必邓归庄很快便会知道他就是丁琦的父亲，亦很快会猜到他正调查当年之事。

前日邓归庄有意带着那几本工具书来找他，因走的时候心神恍惚，连落下那几本工具书都不知道。他唯恐夜长梦多，次日一早便用邓归庄的名字将那几本书送回了图书馆。

谁知下午邓归庄来找他，说书里面夹了一张很重要的物事，不是旁物，正是他和女友那张当年唯一一张合影。严夫子一惊，忙去图书馆找书，怎料不过一下午的工夫，那书又被顾筠借走了。

案子本是顾筠引王彼得查的，眼下这孩子又借工具书，若再结合这张照片，以王探长之能，迟早会查到他头上来。

死，他不怕，但他尚有两个仇人未手刃，怎肯半途而废。他忙去教育系的大教室找顾筠，幸而顾筠当时虽借了书，并未来得及翻看。他等教室人少了，便弄晕顾筠，将书里的照片取了出来。

谁知晚上对付傅子箫时，又不小心被红豆撞上。

两个都是他的学生，且他自调查当年事时发现潘姑娘是红豆小姨，便对红豆油然而生一种特殊的怜爱之心，就连平日批红豆功课时，亦比旁人更细心。

难得红豆又极聪颖，严夫子课堂上听红豆妙语连珠，他常会黯然地想，他的女儿当年也是如红豆这般慧极敏极，若是未被谋害，次年便会顺利考入大学，而且在课堂上，想必也会如红豆这般讨先生喜欢。

他心神不宁开了几十分钟车，因当晚下了雨，唯恐害得红豆着凉，只得拿外套盖在红豆身上。后来他估摸着红豆快醒了，想来就此将红豆丢下也不会出什么问题，便停了车下去。

他知道红豆观察力极强，若跟顾筠交换信息，也许很快就能猜出他是凶手，所以他必须抓紧时间对付白凤飞。

可就在他去找白凤飞之前，邓归庄前来找他，满脸愧悔地说知道了他就是丁琦的父亲，之所以故意将照片落在书里，就是为了试探严夫子的反应，问严夫子是不是在查女儿的死因。

严先生起初未理邓归庄，许久才说了一句，他女儿的确死得不明不白。

正好他还有许多当年的事未弄明白，便说晚上会去找邓归庄，因为此事太隐秘紧要了，家中最好无旁人在场。

邓归庄自丁琦死后，十一年来一直活在愧疚中。自经严先生提点，早对丁琦当年的死起了疑心，可他不能亦不肯相信丁琦是因为自己的缘故才被人谋害。

是晚严先生来找邓归庄。坐下后，严先生先将五人当年在春莺里的事情盘问明白，又问女儿当年和邓归庄谈恋爱的经过、两人究竟是如何起了龃龉、女儿遇害当晚又为何去找邓归庄，力求不落下一处细节，逐一弄明白。两人相谈一整晚，不断整理、推测、还原，真相一点一点在拼凑，严先生的心一片一片裂得稀碎。

谈到次日清晨，邓归庄痛哭流涕，在严先生面前长跪不起。原来他的丁琦说得丝毫不差，他当年所交何止是狐朋狗友，简直是魑魅魍魉，尤为锥心的是，那晚丁琦来找他，他竟连她的话都不肯听完就负气走了。若傅子箫等人是元凶，他便是当之无愧的帮凶。丁琦当年受了多少苦，他活该一一领受。

遂自缢于书房。

红豆等人听到此时，已是泪流满面，既哭一命抵一命的这对痴儿騃女，也哭大好年华便夭折的小姨和丁琦。尤为痛惜苦熬多年的严先生，即便举刀成魔，仍存一份良善之人的悲悯和底线。

虞崇毅一个大男人泣不成声，对红豆和贺云钦道："小姨死得太惨，严先生亦死得不值，就算这些人偿了命又如何，任谁也不知道他们当年做过的恶事，我们须得让当年之事真相大白。"

第九章

贺云钦唤了下人进来，让其将炉火烧得更旺，待屏退下人，这才对虞崇毅道：“大哥说的话正是我想说的，但案子发生在十一年前，相关证据都已湮没了，严先生也是搭上了自己的性命才将真相还原到这种程度，以官方的渠道公布真相是断不可能了，但想要将此事公布于众，也不是没有旁的法子，这封信还未读完，我们先耐心看完白凤飞一节再好好筹谋。”

众人哑然点头。

邓归庄自缢后，严先生急于找到白凤飞的下落，可此女一贯狡诈，眼看阳宇天、许奕山、傅子箫一个个都丢了性命，早猜到此事跟丁琦及潘姑娘有关，王彼得他们在查案子，迟早会找到凶手，好在当年的事死无对证，只要她咬死不承认，谁又能奈何得了她？在凶手落网之前，为保命先藏起来再说。

就在严先生苦寻白凤飞无果的时候，天助也，南京那位大人物竟来上海听白凤飞的戏。

严先生在报纸上看到这消息，心知必须在戏院加强守备之前入内等待机会，于是明明白凤飞次日才登台，他头天就去了刻羽戏院。

他心思何等敏锐，很清楚邓归庄都能查到他是丁琦的父亲，王探长更

能查到他头上。如今藏了许久的白凤飞终于露面，倘若王探长疑心他是凶手，也许会抢先一步派人来他寓所外盯梢。

于是他让家里的老下人穿了他的长衫，梳了他的发式，于头晚到他卧室看书歇息，次日到书房拿笔做样子，以此来迷惑王探长的手下。

老下人在严家多年，亲身经历了这十一年来主人家所遭受的苦痛，虽然先生从未言明，但他早隐约猜到先生在查小姐之事，自无不配合之理。

王彼得早想通这一节，听到这里，慨叹道："怪不得我们派去的人第二日一整天都未发现不妥，原来严先生头天就离开了寓所。但严先生委实多虑了，如果我早知道事情的来龙去脉，阻不阻拦他还另一说呢，反正我这人是没有什么善恶是非观念的，白凤飞连杀两人，早就该死，若非严先生亲自讨公道，律条根本治不了她。"

贺云钦对此番议论未做评价，继续道："严先生头天假借票友身份进入戏院，趁戏院最忙的时候混入后院，是晚戏院清场后，你们猜严先生藏在何处？"

戏院里何处最僻静？红豆闷头想了想，试探着答："如果是我要等待机会杀白凤飞，定会找个极安全之处，莫非……是阳宇天的院落？"

其余人一怔，贺云钦点头道："严先生在戏院藏了一整晚未被戏班子的人发现，我今晚琢磨了许久也没想明白缘故。原来是这样。"

贺云钦看着信道："自阳宇天死后，那地方根本无人敢去，算起来是刻羽戏院最适合藏匿之所，严先生带好准备的工具、衣裳、信件、毒药，在阳宇天房间睡了一晚，等到次日下午时，白凤飞果然来了戏院。严先生见机会来了，趁戏院众人忙于张罗另一名角小金荣登台之际，端着茶盘敲响白凤飞的门……"

白凤飞防备心极重，当即问是谁。严先生说是来送润嗓茶的。白凤飞跟傅子箫一样，近来最疑心的对象便是邓归庄，但她尚不知邓归庄自缢的消息，而且也知为了迎接南京那要人，戏院内外早加强了防备，兼之听声音是个老头儿，更加放了心，遂开了门。

严先生一进门便用帕子将白凤飞捂昏，白凤飞醒转后，先是吓得发抖，接着在梁上大踢大闹，而后对他怒目而视，无果后又转为噙泪求饶。总之花样百出。

严先生复述一遍自己整理及猜测的真相，经过几位凶手的确认及邓归庄的回忆，真相差不多已还原，单剩最后一个不解之处需向白凤飞求证——如果潘姑娘是因为撞见了分赃现场被害，他女儿丁琦为何也遭了他们的毒手？而且为何当晚无事，隔了六日才被谋杀？

白凤飞怎敢说出实情，严先生便缓缓说出自己的推测，丁琦因为去找邓归庄，无意中见到他们四个进女子中学，虽未目睹凶案现场，但走时被他们四人中的某一个发现了行迹。当初邓归庄年纪轻不懂事，未看破她白凤飞的伎俩，事后回想当年之事，才意识到白凤飞当年曾有意在他和丁琦之间制造过不少误会。

因此四人当中，唯有她白凤飞因有意接触邓归庄见过丁琦好几回，当时天色已晚，能在那等环境下一眼认出校园的女生是丁琦的，只有可能是白凤飞。而他女儿之所以几天后遭到谋杀，正是因为她白凤飞将此事告诉了其他同伙。

倘若这两桩惨案的罪魁是傅子箫，白凤飞则是他女儿遇害的祸首。

严先生问她究竟什么心肠，单凭一个模糊的背影便能起杀机，除了怕事情败露急于灭口，是不是也因为邓归庄的缘故早就嫉恨丁琦？因势利导、借刀杀人，她白凤飞小小年纪便做得如此趁手，岂非天生便是恶人？

白凤飞听了这话目光闪烁。严先生恨得泣血，以极慢的速度收紧白凤飞脖上的绳索，白凤飞挣扎许久，痛苦异常，吓得屎尿失禁，严先生便将事先拟好的一封认罪书取出，捉住白凤飞被绑的手，让其签字画押。

在白凤飞断气后，严先生将此段补好，从容服下毒药，自行了断。

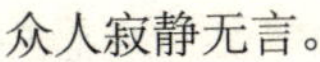

众人寂静无言。

过了不知多久，红豆擦了擦腮边的泪，起身从贺云钦手中取过那封认罪书，呈给大家看。

顾筠脸上泪痕已干，声音却仍很嘶哑，看了信上内容，平静地摇头说：“白凤飞已被谋害，就算将这封认罪书公布于众，别人只会认为是凶手栽赃，必不肯信。严先生想必也清楚这一点，所以临终前并未托付此事。”

红豆恨声道：“严先生大仇得报，早已将身后之事置之度外，但我实不忍严先生背负杀人魔的骂名，怎么都该将真相公布于众，不信想不到法子。”

厅内复又沉寂下来，雨滴自檐头滴滴答答淌到客厅门前的水门汀地面上，夜雨越下越大，梧桐树飒飒作响，一股清寒潮气在屋子里静静蔓延。

一片寂然中，角落里的西洋座钟开始报时，咚、咚、咚、咚……一共响了九下方停，红豆才意识到已九点了。

“竟这么晚了。”

外头下人进来道：“二少爷，二少奶奶，顾公馆来车了。”

顾筠起了身，郑重地对红豆道：“我明日再来同你们商量此事。我和你都是严先生的学生，一日为师终身为父，严先生的事，我们做学生的责无旁贷。”

红豆点点头，同贺云钦送了顾筠出来，亲自看她上了顾家洋车才回转，不一会儿王彼得和虞崇毅也告辞要走。

走前虞崇毅对妹妹道：“当年母亲和舅舅都极为疼惜小姨，如果贸然将真相告诉他们，势必会大恸一场。我明早先想办法通知舅舅，明晚若你和云钦方便，一起来同福巷坐坐。等母亲和舅舅平复，我们恐怕要陪两位长辈去给小姨上个坟。真相掩埋了这么多年，如今凶手全已被正法，若是小姨地下有知，应当终于可以安息了。”

红豆尚未答言，贺云钦已痛快应了：“好，明晚我陪红豆回娘家一趟。”

虞崇毅心里自是感激。

送走虞崇毅，两人到里屋卧室安歇，换洗衣裳早备好了，经历这几日的惊心动魄，红豆早已身心俱疲，哭了不知多少回，胸膛几乎被掏空。待贺云钦穿了睡袍出来，她进去草草梳洗一番，换了寝衣，一头倒在床上。

贺云钦外屋打完电话回来，见红豆趴着一动不动，摸摸她光溜溜的脚丫子，皱眉拉她起来："你手脚冷得出奇，先喝口热茶再睡。"

红豆只得木然翻身坐起，从贺云钦手里接过茶杯，茶里未放茶叶，蜂蜜水里加了牛乳，热腾腾的蒸汽漾开暖融融的甜香。她喝了一口，捧着茶杯偎在贺云钦怀里，脑子走马灯似的停不下来，唯一念头就是如何顾全严先生死后的名声。

贺云钦任红豆抵着胸膛，一味沉默不语，似在想事。

"云钦，今天戏院里的枪声是怎么回事？"

贺云钦默了片刻，垂眼看她的发顶道："你当时怕不怕？"

"怕。"红豆诚实地点头，"枪声太近了，我不知发生了何事，怎能不怕。"

贺云钦笑了笑道："大风大浪前前最能考验人性，你怕，却并未撇下严先生不管；严先生死后，你不忘替他整理头面，一心要周全他的体面和尊严。红豆，你有情有义，贺某娶妻如此，何其幸哉。"

红豆听出他并非打趣她，抬眼看他："我怕而不走，除了舍不下严先生，还因为你也在。你在，我就安心。而且严先生跟你非亲非故，你不是也不肯袖手旁观吗？贺先生，你正直仁厚，红豆有夫如此，亦甚幸哉。"

贺云钦自接电话后心情本极为沉郁，这一番话让他眉头瞬间舒展开来，抬手捏了捏她象牙般白润的脸颊："你就不问我为什么提前知道剧院里会大乱吗？"

"想。"红豆故作委屈地点点头，"但我问了你也不肯说，不如等你自己告诉我。"

她在他面前一向是莹澈见底的，贺云钦心都要化了，望着她道："严先生的案子不止牵涉了八条人命，且其中有五人是有头有脸的人物，若此事传扬开来，定会引起轩然大波，我们需在外头舆论攻击开始严先生之前

先下手为强。至于今晚戏院刺杀之事，报上会有相关报道，我会将所有知道的消息都告诉你。明早起来，你准备一份体面的礼物，我先带你去拜访一个朋友。”

红豆心情莫名舒畅了些：“好吧。”

翌晨，下人送来报纸，半数报纸都在报道一代名伶白凤飞遇害的消息，而对于更该引起瞩目的戏院刺杀一事，多数文章仅一笔带过。

白凤飞死状太惨，凶手为谢罪当场服毒自裁，整件案子迷雾团团，且不知是不是背后有人提前进行打点，法租界警察局对凶手的身份及行凶目的只字不提。

基于此，在案件明朗之前，虽然满城哗然，竟无一家报纸敢妄议此事。

出人意料的是，当天晚报，空置了一年有余的大名鼎鼎的彼得专栏突然以《画皮》为题发表系列诡案文，其中第一篇题目拟为《恶魔披人皮逍遥法外十一载，老先生苦查真相为女报仇》，从十一年前某戏班子驻春莺里起笔，到洋行少爷惊天遭劫案为止，短短篇幅共引出行凶主角四个，通篇未指名道姓，然只要略为知晓白凤飞、许奕山等人发迹史，一读之下莫不有种熟悉感。在好奇心的驱动下，当晚报纸一销而空。

自翌日起，该专栏每日两文，随写随登，不拘篇幅，缓缓将一篇曲折离奇的悬案详加道来。

文章是由红豆和顾筠合写，案件细节则由王彼得及贺云钦补充。由于这文章笔法太过翔实，文中提到的十一年前的洋行少爷被劫案、女生自缢案、白凤飞阳宇天等人被缢死——均有迹可循，且王彼得还用自己的德制相机将严夫子保存下来的长乐牌烟头及所制工具拍了照片，照片随文章一齐登载，更增添了一分可信度。

然而只要报社打电话给文中所影射之人进行求证，王彼得一概予以否认。越如此，人们越掩抑不住猎奇之心。随着报纸销量暴涨，坊间已由最初对白凤飞、阳宇天等人的痛惜，到怀疑、不齿、痛骂，各种言论皆有。

此举依然无法尽数周全严先生身后名声，但在警察局公布此案行凶人就是圣约翰德高望重的国文教授后,竟有大半人认为白凤飞等人死有余辜。

事情过去一月，民众的注意力渐渐被旁事所牵引，待法租界警署将严先生尸首发还，圣约翰师生自发给严先生举行了一个小小的追悼会。可怜严先生世上已无挚亲，师生合力将其与妻女安葬在一处，在丧事过后，又由红豆和顾筠牵头定下规章，往后众学生定期前去祭奠严先生。

第十章

红豆复课这一月里，白日上课，晚上跟贺云钦他们一道拟专栏文章，这样忙忙碌碌，倒渐渐忘了因小姨和严先生之事而带来的忧愤。

彼得专栏已将当年真相全数登载完。从外界议论来看，收效甚著，红豆心头总算了却一桩大事。

这日礼拜日，学校无课，难得身心都松懈下来，她睡了个好觉，醒来时不知几点了，屋子里宁谧得让人心安，外屋传来沙沙的自来水笔写字声，抬头一看，贺云钦坐在外屋书桌前写东西。深秋清晨的阳光自窗外洒入，薄亮如一层金色的轻纱，虚虚笼住他半边身子。

贺云钦做事时从不一心二用，她悄悄将一只胳膊撑在枕上，故意远远望着他不说话，谁知刚一动，他就头也不抬道："醒了？"

红豆大觉无趣，将被子高高拉至下巴下面："讨厌。"

他搁下笔进屋："讨厌什么？"

红豆忙将被子蒙住头，闷笑道："你别过来，我还要睡觉。"

"啊？都九点了还睡？"贺云钦坐到床边，试图将她从被子里捞出。

这话倒提醒红豆了，她睡过头未下去吃早饭，不知会不会引来公婆不满。她忙将脑袋从被子里钻出来，悄声道："早上你怎么不叫我？"

“我叫了。”贺云钦望着她，她的脸颊还残留着浓睡刚醒的一抹娇红，近看之下像清晨带露的花瓣，“可是你不肯起来。”

他离她越来越近，她重又钻进被窝：“那，公公婆婆有没有说什么？”

“能说什么？你那么能吃，替家里省顿口粮还不好。”

红豆知他处处维护她，定拿了别的话替她周全，不由得又好气又好笑：“少了一顿口粮，我没力气起床了，那让我再睡一会儿吧。”

“你忘了今天要帮岳母找房子了。”

“反正都睡过头了，不如挨到中午回家吃饭。”

“红豆。”他眸子里浮现一抹笑意，“我以前怎么不知道你这么懒。”

“随你怎么说，反正我又懒又馋。”

她裹在里头像一条毛毛虫，他一捞被子她就躲。

他声音一低，点点头道：“我知道了，定是昨晚太累了。”

红豆一滞，隔着被子闷声道：“贺云钦你太坏了。”

“我怎么就坏了？”

大床宽大，红豆在床上自由度几无限制，裹着被子直往另一头滚去：“坏不坏你自己心里清楚。”

贺云钦怎肯让她跑了，一把捞回来，剥掉她身上的被子，将她打横抱起，往浴室走：“真不像话，还得我亲自帮你洗。”

红豆在他怀里又踢又打，诧笑道：“谁用你帮我洗，你快放我下来，我起来就是了。”

“你只管嚷，外头要是有下人路过，想不知道我们在干吗都难。”

这话有奇效，红豆马上忘了挣扎。贺家风气开化，不喜拘束晚辈，但因暂未分家，几房人住在一起，处处都不便，然而她身为儿媳，于情于理都不可主动提起搬家一事，只得搂着他的脖颈，软声道：“那边房子很清静，我们什么时候还去住一晚？”

贺云钦一听便知红豆指的是那套上回住过的幽静寓所，故作正经道：“去那儿住做什么，方便我们胡天胡地吗？”

“你这人怎么一句正经话都没有，快放我下来。”

贺云钦用脚踢开门：“你可别再动了，你知不知道自己很重，再动我可真抱不动了。”

红豆恼羞成怒：“瞎说，我一点也不重。”而且贺云钦明明抱她抱得很轻松。

“不重你就乖乖别动，让我抱你进去再下来。”

两人在里头折腾了许久才出来，贺云钦重新换了衣裳，红豆又在床上赖了一会儿，待体力恢复了才收拾了跟贺云钦出门。

客厅里一家人都在，就连难得在家的贺孟枚也在上首坐着，边看报纸边吸烟斗。段明漪跟贺宁铮两口子挨在一起说话，贺竹筠跟贺太太坐在沙发上，贺太太脸上架着一副眼镜，举着报纸远远地看，贺竹筠一边替母亲捏肩，一边轻声读报，一派其乐融融的景象。

贺竹筠看见贺云钦和红豆下来，笑道：“母亲说昨天二嫂给她老人家揉肩累坏了，今天放二嫂一天假，该轮到我来伺候了。”

说话工夫注意到二哥里头换了件衬衣，若在从前她定会开口询问，这些日子早懂得些了许多，忙以极端正的表情看向报纸。贺太太假装什么也没看见，要贺竹筠继续念那段文字，贺竹筠硬着头皮念道：“这套寓所已有三十年历史，因时常闹鬼，几经出手，无人问津，三月前突然被一家诊所给盘下，然而挂牌营业未多久，便有一位护士离奇死在宅子里，说来实为凶宅，此后恐再难出手。”

贺云钦听了这话，脚步一顿，坐到沙发上，也拿了一张报纸来看。

贺太太这才对贺云钦道：“要跟红豆出门？”

贺云钦眼睛盯着报纸，散漫一笑道：“前些日子总下雨，难得今天外头天气好，我带她出去转转。”

红豆故意离他远远的，转身挨着贺竹筠坐下，望那报纸道：“母亲还想听哪篇新闻，儿媳来读吧。”

贺太太随手一指道：“好孩子帮我念念这段。”

红豆见是段明漪张罗的俱乐部举办第一次活动的告示，刚要开口，忽然瞥见右下角一个寓所出售广告。

她这些日子为了帮母亲哥哥找合心意的房子，没少留意报上这些告示，这房子本身无甚特别，特别的是房屋主人，上书“大明星陈白蝶名下香邸近日拍卖，满城公子王孙争相竞价”。

红豆心里一阵腻歪，真心佩服这些惯写花样文章的人，不过一套洋房，仅因为陈白蝶住过，就冠以“香邸”二字。

不过这洋房在栖霞路上，想来样样都好，陈白蝶又不差钱，怎么突然想起来卖房子了？

红豆抬眼看看贺云钦，贺云钦显然也注意到了那段新闻，脸色淡淡的。

再悄眼看贺孟枚，公公举着报纸挡脸，已经许久未动了。

红豆给贺太太念完那段俱乐部的新闻，还要再往下念，贺云钦看看腕表，催她道：“十一点了，再不走就晚了。”

红豆于是跟贺云钦告辞出来。稍后还要载岳母和大舅哥一起去看房子，两人没骑自行车，改乘洋车。半路，红豆打开车窗，任风吹拂脸庞，由衷地感叹：“天气真好。”说着便将下巴搁在胳膊上，惬意地眯着眼晒太阳。

贺云钦看她一眼，真像一只懒猫，还是又白又憨的那种。

红豆未注意贺云钦脸上的笑意，记起刚才那段报上新闻，疑惑道：“陈白蝶怎么想起来卖房子了？”

她有一个猜测，因得知陈白蝶散播桃色新闻，贺孟枚一怒之下跟其断了往来。陈白蝶这几年过惯了洋车华宅的生活，一下子少了一大笔财路，想必处处施展不开，出于无奈，才开始折卖财产。

刚才看报时，公公似乎对此也很惊讶，可见事先并不知情。

贺云钦也正琢磨这件事：“这女人花样百出，既然她要拍卖那房子，我们去看看便是了。”

红豆回头望他，那房子现在已经喊价万元现洋了，寻常人谁敢过问，贺云钦这语气竟随意得像去买菜赏花似的。

她半天未接话，贺云钦看向后视镜，才发现她微讶地望着他，只得道："那房子并非我父亲所赠，否则就算陈白蝶再短钱也断不敢卖，可见这房子的来历成谜，此其一。其二，这女人突然急着转手房子也就罢了，还故意登报大肆渲染此事，此人并不蠢笨，难道不知以目前的局势，房价被人哄抬得越高越卖不出去？所以我说她意不在卖房，分明有别的目的，不去看看怎么行。"

此事的确蹊跷，红豆想了想，托腮道："说起来难道像之前四妹念的那段新闻那样，陈白蝶的房子也闹起了鬼？"

贺云钦笑道："虞女士饱读诗书，难道还信这个？"

"我自然不信，何况就算有鬼，鬼又怎及真正的恶人恐怖。我只是在想，如果照你所说她眼下不缺钱，那就是房子真有问题，为何之前住得好好的，怎么突然就来了'鬼'？陈白蝶应该知道越是贱卖越容易引来揣测，明明住不下去了，不知何故，非要做得张扬瞩目。"

贺云钦神色凝然："刚才那报纸上说的闹鬼洋房地址在何处？既是聘请了护士的西医诊所，想必不会轻信闹鬼之类的无稽之谈，护士死得不明不白，诊所负责人不可能就此不管。也不知王彼得处可有消息，不如我们先陪岳母看完房子，再到王彼得那儿去瞧瞧。"

这话正合红豆心意，说话的工夫同福巷到了，停好车上楼，潘茂生一家人也来了。虞太太正在厨房张罗午饭，玉淇、玉沅两姐妹则在客厅跟哥哥说话。

两下里打了招呼，潘太太悄悄将红豆拉到一边道："报纸说贺家大少奶奶要在圣约翰举办茶话会，听说大少奶奶着意办得风光体面，特邀了许多沪上才俊，若是方便，你给玉沅也弄张帖子，她性情乖张，就该多去这种场合，不然整天闷在家里，如何增长见识。"

红豆知道自从玉淇表姐跟袁箬笠订婚，舅妈便将全副心思放到了小女儿身上，增长见识是假，结识乘龙快婿才是真。怎奈玉沅比姐姐古怪许多，任凭舅妈使出浑身解数，就是不肯听母亲的摆布。

这种茶话会宾客云集，玉沅料也不会想去，可若是当面拒绝，她又唯恐舅妈多心，便笑道：“好，我回头就让人把帖子送家去。”

舅妈脸色一亮，笑眯眯道：“真是好孩子。你看玉沅比你才小几天，你都已经成婚了，玉沅的亲事却还连个影子都没有，遇到二少爷的那些朋友里有合适的，你多替玉沅留留心。”

红豆笑着点点头。

两人说话时，玉沅不时往这边瞧，显然猜到了母亲又在张罗什么，满脸不忿。

幸而舅舅一家人用完午饭便走了，虞太太、虞崇毅便同着下了楼，一道去看事先说定的几所房子。看了一下午，虞太太属意香樟路上一套独门独户的小洋房，就担心价钱太贵，谁知一开口，竟比之前看的一套旧房子还便宜几百大洋。

这个价倒并非不可能，但也太理想化了，虞太太和虞崇毅面面相觑：“是不是报错价了？”

贺云钦笑道：“房子主人因要搬去香港，眼下忙于将沪上几套产业悉数抛售，他急需用钱，故未着意抬价。”

虞太太当即明白过来，几套房子都是她和儿子自己找的，独这套是女婿领他们来看的，房子外头看着半新不旧，里头家具地板都是簇新的，西洋水汀及热水一应俱全，门前树木成荫，真正冬暖夏凉，且周围幽僻，离圣约翰颇近，简直处处都合心意。

这等好房子怎会凭空掉下来？分明是女婿提前做了安排。怕他们过意不去，故作托词而已。偏偏价格还定得不高不低，让他们想回绝都无从说起。

她故意板起脸：“你这孩子。”

虞崇毅也过意不去道：“云钦，这万万不可——”

贺云钦扬眉笑道：“岳母和大哥别多心，的确就是这个价，要是不信，我这就找朋友过来，岳母和大哥一问即可。”

就算找来又如何，两人必定预先对了词，那人来了也会替贺云钦撇干净，他们又不能强着贺云钦收钱。

红豆抬眼对上母亲的视线，在屋里站不住了，干脆出了屋，到门前小花园闲逛起来。接下来又看了几套房子，虞太太考虑再三，最属意的还是之前那套。她向来通透，女婿做得这般周全，想来此事就算传出去，旁人也挑不出差错，于是未再拿乔，当晚就痛快交了定金。

家里了却一桩大事，红豆空前高兴，回到虞家已近晚上六点，桌上大半是贺云钦爱吃的菜，红豆不许母亲动手，一定要亲自给贺云钦夹菜，贺云钦照单全收，她夹一口，他就吃一口。

一顿饭吃得身心舒畅。从同福巷出来，两人仍按照原定计划去王彼得处打听“凶宅”护士横死一事。待上了车，贺云钦刚要开动，不经意朝后视镜看一眼，眸光一淡，红豆讶道：“怎么了？”

贺云钦道：“别往后看，我一会儿告诉你。”不等红豆再追问，便开车往富华巷而去。

贺家洋车刚消失在马路尽头，另一辆洋车就从黑漆漆的角落拐出来。

车里共坐三人，白海立一个人坐在后座，一双腿高高搁在前头椅背上，外套半敞，嘴里叼着根雪茄，阴沉沉盯着那辆远去的车，烟灰积了好长一截都不觉，半晌方“嘶”了一声道：“我这心里怎么这么不痛快呢。”

前头那人扭头，讪笑道：“您不痛快，属下也不痛快。可是照您的意思，我们本就不好明目张胆跟贺家作对，就算想对付他们兄妹俩，总不好做得太露痕迹。何况依属下看，贺公子对那个虞红豆是动了真心，咱们要使绊子怕是不容易啊。”

白海立冷嗤一声：“眼下他是对虞红豆新鲜，过些时日你们再看。凡我所见，只要是个男人，就没有不喜新厌旧的，只要咱们搅和得贺云钦对虞红豆淡了心，她虞红豆的日子还能舒心得起来吗？虞红豆一不痛快，我心里自然就痛快了。”

他顿了顿，眉毛一竖：“不是让你们从虞崇毅这边想办法吗，怎么到现在都没动静，一帮废物。”

那人道：“虞崇毅这小子最近只张罗买房子，并不打算开铺子，而且这小子早对咱们起了防备心，要从这边下手委实不容易。”

“这也不行那也不行，难道就这么算了？”白海立啐一口，“这家人太不识抬举，我这口恶气堵在胸口，急等着地方出气。你们只管敷衍我，看你们能敷衍到几时！”

那人眼珠一转：“厅长息怒，属下查来查去，窃以为有两件事可以入手，一个就是虞崇毅的舅舅潘茂生，这人在南宝洋行任买办，有两个如花似玉的女儿，听说潘太太极势利，正四处张罗给女儿找体面女婿。再一个就是听说虞红豆在学校里以前有不少男学生追求，虞红豆近日总在教堂里演出什么《画皮》的话剧，也不知贺云钦知不知道自己老婆这般出风头。属下还听说圣约翰过些日子还有茶话会，还是贺家大少奶奶主办的，算来都是大有可为的好契机。”

“哦？”白海立来了精神，两指夹着雪茄出了会儿神，脸上浮现一抹笑容，掸掸烟灰道，“不错，上了心，孺子可教。你再去好好打听打听，尤其是潘家那边，记得做得不露痕迹，免得贺家怀疑到咱们头上来。”

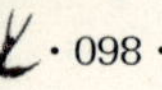

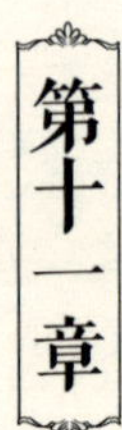

第十一章

到了富华巷，贺云钦和红豆上到二楼。王彼得正招助手，过道里全是等待面试的年轻人，举目一望尽是学生，想来一为本身的兴趣，二为彼得侦探所开具的优渥薪酬而来。然而能通过桥牌游戏的本就少之又少，王彼得疑心又重，面试从早上持续到晚上，只有几个人通过了复试。

王彼得那边在忙，贺云钦和红豆自顾自进了书房，顾筠在桌前一丝不苟地整理书页，看见两人进来，愣了一愣："噫，你们怎么来了？这样也好，我就不用家里派车来接了，一会儿我同乘你们的车回家。"

红豆笑道："你是每逢礼拜日都要来给王探长充当助手吗？"

顾筠认真道："平日王探长不拘着我，实在忙不过来时才找我帮忙，但礼拜日我需来此归拢资料，近日因为彼得专栏重启，王探长接了好多新案子，案卷堆积如山，我从早上八点整理到现在还未整理完。可见以我的程度还应对不来这么棘手的工作，希望今日探长招聘来的新助手能早日来上工，这样我也就不会这么吃力了。"

红豆正要帮她整理东西，瞥见顾筠手边一沓照片，目光一定，忙拿起来看。

贺云钦跟顾筠打完招呼后，便立在书架前找沪上"凶宅"资料，听红豆半天不说话，回头看去，怔了一怔，走到她身后，接过她手上的那张照片。

照片里是栋有年头的洋房，正对大门所拍，特别之处在于王彼得用自来水笔在照片上写的一行字：柽枫路 15 号。

两人记忆力极佳，自然都记得这是早上报纸上提到那栋凶宅的地址。

“王探长接了这案子？”贺云钦微讶问顾筠。

顾筠推推镜架：“对，有位姓林的西医博士租了这房子。早前便有人说这房子是凶宅，林博士根本不信这些无稽之谈，谈妥价钱后便预付了一整年的房租，谁知刚挂牌营业一个月，值夜班的护士就死在房子里了，诊所现已关张，林博士觉得整件事太奇怪，于是上门请王探长帮忙查案。”

贺云钦到桌前拿起归类好的一沓书页：“这些都是这案子的案卷？王探长去房子里勘查过现场了，得出什么结论？”

王彼得正好进来，忙活了一下午，酒虫早已蠢蠢欲动，进屋顾不上说话，先掏出酒壶饮了一口，这才指了指贺云钦手里的照片道：“这诊所的负责人叫林禹文，是一位英国留洋博士，诊所开业后共招了三名护士，遇害的护士是其中之一，叫史春丽，今年二十五岁，本埠人，毕业于教会开设的卫生学校。出事当晚轮到她值夜班，一整晚林博士未接到史春丽打来的邀诊电话，次日早上另一名护士到诊所开门，进去才发现史春丽死在休息室的单人床上。尸检结果已出，是西洋医学所谓心脏病发猝死。尸身上未检出其他外伤痕迹，诊所财物亦不见丢失，警察局调查了一个月，以自然死亡结了案。”

红豆一张一张翻王彼得拍摄的照片：“听上去整件事像是意外，为什么林博士会请探长去调查？”

顾筠抽出一张照片递给红豆：“这洋房有些年头了，楼上楼下共三层，护士的夜间值班室在一楼，楼上的房子暂时空置。出事前一个月，诊所里的护士半夜听到过几回脚步声和女人的哭声，这宅子历来便有‘闹鬼’的传闻，护士们害怕之下便将此事告诉了林博士，林博士认为是有人想行窃所以故弄玄虚。为了找出那盗贼，林博士自己在诊所住了一晚，可是当晚

什么也没发生，而且自那以后房子里晚间再没有异响，谁知才不到半个月，就出了史春丽的事。”

王彼得从沙发上起来：“我去现场勘查过几回，前门后院都没有可疑的痕迹，二楼三楼的房子全数空置，只在二楼最里面的一间书房发现了一双脚印，大约 39 码，鞋头甚尖，看着像女人的鞋，我问过林博士，林博士说他当初看这房子时里头经人打扫过，未发现书房里有脚印。租下房子后所有业务全在一楼进行，二楼处于半封闭状态，所以我怀疑那脚印是新近才有的，就可惜史春丽的死亡没有外力的痕迹，不然光凭这双脚印就可以要求法租界警署重新调查了。”

贺云钦翻了一晌，果然翻到一张鞋印照片，红豆就着贺云钦的手好奇打量：“这房子为什么会得来凶宅之名？难道以前也死过人？”

贺云钦道：“十年前有位美利坚的传教士来上海，不知何故在房子里自缢了，半年后，又有一名日本住户在房子里服毒自杀，自那之后这房子便有闹鬼的传闻了。”

红豆暗暗看向贺云钦，他似乎对沪上这些老建筑颇有心得，记得有一回在新亚茶室，他就曾以《沪上建筑神秘事件报告》为题作过演讲。他之所以下功夫研究这些建筑，真像他自己说的那样，只是心血来潮，还是有别的目的？今天早上他一听陈白蝶要卖房子就来了兴趣，晚饭后又特来王彼得处打听这护士横死的凶宅，提到这凶宅的来历时更是知之甚详，怎么看都透着古怪。

贺云钦明明已察觉红豆探究的目光，却佯作不觉。红豆不满地嘟了嘟嘴，贺云钦虽带她见了一些朋友，但仍有很多事瞒着她，想必就算往下追问，他也会用别的话岔开。

贺云钦对王彼得道：“上月开始白海立私底下去过陈白蝶的寓所，因顾忌太多，两人未敢明目张胆来往。近日陈白蝶卖房子的广告你可看了？我眼下有旁的事要忙，王探长若得空，便帮我查查这件事。”

王彼得被这话提醒，表情变得前所未有的严肃：“正要跟你说此事。

上回戏院刺杀南京伍如海，我们忙着处理白凤飞的事，无从知道戏院外头的情景，可是我助手说，伍如海被人护送着上车时，白海立也随伺左右，近日伍如海在沪养病，白海立频频去医院献殷勤。这人心术不正，若是叫他傍上了伍如海，岂非对我们大大的不利。”

贺云钦点点头，冷笑道：“跳梁小丑，何足挂齿。”

红豆回想刚才在同福巷的情形，贺云钦似乎早就对白海立的行踪心中有数，也根本未将白海立放在眼里。

顾筠不齿道：“现在外头风声一阵紧似一阵，伍如海来沪后立场越发明朗。这种卖国贼人人得而诛之，我只恨上回不知谁刺杀他，竟未成功。”

贺云钦转移话题道：“时间不早了，红豆明日还要上学。王探长，这些资料我拿回去详读，明日再给你送过来。”

王彼得道：“拿走吧，正好我毫无头绪。”

三人于是告辞出来。

路上，顾筠对红豆道：“跟咱们排话剧的汪同学因为母亲生病，临时要赶回无锡，男主演的位置空了出来，话剧社找到秦学锴，可秦学锴说什么都不肯出演，所以剩下三场只能临时找别人，这件事梅丽贞她们跟你说没说？”

红豆是话剧主演之一，学校话剧团临时换男主角，怎么也绕不过红豆。

红豆思绪仍停留在贺云钦身上，听了这话心不在焉道：“她们跟我说了，梅丽贞几个这两日忙着找恰当的人，后来不知谁有个远房亲戚在上海大学念书，说来极合适。就是上海大学余校长的长孙，叫余睿，念大二，模样很体面，本身对西洋戏剧也很有兴趣，平日总在学校里演出，听了梅丽贞等人的建议欣然受邀，明日就会来学校排戏。”

贺云钦知道红豆近日在学校演话剧，碍于太忙，未曾亲自去教堂观赏，听到“模样很体面”这几个字，将胳膊搁到车窗上，摸摸下巴。

顾筠也在这幕戏里出演配角，本身一向认真严谨，对此事自然极关注，

听红豆说主演又有了下落，松了口气道：“那就再好不过了。明天礼拜一，段先生会在学校附近的俱乐部弄茶话会，为了让会场氛围热闹些，她给系里的每个学生都发了帖子，明天既然剧团里无正式演出，你要不要去茶话会上露个面？”

红豆沉吟着未接话，早在段明漪第一次提出此事时，贺云钦便替她委婉回绝了，可是既然茶话会地点定在圣约翰附近，若她身为妯娌连个面都不露，难免让人猜疑，便道：“去，到时候下了课我们一道过去。”

送完顾筠，两人回到贺公馆，一进门红豆就扭身看贺云钦：“有件事我要问你。”

贺云钦将外套随手扔到沙发上，垂眸望着她，温声道：“问什么？”

“你上次为什么去找楼上的邱小姐？”

“打听事情。”

“打听什么事情？”

贺云钦望她一晌，笑了笑道：“不能告诉你。”

又来这套，她躲开他的手：“那你为什么要量我家书房的尺寸？为什么会知道那座凶宅的来历？”

贺云钦顿了顿，索性拉她进里屋：“红豆，为什么你的好奇心这么旺盛？”

“你的事我才好奇，别人的事求我我都不问呢。”

贺云钦停下脚步，回头望她：“那你能不能告诉我，你们最近演的话剧是什么内容，那个姓余的男学生又是怎么回事？”

红豆一讶，他从来不多过问她学校里的事，没想到竟会关心她的话剧。她推开他：“为了宣扬白凤飞傅子箫害人之事，我们教育系和国文系的学生合力排了话剧，名字叫《画皮》。刚才你也听见了，男主演临时回无锡，我们只得找了别人来顶替。”

“你是女主角？”

红豆走到妆台前，弯腰对着镜子摘耳坠，听了这话，挑了挑眉，垂眸将耳坠收回首饰匣："是。"

贺云钦越发觉得她像只猫，然而跟早上不同，这会儿变得又懒又媚了。

他坐到床边解腕表："这人演男主角？模样很体面？"

红豆扬了扬下巴："我还没见过，不过梅丽贞她们都说很体面，到时候一对戏不就知道了。"

"你们什么时候有演出，邀我去看看？"

他处处隐瞒她，她胸闷极了，故意拿乔道："我们剧团排戏的时候不欢迎外校的人来观看。"

贺云钦"嘶"了一声："都找了外校的人来演出了，不欢迎外校的观众？"

红豆一扭身，将背抵靠在妆台前，含笑望着他道："这有什么稀奇，我们剧团的古怪规矩太多了，说了不能看就是不能看。"

说着便傲然从他身边走过，打算到盥洗室洗漱，怎料刚走到床尾，就被他伸手拽住，翻身压到床上。

她又踢又闹："干什么？"

他咬她一口："虞红豆。"

红豆佯怒要咬回来，外屋下人敲门道："二少爷，老爷有要事请你去书房说话，大少爷也在。"

红豆惊讶地望着贺云钦，自从两人成婚，无论公婆还是贺家其他人，晚上若非有事，从不来无故来打搅他们，究竟什么"要事"要这么晚商量？忽然想起报上那些众说纷纭的消息，贺家不可能毫无动作，早该有应对之策了。

贺云钦仍盯着红豆，口里却道："知道了。"低头啄了啄她的唇，"等我回来。"

他翻身下床，她忙也撑着胳膊坐起，眼睁睁看他出去，出了好一会儿神，本打算起身到里头沐浴，忽然想起舅妈让她给玉沅弄茶话会的请帖，便揿铃唤下人进来，吩咐下人去找大少奶奶讨了张帖子了，这才进了盥洗室。

上床后等了许久，贺云钦不见回来，她困得眼皮直打架，最后到底挡不住睡意，睡了过去。

次日上了一整天课，下课时近五点了。一群女学生结伴而行，红豆一边走一边跟梅丽贞等人商量排戏的事，到校门口，她记起早上贺云钦说七点会直接来茶话会找她，也就未打等他的主意，径直往举行茶话会的那所花园洋房而去。

晚宴尚未正式开始，门口宾客陆续而来，上至圣约翰的校长约翰逊等德高望重之辈，下至段明漪交好的千金名媛，各大书局经理、各学校知名教授，今日应邀前来的客人，几乎全是有头有脸的人物，轻怡的音乐在室内静静流淌，满屋衣香鬓影，偌大一所洋房布置得靡丽雍容。

诚如报上所言，段明漪为筹备这次茶话会，所花心血真正可观。

红豆帮着段明漪招呼客人，偶尔朝门口看看，不见玉沅露面，倒是身边的梅丽贞讶笑道："噫，余睿。"对红豆她们道，"这人就是临时被我们拉来排戏的那个人。"

红豆往那人一看，见是个平头青年，生得剑眉星眸，轮廓极俊美，只面色有些苍白，看着不如贺云钦那般挺拔健康。

他进来后用目光缓缓在厅中人群滑过，似在寻人，梅丽贞冲他招手道："余同学。"

余睿这才快步走来。到了近前，看见红豆，目光微微一凝。

梅丽贞向他介绍道："这位就是我跟你说过的虞红豆。"

余睿望着红豆道："初次见面，我叫余睿。"

红豆浅浅一笑："你好，我叫虞红豆。"

余睿笑了笑，还要说话，这时学生里有人愤然道："这人怎么来了？"

红豆扭头望过去，一望之下，以为自己眼花，再定睛一看，门口那趾高气扬的中年男人的确是白海立。

白海立名声在外，只要稍微听说过此人劣迹的，没有一个不深恶此人。

有人接话道："这人现在政商两界都混得如鱼得水，若是诚心要来，段先生怕是也不好拦他。"

"呸，脸皮真厚。"

白海立带着手下大摇大摆进到厅中，左右逢源，不少人跟他主动攀谈，他倒也不懂得自惭寡陋的道理，一进来便拉着几位校长高谈阔论。红豆看见这人就不适，贺云钦仍未来，她自问没有给自己添堵的嗜好，便只当什么也没看见。

不一会儿，玉沅也来了，身上别别扭扭穿着件洋装，脸上勉强维持着笑意，一看就知是被舅妈强逼着来的。

红豆忙领她进来，低声道："这边都是我的同学，一会儿你要是觉得不自在，就跟他们待在一起好了。"

玉沅脸色稍缓，对红豆道："我妈什么脾性你还不知道，看着我进来还不够，还坐在外头洋车里盯着我，我打算随便坐坐就走，反正只要能在她面前交差就行。"

红豆抿嘴笑道："今天我们学校里来了不少人，当中有不少青年才俊，你随便看看，万一有中意的，往后也就有话应对舅妈了，何必一味跟她拗着来。"说完便领着玉沅到梅丽贞等人面前，一一给她做介绍。

那边白海立朝红豆这边看了几眼，对属下使了个眼色。

这时洋车喇叭声作响，门口一阵哗然，进来几个衣饰华贵的年轻公子，领头那个是贺宁铮，其余几个红豆平日常见，不是跟贺宁铮交好，就是跟贺云钦交好，算来都是贺家世交。

几人说说笑笑入内，段明漪等人扭身一望，忙笑盈盈迎过去。

贺云钦最闲散，落在众人最后，一边走一边听几人说话，进来后一抬眼，先是不经意看一眼正谈笑风生的白海立，这才望向人群中的红豆，笑了笑。

他们前脚进来，后脚又来了一群年轻女眷，段明漪忙不过来，红豆临

时被叫过去救场。

这一下变得极忙，她哪有工夫理会贺云钦，倒是贺宁铮看到红豆忙忙碌碌，心中着实过意不去，待其他人走了，望着红豆笑道：“弟妹辛苦了。”

报上那篇文章只字未提红豆，外界都认为这次茶话会的举办乃明漪独力而为，他唯恐弟妹多心，对妻子的做法颇有微词，想不到红豆根本不以为意，还提前来茶话会帮忙。如此一来，倒显得妻子的做法稍显狭隘。

红豆诧异道：“都是一家人，大哥何必多礼。”嫁入贺家这几个月，她对这位贺家长子多少有了了解，知其严肃正派，是外冷内热之人。

弟妹态度豁达，可见诚心不拿它当回事，再看妻子处处在宾客前礼让抬举红豆，显是也存了赧然之意。贺宁铮这才松了口气，冲红豆点点头，入内帮妻子款待客人。

今日与宴者当真名流云集，满屋华彩粲然。待宾客们来齐，段明漪便请今日嘉宾《鸿报》主编关先生发表开幕词。

关先生上台第一句便道：“诸君都晓得近日发生了一件举国震荡之大事，吾虽不才，自幼也曾受过庭之训，‘天下兴亡，匹夫有责’‘位卑未敢忘忧国’，此番粗浅道理，即便垂髫小儿也能略知一二。然而近来吾国蒙犬戎欺凌，战火未延，竟有人主动签订丧权辱国之条例，可见自古败家丧国，未始不由小人也。”

在座这些人中，除了爱国人士及学生，亦有不少伍如海的犬牙，关先生却浑不在意，自顾自在台上骂得酣畅淋漓。白海立点了根雪茄，微笑着朝关先生看了又看，这番言论字字诛心，骂伍先生还不够，竟连他也一并骂了进去，一句又一句的，骂得他是狗血淋头。可惜今天还有他事要忙，暂且腾不开手来对付这老东西，不然非找个恰当理由将这人领回去问话不可。

为了彰显大度，他掸掸烟灰，以极轻松的态度跟身边其他宾客低声说笑。这时他平日最得用的手下黄忠从后头返转，立在走廊里，直冲他使眼色，他借口更衣，离了座朝走廊走去。

黄忠道："贺云钦、潘玉沅还有虞红豆这三处都准备好了，厅长放心，一会儿咱们就有大热闹看了。"

白海立笑着看一眼娇艳照人的红豆，想到马上就能看到此女丢脸蒙羞，身心自是舒惬，于是发自内心笑起来说："晓得了。"又指了指台上讲演的关先生，低声吩咐，"盯紧这个人。"便抬步往后头走。

黄忠讶道："厅长。"

白海立头也不回，用夹着雪茄的那只手冲后头摆了摆："去解手，免得耽误一会儿看大戏。"

黄忠咧嘴笑了笑，自回厅内找其他同僚。

关先生讲完课，不少人只觉得余音袅袅，胸中一腔豪情翻涌不歇，厅里嗡嗡嘈嘈议论不断，仆欧们给众人呈送茶点，教育系一位擅弹钢琴的女学生在角落演奏钢琴。

红豆这时总算闲下来了，便悄悄在大厅中找贺云钦。贺云钦正跟约翰逊校长、关先生等人讨论事情，人虽多，但因所站位置极显眼，一抬眼就能看见。

那边顾筠玉沅几个已跟余睿熟了起来，这人本就相貌周正，言谈又锋利，在座男学生本就不多，谈话渐渐便以他为中心展开来。不知谁提起各学校出游之事，论理这个季节各学校早该秋游完毕，但因遇上多事之秋，众学生较往常淡了游乐之心。有人便说若是真打起仗来，怕是想玩都没得玩了，不如横下心好好出去玩一回。

玉沅道："我们学校后面有座山，山上草木葱茏，算来是个极佳的野游之所，但常有闹鬼的传闻，明明近在眼前，却少有人敢去。"

教育系的肖喜春说："这不算什么了，你们可听说过房子闹鬼把人吓死的吗？我上回听我们家下人说，她有个远房亲戚是护士，在洋房里做事，活活被鬼吓死了，我告诉这人说世上无鬼，那人横竖不信，说那亲戚死前回家说过好几回，说得有鼻子有眼的，弄得连我都怕起来了。"

红豆跟顾筠对了个眼色，忙问肖喜春："那亲戚姓什么？"

谁知有几个女生胆子格外小，即便身处这等亮如白昼的热闹场所，听了这话也感害怕："哎呀，快别说了。"

梅丽贞拍手道："看你们一个个胆子小的，其实我们圣约翰附近就有闹鬼的房子，难道你们都不知道吗？"

众人相顾愕然："还真就不知道。"

"就我们现在所在的这所洋房，段先生不信鬼怪之论，看这房子前庭后院，深觉空着可惜，硬将其盘下来做茶话会的会所。"

余睿好奇道："这房子也闹鬼？出过什么事？"

"对，死过人，后来住户都说闹鬼，渐渐就没人住了，眼下已空置三五年了。"

那几名女学生越听脸色越黄，瑟缩着互相依偎在一起，急于转移话题，就在这时候，不知何处传来极沉闷的"砰"的一声，眼前一黑，房子里的灯竟熄了。

大厅里的议论声仿佛被一股看不见的力量给硬生生切断，顿时安静下来。

"啊——"有个极胆小的女生吓得一声惊叫。

红豆忙安慰那人道："应是电源出了什么问题，我们这么多人都在，别怕，很快就会来电了。"

果然下一秒就有人道："诸位莫慌，应是电路跳闸了，已有人去工具房查看，只需稍等片刻，马上就会恢复光明。"

也不知谁一语双关笑道："可见黑暗只是暂时的，光明很快就会到来。来，各位，让我们举起我们手中的酒，敬眼下的短暂黑暗，也敬不远的长久光明。"

这人倒是乐观又机敏，话一出口，人群中涌动的诧异和不安立时一扫而空，不少人附议道："敬光明，敬吾民。"

话音未落，眼前一亮，电须臾而至。

然而众人还来不及相视而笑，便有一个仆欧跌跌撞撞从后头走廊奔来，边跑边骇异地喊道：“不好了！死人了！盥洗室有人死了！”

众人都吃惊不小，有人手中的高脚玻璃杯应声而落，摔在光洁如镜的大理石地板上，发出尖锐刺耳的破碎声。

红豆呆了一呆，心突突直跳，忙四处找贺云钦，谁知刚一动，就有人从后头靠近她，一把握住她的手。她闻到这人身上干净清洌的味道，剧烈跳动的心迅速平复下来。回头一望，贺云钦正望着她，两人虽然未说话，但他的掌心干燥温热，有着让人心定的力量。

那仆欧吓得腿直发软，抖着身子站在原地，死活迈不动步：“是……是警察厅的白厅长，头栽在抽水马桶里，一动不动的，也不知死了多久了。”

竟是白海立。

黄忠等人大惊失色，阴着脸大啐一口，拔腿就往走廊深处奔去。

有人捂嘴道：“啊，死在马桶里？竟有这种死法？”

红豆悄然瞥了瞥贺云钦，贺云钦表情极平静，然而细辨之下却有些疑惑的影子。

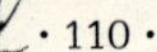

第十二章

黄忠几人刚跑几步，突然意识到白海立绝不可能是自然死亡，又铁青着脸折回来道：“谋害白厅长的凶手应还在现场，此处亟须封锁，各位不得擅自离开。”

众人愕然片刻，关先生第一个喝斥起来：“你们看我们谁像凶手，直接将我们绑起来便是。”

不少人愤然高声道：“刚才停电时大家都在厅内，离盥洗间不知多远，如此短的时间，谁有机会摸黑去杀你们白厅长？若是连我们都能怀疑上，岂非你们警察厅的人个个都有嫌疑？”

议论声越来越大，渐至鼎沸，眼看场面失控，黄忠气焰顿时矮了一截，他们本就群龙无首，何况胸无点墨，论起激辩之才，又岂是这些人的对手，嘴张了又张，可一个字都吐不出来，最后不甘地对望一眼，掏出枪匣子往后跑去。

他们走后，诸人讨论一番，待意识到死的人是大恶人白海立后，情绪渐由震惊转为平静，碍于教养及人道主义，未将快意明晃晃挂在脸上而已。

好好的茶话会发生了这等事，女眷们出于惧意纷纷告辞。段明漪少不得一一相送，贺宁铮唯恐此处不安全，干脆主张诸人即刻离场。

然而旁人都还好说，学生们根本按捺不住好奇心，簇拥着就往走廊深处的盥洗间走去，到了门口，既想一睹白海立的死状，又因害怕一时不敢入内，挨挨挤挤的，全挡在走廊里。

大厅一下变得极空旷，红豆趁乱对贺云钦道："停电时我没听见大门开关的动静，若凶手已离开了，我们要不要到后门去看看。"

贺云钦正有此意，白海立的死，既在他意料之中，也在他意料之外。从筹备计划到混入会场，从拉闸停电到趁乱离开，凶手既懂得把握时机，也能预知众人反应，可见不论杀白海立的人是何方人士，此人绝非平庸之辈，不容小视。

停电并不是偶然的，那人无非是想趁黑离开，一分钟的时间的确不够凶手从正门离开，那么若想搜找凶手留下的痕迹，只能从后门入手。

然而这等洋房，后门不可能只有一处，除了小宴会厅，还有厨房边上一扇暗门，因较为隐蔽，平日通常供下人出入之用。而小宴会厅离电箱极远，绝不够断完电后遁走，因此凶手极有可能是从厨房暗门处离开的。

房子里的人都去了别处，厨房前的过道寂然无声，刚才招待客人的缘故，地上全是油垢及糖霜印子，满地狼藉。贺云钦拉着红豆走到后门，又取出袖珍电筒用来照亮，找了一晌，果然在油腻发光的地面上发现一列脚印，因是刚刚印上去的，比其他脚印清晰不少。

这列脚印，从另一侧出现，一直延伸到台阶，最后打开后门，消失在花园的草坪里。

两人顺着那脚印的来源往里走了一截，里头一间暗室，红豆猜那是拉闸的电箱房，忙要过去查看，被贺云钦拦住。

他回过头看那对面脚印，因身上未带量尺，只得用手掌大致量了一下。

红豆也歪头估摸尺寸，待贺云钦量完，两人心中微异，对视一眼："39码？"

毕竟死的是警察厅长，警察厅及相关政署即刻会有所行动，房子刚才又离奇停过电，黄忠那几个狗腿子即便再蠢笨，在检查完白海立的尸首后，

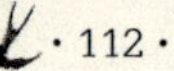

也必定会到电箱房进行查看。

贺云钦查找其他痕迹无果，不便继续停留，很快又回到大厅。白海立的尸首已被人蒙着被单抬了出来，死因是被人用匕首之类的锐器割断大血管，一刀毙命，因白海立的脑袋埋在马桶里，血未流得满地都是。凶手极有经验，现场未留下半点可供追查的线索。

围观的学生们都吓得不轻，贺云钦有心帮大哥收拾残局，一到厅中便佯作无事送剩下的散客离开，

红豆在人群中找到顾筠和玉沅，领她们出来。

潘家的洋车果然在外头，舅妈和潘家的车夫打了许久的盹儿，这时刚醒来，舅妈瞥见众人从洋房出来，不知发生何事，正自疑惑，红豆将玉沅送到车边道："舅妈。"

舅妈呆了一呆，忙推门下车："出什么事了？"

玉沅没好气道："死人了。"非逼着她来，这下好了。

舅妈惊讶得说不出话来，半晌才接话："谁……谁死了？"

"白厅长。"玉沅冷声道。

舅妈脸色唰地一白："啊？"

这时贺家洋车已开到近前，红豆忙对舅妈道："玉沅吓坏了，此处不宜久留，舅妈，你先带玉沅回家。"

送走舅妈和玉沅，红豆又要贺家车夫送顾筠回顾公馆，谁知一辆半旧小洋车疾驰而来，到了近前停下，王彼得在车内对贺云钦招手道："云钦。"

与宴者极多，白海立并非无名之辈，事发后，随着众人的离开，他遇害的消息估计早已传遍上海滩，王彼得本就消息广杂，想必一听说此事就赶来此处。

顾筠一看探长来了，立刻歇了回家的打算，跟红豆商量道："我帮探长整理资料，晚间我再让家里来车接我。"

红豆想不出回绝的理由，于是拉着顾筠上车坐下。

贺云钦镜子里看着红豆："今晚不回贺公馆，去那边住好不好？"

红豆自然知道这是指上回那间寓所，今天发生了这么多事，若是要议事，那边自然较贺公馆清净。

贺云钦补充道："还有好些事要商量。"

红豆对上他的目光，点点头，以平静的口吻道："好吧。"

贺云钦这才发动车，开到上回那处寓所。

不一会儿王彼得也开车来了，一进门就将半路买到的油墨未干的报纸递给贺云钦："真是大快人心，报上说白海立是被仇人寻了仇。"

贺云钦接过那报纸细看。

红豆招呼王彼得和顾筠坐下，奉了茶后，看时间不早了，她知道贺云钦口味清淡，便征询王探长和顾筠意见："想喝荷叶粥还是吃鳝鱼面？"

王探长和顾筠一致说："喝粥。"红豆于是吩咐下人准备荷叶粥，打算稍后肚子饿起来时，给大家充当宵夜。

贺云钦将报纸递还给王彼得，让人生炉子给红豆取暖，这才对王彼得道："白海立的死很奇怪。"

红豆张罗完毕，挨着贺云钦坐下，又从顾筠手里接过那报纸看，果然醒目处登的是白海立的死讯。

几人围炉而坐，外面夜风飒飒，屋里却暖意融融，明明也是讨论凶手，但跟严先生那回不同，众人脸上半点沉郁之色都无。

红豆只觉得奇怪，不知是因为死的是白海立，还是因为今晚又可以跟贺云钦清清静静在这边住一晚，总之她心情极愉悦。

王彼得问贺云钦："你刚才可勘查了现场？"

贺云钦淡淡道："白海立心怀不轨，这几日一直在暗中盯梢我和红豆，尚未来得及害人就死在茶话会上，他身边人难免怀疑到我头上。不巧的是，案发时白海立的手下也在，这几人都知道我与白海立不睦，为了不惹麻烦，我只在他们来前大致看了看。"

王彼得想了想："那房子是不是也闹过鬼？云钦，我记得你之前应圣

约翰的神秘学团契之邀，在新亚茶社做过一堂讲课，内容好像是关于沪上神秘建筑，当时你讲到了好几栋凶宅，这房子可在你研究之列？”

贺云钦看一眼面露疑惑的红豆，默了默，笑道：“是有这么回事，你不说我都忘记了，我看看那堆文件是否还在。”

红豆喝了口茶，贺云钦记忆力颇佳，既曾下功夫进行过一番深入的研究，怎么可能就此忘了？

贺云钦果然从书房取了一沓书页出来，到了跟前，立定道：“原来还有这套洋房的资料，这洋房的确闹过鬼，这是这房子内部的布局。”说着便抽出其中一页，搁于茶几上，顺势坐了下来。

红豆拿起那纸页来看，是一张专业绘制的结构图，看着极晦涩，右下角有一行字“圣约翰亿海路 32 号”，顾筠认不出也就罢了，她却一眼看出是贺云钦的笔迹。

原来这图竟是他亲手绘制。可他在她面前竟表现得像第一次去那洋房。

贺云钦看红豆盯着那图不语，将那纸摆在正中间，耐心在图纸上指点：“这是客厅、餐厅、书房、厨房、后花园，白海立尸首所在的盥洗室在此处。”

经他一解释，图上结构立刻清晰起来。

红豆忍住气，指了指盥洗室，对王彼得和顾筠道：“当时茶话会很热闹，到处都是宾客，白海立人高马大，凶手杀他之后，没机会将尸首搬来搬去，所以盥洗室应该就是白海立被谋害之所。傍晚刚到会场时我去过一次盥洗室，从客厅走到那地方，大概需要一分钟时间。”

顾筠道：“发现白海立的尸首前不是停过电吗？如果是凶手所为，他为什么要这么做？方便他摸黑离开？”

贺云钦一指厨房边上的一个暗房：“这是管辖工具的电路房，若是成年男性，从盥洗室出来，40 秒即可走到此处。如果停电系凶手故意所为，那他应该不是从前门逃走，应是到电路房拉了闸，趁厨房内外陷入黑暗之际抵达后门，再沿着草坪离开洋房。等管事找人重新起闸，厨房的下人根本不会知道刚才曾有人趁乱逃走。”

王彼得极惊讶：“所以这个人一定极熟悉这洋房的结构，提前便设计好了逃跑路线，而且现场那么多人，竟无一人听到呼救声，可见凶手不但引不起白海立的警惕，还在其呼救前一刀将其毙命，怪哉，若受害者是妇孺也就罢了，偏偏白海立还这么孔武有力。”

贺云钦道：“当时我和红豆去后门查看，厨房门口全是下人们的脚印，都是出事后沿着厨房前的走廊往盥洗室走，独有一行新鲜的脚印与众人相反，乃是从电路房出来，一路逆行走到后门方消失，从这一点来看，恰好符合我设想的凶手逃跑路线。我量了量，脚印大约 39 码。”

“39 码？”王彼得愣了愣。

贺云钦面露异色：“最让我感兴趣的是，这双 39 码的鞋印干干净净，未沾半点血迹，就算白海立被杀后脑袋埋在抽水马桶里，割断的毕竟是颈部大血管，地面不可能没有喷洒出来的血迹，可见凶手杀人前便提前在鞋底穿了布套之类的物事，杀完人后又带着脱下的布套离开。”

他抬眼看向王彼得：“这人是老手，极专业，几乎将每一步都算计到了，身手应该也不差。按照这人的设想，白海立尸首被发现后，大家注意力第一应放在盥洗间，绝想不到会有人去后门勘查痕迹，不然等警察厅大队人马赶到，这行脚印很快会被破坏得一干二净。说明这人虽然聪明谨慎，却也极自负。”

“可是怎么会有这么凑巧的事。”红豆道，“那所护士猝死的洋房楼上也发现了 39 码的脚印，会是同一个人吗？”

顾筠茫然不解：“可是那个叫史春丽的护士跟白海立好像也扯不上关系，而且史春丽是心脏病发而亡，白海立却是被人谋害。”

贺云钦道：“光凭这一点的确没办法将两件事联系在一起。诚如报上所言，白海立仇家太多，极有可能是被人寻了仇，死因不见得有多复杂。至于护士的事，从明面上来看，没有可疑之处。但有两件事很奇怪，第一是白海立死前已跟陈白蝶暗中有来往，陈白蝶却在报上登广告卖洋房。据我所知，那洋房此前未有过不祥的传闻，不知陈白蝶为何要卖房，白海立既跟陈白蝶有亲密关系，是否知道其中缘故。”

王彼得“唔”了一声：“还有一件奇怪的事是什么？”

红豆接话：“史春丽死后，桎枫路 15 号的洋房空置了，而眼下白海立出了事，大嫂将此处设为茶话会固定会所的计划自然也泡了汤，想必房子空下来是迟早的事——”

她瞟瞟贺云钦：“我说得对吗？”

贺云钦望着她：“不管两件事有没有关联，这两人的死最后都导致了房子的再次空置，说来殊途同归，的确过于凑巧。”

这时下人送粥点上来，红豆心里存着气，没胃口吃东西。贺云钦敏锐地嗅到了一丝风雨欲来的气息，只顾研究手里的资料，面前的粥也一口未动，倒是王彼得和顾筠一人吃了一碗。

不一会儿顾家派人来接，王彼得交代了顾筠明日务必记得收集报纸，这才开了车，同顾家的洋车一起走了。

走前王彼得跟贺云钦单独说了几句话，红豆在台阶上立了一会儿，因觉得冷，便自行先回了屋，进来时电话刚好响起，这寓所只雇了两个下人，都忙着旁事未听见铃声，红豆于是快走几步，来到沙发前接了。

电话那头是个男人：“你好，我找贺云钦。”

这人声音莫名有种熟悉感，红豆怔了怔，意识到是上回给她看病的那位洋人大夫，名叫瑞德，便道：“请稍等。”

这时贺云钦进来，抬眼见红豆在桌前听电话，眉头先是一皱，马上又舒展开来，温声道：“我来接。”

红豆当然看见了他脸上一瞬间的表情变化，心里更不舒服了，将话筒递给贺云钦，回身进了卧室，在床前立了一会儿，闷得慌，一时也没有睡意，刚要进盥洗室，贺云钦进来了，顺手关上门，望着她：“生气了？”

红豆瞥他：“谁生气了？”

"没生气连夜宵都不吃。"

"难道我就不能有胃口不好的时候？"

他笑起来，黑眸在灯下熠熠生辉："有，但这种时候太少。"

又拿这些话来打岔，红豆瞪他："我饿不饿与你何干，反正你的事我不能多过问，你的朋友我不能多打听，你的电话我更不能随便接——"

说到这里，她简直心寒，喉头几乎哽得说不下去，将他撇在后头，推开门道："我以前不懂事，现在我明白了，以后你的事我统统不问，你也别过问我的事。"

贺云钦本来极平静地看着她，听了这话心中一惊，忙将她拽回来，握住她的胳膊，低头看着她："红豆，你这么聪明，我只跟你打一个比方你就懂了，假如有件事关系到顾筠的性命，一旦透露口风就会给你的挚友带来灭顶之灾，你会随意告诉我吗？"

红豆气怔："难道我是糊涂虫？这道理我当然懂，自打我们成亲，你有多少事瞒着我，我知道其中的利害，何时非要你告诉过我？可是刚才谈论案情时，我突然想明白一件事，先前母亲和哥哥要搬家，你对此事极力赞成，一再主张他们尽快搬家。为了让母亲早些下决心，你还让人找来极合她心意的房子，可是一说到重开铺子的事，你只说局势不稳，宜将钱财留在手中应急。

"你之前就量过我们书房的尺寸，又对上海好些建筑做过研究，想必我们家那所老洋房也在你的研究范围。可见虞家何时买房、该不该买房，你统统不在乎，你只一心哄着他们搬出来，可笑我当日还高兴了许久，一家人都极感激你，原来这一切都是你提前设计好的！"

贺云钦一怔，这件事她迟早会想明白，但他没想到会这么快："红豆。"

他的表情印证了她的猜测，红豆越发气苦，用力推开他："你不要叫我红豆。贺云钦，我恨你，你给我叫车，我不要在这儿住，我要回同福巷。"

她是名副其实的小辣椒，转眼工夫他身上已挨了好几下，任她撕打一晌，没好气道："岳母购房的款子我早已备好，就放在你的妆台抽屉里，

不信我们这就回贺公馆，你一看便知。”

红豆一呆，旋即扬声道：“谁稀罕你的钱！贺云钦，若是你提前告诉我那房子有问题，难道我会拦着母亲不让他们搬？自从嫁给你，不管你做什么说什么，我总是全心全意信任你，就算起了龃龉，只消你一句话，我马上打消疑虑。可是你如何待我的？我是你的妻子，你在我面前不肯说实话也就算了，还用这种方式算计我们一家人。若你只需要一个言听计从的妻子，何必娶我虞红豆？”

她越说越气，眼泪终于忍不住了，扑簌簌往下掉。

贺云钦看得又气又心疼，怒道：“这件事凶险万分，前后已不知死了多少人，虽然并无证据，但我目前怀疑白海立和史春丽的死都与此事有关，你极富好奇心，若提前告诉你，给你招来危险怎么办？难道我能眼睁睁看着你卷进去？”

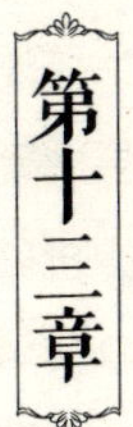

第十三章

红豆早猜到这件事很复杂，但没想到会这么凶险，窒了一瞬，再看贺云钦，虽是解释的口吻，态度却隐约透着强势，可见他根本不认为自己做法欠妥，心口的气本来略消了些，又噌噌噌冒了上来。

“你每回都是这样！早前我就问过你为何要量我娘家书房的尺寸，你该知道我迟早会猜到你的用意，为何不能提前告诉我？为什么宁肯设计我们，也不肯跟我说实话？你是不是认定我好哄，就算被发现，无非纡尊降贵解释几句，若我仍不肯消气，一定是我无理取闹，是不是？”

贺云钦原以为说出了原委红豆就会谅解他，没想到她气性这么大，自问无错，便也寸步不让道：“我什么时候说你无理取闹了？”

“你就差将这四个字写在脸上了。”

他望着她：“虽不确定你娘家那所房子到底有没有问题，但我担心岳母和大哥继续住下去会有危险，主张早日搬出来又有什么错？”

红豆气塞胸膛：“是，你眼里从来只有对与错之分，只要你认为是对的，就执意去做。可是你可知道，有些事根本不是对与错的问题，我也有我的想法，我也有我的意志，倘若我瞒着你去做一件自认为对的事，事后再向你解释几句，你作何感受？何况这件事不扯到我母亲和哥哥就算了，

扯到他们就是不行。”

她胸口一涩：“外界都说我嫁入贺家是走运，是高攀，可是我明明白白告诉你，我想要的是一个足够平等的爱人，不是一个需要仰其鼻息的丈夫，如果你认为擅自做出任何决定，我都该无底线地支持和忍让，你就大错特错了！”说着便用力推开他，快步走到门边，拉开门。

贺云钦拦在她面前：“这么晚了，你要去哪儿？”

“同福巷。”

贺云钦滞了滞：“好，我陪你一起回去。”

红豆脸上一呆：“你知不知道我们在吵架？”

“知道啊。”

“知道你还跟我回娘家，你跟着去干什么，我不欢迎你。”

“夫妻没有隔夜仇，你去哪儿住，我当然也该去哪儿住。”

她一下子噎住：“你——”

贺云钦已经拉开门：“我这就让他们备车。”

红豆在他身后跺脚：“贺云钦。”

他头也不回：“反正你闺房的床够大，足够我们两个人睡。”

红豆气得咬唇，时间不早了，若是两人回同福巷住，必定还会起争执，一墙之隔，到时候母亲想不知道他们为了什么吵架都难。

她愤然关上门，世上怎会有这么无赖的人。

门后传来响动，他打完电话回来了，站在门边看着她道：“改主意了？”

她理都不理他，进浴室草草洗漱一番出来，板着脸上床。

他也进浴室，跟她一样，出来时也径直上床。

她本已闭上眼睛了，听他过来，睁眼一看，他若无其事，自顾自正要上床，忙撑着身子坐起道：“贺云钦。”

他里头穿套银灰色寝衣，睡袍的腰带松着未系，额间淌着水珠，他也懒得去擦，听了这话，故作费解道：“怎么了？”

她观察他一会儿，他面色平静、毫无歉意的模样，看来是认定自己无错，打定主意要将此事赖过去了。加上上回，这是两人第二回吵架，若是依然稀里糊涂混过去，往后再吵起来，只会越吵越心冷，今晚一定要说清楚，无论如何要让他自己想明白。

她掀开被要下床："你在这儿睡好了，我去书房，正好那里清净，我们都冷静下来好好想一想。"

他一怔："这是我们两个人的床，难道我还不能上床睡觉了？

"让给你。"

书房只有一张卧榻，未设床褥，晚间早已冷起来了，红豆若是去那儿睡，难逃一场风寒。

他忙拽她回来，将她塞回被子里："你睡床，我走。"说着便左右一顾。墙角有一张法兰西卧榻，幸而还算宽大，勉强可供他容身，便关了灯，走到榻边，重新系紧睡袍带子，和衣躺下。

红豆在黑暗中安安静静躺了一晌，不见贺云钦从床上搬走另一床被褥，更不见他唤下人送被褥来，难道就打算这样在榻上睡一晚？

房中虽然有个小小的壁炉，可是他们两人向来都怕热，来住了两回，从未让下人生过火。

夜阑人静，又是深秋，房间后半夜会有多冷她极清楚，努力想要闭上眼，然而心里怎么也平静不下来。她勉强躺了一会儿，到底还是趿了鞋起来，抱着另一床被，摸黑走到榻边。

他屈着一腿仰躺在榻上，也不知睡没睡着。

忍气将被子搁他腿上，她转身要走，刚一动，就被他一把拽住。她忙要跳开，谁料他动作太快，挣扎一番，最后还是跌到他身上，"砰"的一声，应是撞到了他的下巴。

床榻窄小，她扭动起来活像一条金鱼，然而没挣扎两下就被他一声不吭翻身压在身下，热烫的呼吸近在咫尺，两人胸膛贴着胸膛，黑暗中，对方的每一次呼吸和心跳都能清晰感受到，只听他低声道："我错了，你怎

样才能消气？”

她仰头咬住他的肩，下口极重。

他“嘶”了一声，寻到她的肩头，也一口咬住，力道却轻多了，近乎啮咬，轻轻的，痒到她心里。

他整个人都压在她身上，动作越来越过分，咬完她的肩头还不够，还顺着她敞开的领口一路咬下去。她渐渐喘不过气来，不得不松开口，转而抬脚狠狠踢他：“你这浑蛋，你放开我，我要被你压死了。”

他抬头看她，眼睛早能适应黑暗，月光映出她耀亮的眸波，像深蓝色海面上银光粼粼的星光。

他翻个身，让她趴在他身上：“那你压我好了。”

他的胳膊箍着她的腰，她用力挣了几下没挣开。

他道：“我错了，我诚心诚意向你道歉。”

她冷冷偏过头，依然不理他。

“你说得对，我太自以为是，太不尊重你，此前我没有意识到自己这个毛病，往后我改，好不好？”

红豆目光飘向他，很快又收回来。

他捉住她的手指：“我十几岁就去了德国，这些年独自在外求学，的确习惯了事事自己拿主意。”

她一愣，安静下来听他说话，耳朵竖着，活像只兔子。

他克制住自己捏她脸蛋的冲动：“我母亲是家中幺女，娇生惯养长大，遇事不喜深想，妹妹随了母亲，性子也偏于天真烂漫。我极在意我母亲和妹妹，唯恐她们受委屈，不论遇到何事，都不动声色替她们化解。”

红豆不语，公公和陈白蝶的事，婆婆似乎至今不知道，若不是贺云钦派人将陈白蝶捏造桃色新闻的证据交给公公，两人或许仍在来往。陈白蝶此人心思极重，还未登堂入室已敢诽谤次子和长媳，若是任其发展，日后还会有无穷的祸患。贺云钦替婆婆除却了心腹大患，却从不曾在婆婆面前提起此事。

至于贺竹筠，从他身边随时带着糖就能知道他有多疼这妹妹了。

“我习惯了照顾母亲和妹妹，娶了你后，因为在乎你，免不了也用同样的方式对待你和你的家人，遇到我认为对的事，往往不问你的意见，自作主张就去做，可我忘了你跟她们不同，你我是夫妻，本就该同心同体。”

他顿了顿，何况她还这么聪明和独立，她需要的何止是他的保护，更需要灵魂上的认可和契合，

红豆双臂撑着他的胸膛，望着他，不知不觉间，气稍稍消了些。

“你真的知道我为何生气？”

贺云钦闻到了和解的气息，松了口气的同时，怜惜之情油然而生，她是他的妻子，因为爱他才处处在意他，也因为爱他，两人才会轻易就能化开心结：“知道，岳母和大哥的事我不该用这种方式处理，更不该事事隐瞒你。”

凡他所见，唯有少年夫妻，才有机会遇到这种至纯至真的情分，得来不易，糟践不起，值得用一生来呵护，于是力求消除她心底的每一个疙瘩：“关于房子的事，你想知道什么，我全都告诉你，电话因为涉及一些机密，我不想让你触碰这些危险的事物，不愿你来接听，不止今晚，以后可能还是不能由你来听，但是我向你保证，像今晚这样的事是最后一次。”

红豆静了静，慢慢趴伏到他怀里：“你说的，‘同心同体’。”说着便伸出一指，先是点了点他的唇，接着又点点他心跳的位置，“你的这里，这里，统统都是我的，只要你跟我时时刻刻是一体的。你能够告诉我的，我听，你不能告诉我的，我不问。今晚我为何生气你心知肚明，我可不是‘无理取闹’的糊涂虫。”

他歉然道：“你不是糊涂虫，我才是。”

她鼻子里哼了一声：“你知道就好。”

红豆醒来时才六点，昨晚闹得太晚，反而睡得不踏实。

天未亮，光线从窗外透进来，昏蒙的一缕，分不清是月色还是晨曦，

庭前梧桐树被风吹得沙沙作响，好像比昨天又冷了。

她揉揉眼睛，想起今日有许多事要忙，睡意消散了些，仰头看向贺云钦，他眼皮阖着，看样子睡得正沉。天尚早，那么干脆她也再睡一会儿，这么一想，放松下来，将额头抵在他胸膛上，闭上眼。

他冷不丁捉住她的手。

“哎？”她一愣，“你醒了？”

他闭着眼睛笑道：“早就醒了。”说着把她的手放到嘴边，不轻不重咬一口。

“你怎么又咬我？”她佯怒，轻轻推他一把。

他顺着她的手劲翻了个身，变成个“大”字形对着天花板，故意“嘶”了一声。

她想起昨晚盛怒之下曾打了他好几下，微惊：“还疼吗？”

他抬胳膊拧开床头灯，解开睡衣，指着肩膀、胳膊以及胸膛上的几处浅浅的伤痕，看她：“你看你凶起来成什么样子。”

红豆忙爬到近前细细地看，好在伤处不多，大部分只略红，无一处破皮。

她心疼地轻轻摸抚，嘴里却道：“谁叫你那么气人的，下次再这样欺负我，我还咬你。”

“还咬？”他挑眉，“‘君子动口不动手’——这道理你懂不懂？”

她哼一声：“我不懂，又不是君子。”

“对，你不是君子。”他点点头，一把抓住她的手，毫不客气地咬住，“你是只胖猫，来，我先把你这双挠人的胖爪子咬掉。”

她又扭又躲，惊笑着要抽回手：“你才胖，敢欺负我我就挠你，不许说我胖，我一点也不胖。”

他翻身压住她，埋头到她胸前，先咬这边，再咬另一边：“这儿不胖？还是这儿不胖？明明哪儿都肉很多。”

白嫩饱满像豆腐，咬着咬着，动作就变了味。

她笑得喘不上气来，拼命挣扎：“你再咬我我又要咬你了。”

他求之不得："给你咬。"

两人在床上打了许久的仗，最后到底让他在她身上咬了几口，眼看快七点了，再磨蹭就会迟到了，只得穿上衣服从房中出来。

用早膳时，红豆看报上新闻，铺天盖地全是议论白海立之死的。

一夜过去，报上风向又与昨日不同，不再一味主张白海立是被仇人所暗杀，而是多了很多五花八门的猜测。

贺云钦淡淡看了看报纸，对这些议论不置可否，吃完饭，一径出了门，对红豆道："时间还早，我们先回趟贺公馆，晚上再安排岳母和大哥搬家之事。"

此事昨晚后半夜就商量好了，红豆迟疑道："那边房子打扫起来还需些时间，今日搬是不可能了，而且催得太急的话，母亲和哥哥也会起疑心。"

贺云钦道："反正那边家具都是现成的，我这就让人去那边打扫，能早搬就早搬，免得夜长梦多。"

红豆想起白海立的死状："那洋房果真有问题吗？"

贺云钦摸摸下巴，面露疑惑："格局上没看出什么问题，就是一所普普通通的洋房，怪就怪在那栋洋房据说是一位白俄贵族建的，可是我们查了许久都没查到这白俄人的来历。"

红豆一怔，的确如此，从前只听说这洋房是位白俄贵族建的，然而任谁都叫不出这人的名字，这人后来去了何处，也无人能说得上来。

贺云钦给她拉开车门，等她坐好，从另一边上了车："要是你担心说服不了岳母，我来跟她老人家好好沟通。"

红豆看他一眼："我倒不担心这个，但问题是从前虞家的下人都散了，新房子比同福巷那寓所大上许多，若真搬了家，周嫂一个下人忙不过来，得另雇下人来做事。可如今打仗的传言沸沸扬扬，下人一时也不好找，何况我们家家当虽不多，搬起家来也极麻烦，就算手脚再麻利，起码也得三四天才能搬完。"

她扳着手指头一件一件数着，声音又清又甜。他听了一晌，不自觉摸

摸耳朵，仍觉得痒，干脆道：“这些事都交给我，只要岳母和大哥不反对，两天之内就搬完。”

红豆只得道：“好吧。”

到了贺公馆，一家人刚用过早膳。

看贺云钦总算回来了，贺孟枚肃容对贺云钦道：“我正要找你。你同你大哥到我书房来，我有要事跟你们商量。”

贺云钦默了默，应道：“好。”温声对红豆，“你回房等我。”

红豆点点头，上午第一堂本就无课，之所以要去学校，是因为话剧换了男主角，她身为女主角，必须跟对方重新对戏，说来并未定死时间，晚去一会儿也无妨。

于是上了楼，她刚要进屋，贺太太身边的下人过来道：“二少奶奶，太太请你过去。”

红豆只得歇了回房的打算。

贺竹筠也在，婆婆坐在沙发上，贺竹筠倚着扶手，母女俩像在商量什么事。

一见她来，贺太太便招手：“好孩子，你来看看这个。”

红豆近前坐下，含笑看婆婆手里的东西，一愣，上面竟全是英文，再一看，原来是美利坚的大学介绍。

贺太太读女子大学的时候学过英文，以她的程度，勉强能看懂英文报纸，看红豆望着报纸，便拍了拍她的手背道：“现在世道不太平，家里就你和竹筠最小，万一打起仗来，书是念不下去了，我和你父亲的意思是不能耽误你们的学业。这里是美利坚几所名声甚佳的好学校，说来各有千秋，你看看你属意哪所大学。老二这孩子倔得很，如今内忧外患，论起主张，跟他父亲和大哥一样，一定是要实业救国的，到底如何拿主意，还得你们小两口自己商量。”

红豆万想不到婆婆竟是要同她商议这件事。

贺竹筠笑道：“二嫂的功课这么好，不申请一流大学就太可惜了，我嘛，选学校还是其次，原来学的是外文专业，若真到美利坚去，只得另换专业，可我到现在还没想好换什么专业，二嫂，你有什么好建议？”

红豆虽有申请留洋的打算，但前提是不跟贺云钦分开，听了这话，笑道：“还得看你自己的兴趣，你二哥认识的美利坚教授多，回头跟你二哥商量商量。”

贺太太微笑道：“上月李太太他们一家才从美利坚回来，说起那地方样样都很方便，咱们将就着住个几年，等国内形势好了再回来也不迟。我常对老二说，只要一家人平平安安的，在何处不是救国？非得拿血肉之躯来救才叫大英雄？修铁路、运货资都叫救国。当然，这件事并未说死，先看看局面怎么变化再说。”

贺竹筠亲亲热热搂着红豆，压低声音道：“反正我知道，二嫂在何处，二哥就在何处。”而后又扬声道，“何况还有我和母亲呢，二哥必定舍不得跟我们分开的。”

贺太太道：“早上看报纸说，横竖这仗今年是打不起来了，所以这事也没急到火烧眉毛的地步，回头你和老二再好好商量商量，晚上我约了几位太太来家里打麻将，到时候再问问谁家千金在美利坚念书。对了，你大嫂说近来你们学校要排话剧，红豆，你们在排什么话剧？”

红豆静了几秒，笑道：“教育系和国文系合演一幕戏，叫《画皮》。母亲要带几位伯母过来看吗，我要同学给您在前排留座位。”

贺太太脸上笑意漾开，这孩子性子极讨人喜欢，从不扭扭捏捏的，话还说得坦荡漂亮，笑道：“你们年轻人排的戏，我们这些老婆子就不去凑热闹了。对了，新沙逊洋行送了几双小羊皮做的高跟鞋来，样式做得不错，就是颜色太鲜嫩了，像我这种年纪，穿出去难免让人笑话，我们几个鞋码相同，我这就让他们送来，你和竹筠挑着分了。”

这时下人送茶进来，贺竹筠慢条斯理喝着茶，想起一事，问红豆：“二嫂，我听说原来的男主演不演了？”

红豆点头："那人家里有事，临时换了上海大学的一个学生，台词已背好了，今天到我们学校来对对戏，晚上就要开演了。"

"这人演得如何？"贺竹筠往她嘴里放了粒茶梅。

红豆只觉得那茶梅极好吃，一粒又一粒，竟怎么也停不下来，摇摇头："不知道，听说是上海大学余校长的长孙，平时总在学校演话剧，行与不行，等会儿去学校对戏就知道了。"

红豆知道，《画皮》的话本子出来后，话剧社曾想让四妹出演其中一个角色，恰好四妹本身对话剧也很感兴趣，当下便同意了。

怎奈四妹身体不争气，一上台就会犯低血糖的老毛病，试演了好几回，回回坚持不过一刻钟，最后不得不放弃出演的打算，安心做个台下看戏的观众。

然而只要平日无课，四妹总会到小教堂看她们排演，想必她之所以知道换男主演的事，也是看戏时听剧团旁的成员说的。

这时下人来送鞋，两人不再讨论剧团换主演的事，皮鞋共四双，三人脚同样大，试起来无尺码不合之虞，姑嫂二人嘻嘻哈哈地闹了一回，三双都让贺竹筠挑走了，红豆自己只选了一双象牙色皮鞋。这颜色不常见，用来配浅色洋装再合适不过了。

试好后，两人便让下人各自送到房中。

陪着婆婆和小姑子说了一晌话，贺云钦仍未来找她，眼看婆婆约了要出门，红豆只得告辞回房。

她前脚进屋，贺云钦后脚就回来了，一进门就脱外套解纽扣，一副要换衣裳的架势："太迟了，我们走吧。"

红豆忙拿干净衣裳给贺云钦换，想起刚才的事，心中疑窦丛生："哎，有件事我奇怪很久了。"

"什么事？"贺云钦自顾自穿衣，并未回头。

"大哥跟大嫂当初是自由恋爱结的婚吗？"

贺云钦一顿，转脸看她：“怎么了？”

这话红豆憋了好久，说出来以后，红豆自觉胸口都舒爽了好些，于是到妆台前坐下，闲闲的对着镜子梳发。上学跟在家中不同，头发拢到肩头即可，清清爽爽的，无需梳花样。

“你就告诉我是与不是。”

“是。”贺云钦随手将脏了的衬衣丢到床上，“大嫂回国后才半年就接受了大哥的追求，两家谈亲事时也是走的西式流程，而且平日你也看到了，大哥和大嫂感情笃厚，事事都有商有量。”

“可是我总觉得大嫂喜欢针对我。你看，我在学校里演个话剧，你和四妹都没说什么，结果她一回来就告诉母亲了。”

贺云钦脸色一冷，坐到她身边系腕表：“段家跟贺家不同，她曾祖父前清时官居高位，段家荣极一时，各房脉络因而养得极复杂，长房打压二房三房的事常有耳闻，近年来段家败落了不少，各房相争的风气却延续下来，大嫂虽说受的西式教育，从小耳濡目染，难免受家中长辈的影响，她这么做，多半是把贺家当成段家了。”

这说法并不足以让红豆信服：“仅仅是这样？”

贺云钦愣了愣，拉她过来：“那你觉得该是怎样？”

红豆望进他眼睛里：“我总觉得不只是这样。”

贺云钦扬眉，讶然道：“别胡思乱想。”

“我什么都没说。”红豆不满，“你怎么就知道我胡思乱想了？”

贺云钦并不打算回避这问题，想了一会儿，面露疑惑道：“念中学的时候，追求大嫂的人极多，回国后以她段家千金的身份，想必也不缺谈婚论嫁的对象，如果她不喜欢我大哥，大可嫁给别人，何必委屈自己？”

红豆回想段明漪跟贺宁铮平日相处的情形，两人都是情绪内敛之人，甚少在外人面前做出亲昵缠绵的情态，然而夫妻之间那种两情相悦的氛围是真真切切的，半点都不掺假。

“你当年替你大哥约见段明漪，是不是给她造成什么误会了？”

贺云钦一哂：“我每回都将话说得极清楚，这人并不糊涂，怎会平白无故产生误会？”

红豆暗自腹诽，追求段明漪的人那么多，独独你一个看不上她，说不定正因为这个缘故，所以她才记住你了。

“你当时为何不喜欢她？”

“没看出来她有什么好的，为何要喜欢她？”

“那你为何喜欢我？”

“我秉性异于常人，就喜欢吃辣椒。”

“你就不能好好夸我一句？”

“再夸你我怕你更辣。”他笑起来，拉她道，“理她做什么，横竖母亲不会听她的。你要去学校排话剧，我也有好些事要忙，别耽误了，走吧。”

红豆看一眼时间，的确太晚了，于是放弃继续讨论的打算，跟他出来：“还有一件事没跟你说，母亲让我和四妹选学校，这件事你知道吗？”

“知道，需好好商议，晚上回来再说。”

还未走到门口，贺云钦想起两人吵架时的情形，回头对红豆道：“虞红豆，我再正式问你一遍，今晚你们正式排演，你同不同意我去观看？”

红豆瞄瞄他，这人醋性真大，她话剧都排了一个月了，之前怎么不见他过问，就因为换了个男主演，突然就非要去看她演话剧了。

她不说同意，也不说不同意，只骄傲地拉开门道：“看情况吧，你要来也不是不可，不过好位置是肯定没有了。”

第十四章

到了学校，红豆径直到剧团活动的小教堂。除了其他社员，余睿也早到了，他舞台经验很丰富，提前就背熟了本子，表演时不见半点滞涩感，很快便适应了新角色。

不知是不是因为换了男主演的缘故，前来看排练的女学生空前多，凑热闹也就算了，竟还有人自带盐水鸭蛋和五香花生来看戏，坐下后不忘分给大家吃，小剧院里叽叽喳喳的，热闹了一整天。

到五点钟，观众陆陆续续进场，红豆等人须得化妆了，便从小教堂出来，到平时话剧团的活动室去，走到半路，听见有人远远叫她："红豆。"

红豆扭头一看，是舅妈跟玉沅。舅妈穿件样式时髦的珠灰色大衣，头上新烫了发，边喊边冲这边招手，见红豆注意到她，忙拉着玉沅快步走来。

红豆不得不迎上去，笑了笑道："舅妈，玉沅，你们怎么来了？"

舅妈笑道："玉沅认识了好些圣约翰的同龄学生，昨天茶话会上还得了几张你们剧团学生赠送的戏票，听说演得甚好，便打算来凑热闹，临走前看我晚上在家无事，就顺便带我一起来了。"

红豆看一眼玉沅，玉沅满脸不情愿，显然这事又是舅妈出的主意，只佯作不知一笑，领着她们就往小教堂走："那边就是演出的剧场，玉沅，

你带舅妈去找梅丽贞和顾筠她们，她们自会给你们安排好位置。”

玉沅点头应了：“好，你不用管我们，去忙自己的。”

红豆走后，玉沅随手一指左右，对母亲道：“妈您看看，今晚来看剧的全是年轻人，有您这么大年纪的太太吗？”

潘太太拿眼睛瞪女儿：“你以为我愿意来？不押着你来圣约翰，谁知你回头又去哪个女同学家玩去了。玉沅，你懂点事，外头世道不太平，你姐姐再不济有个袁箬笠，红豆更不必说了，自从嫁进贺家，等于靠上了一棵大树，外头是打仗也好，动荡也好，横竖贺少爷会护着她。

“虞家、潘家这几个女孩儿，就你一个亲事没着落，不打仗还好说，真要打起仗来，一打就是好几年，岂不会把你活活拖成个老姑娘？贺公馆咱们不方便去，圣约翰总可以来吧。贺少爷这般看重红豆，你多跟红豆走动走动，一来二去，总有机会认识贺少爷身边的朋友——你别翻眼睛，他那些朋友非富即贵，若是能早些定下亲事，我和你父亲也不至于整天悬着心。”

玉沅鄙夷地望着母亲，憋了许久才将冷嘲热讽咽了下去。

潘太太恨不得拧住女儿的耳朵：“你自管说你母亲势利，可你也不想想，你父亲老了，家里平时看着风光，毕竟没权没势，底子如何，咱们比谁都清楚。你这么年轻，真要打起仗来，兵荒马乱，乱世漂萍，谁能护得住你？”

她越说声音越大，玉沅怕惹笑话，忙压着声音道：“好了，妈您别说了，我知道了。”

女儿败下阵来，潘太太目的达到，不再喋喋不休，自顾自抬手弄了弄头发，又理了理身上的洋装，这才拽着女儿往剧院走：“趁现在人还不算多，我们早点进去挑位置。”走了两步，又停下来，脸上露出困惑的表情，扭头看身后。

“怎么了？”玉沅也跟着停下来。

潘太太摸摸发凉的后颈：“我总觉得有人跟着我。”

“跟着你？”玉沅不解地顺着母亲的视线往后看，校园里三五成群，全是学生，一圈扫下来，不见任何可疑之人。

“您是不是想多了，好端端的，谁会跟着你？”

“不知道，反正自打昨天从茶话会回来，我就有这种不舒服的感觉。”

玉沅愣住：“茶话会？出事的时候您不是在门口吗？”母亲跟家里的车夫根本未进场。

潘太太点头：“是啊，我在车里打盹儿，醒来的时候才知道里头出事了。”说着便拍拍胸脯，“好在你在里头没事，不然妈真要吓死了。”

玉沅再次用目光在人群中搜索了一会儿，确定未看到奇怪的人。这时顾筠从里头出来，看见玉沅，一愣：“玉沅。”

玉沅笑道：“顾筠。”边打招呼，边挽着母亲入内。

顾筠给潘太太和玉沅领到靠前的位置，安置她们坐下，便忙旁的事去了。

观众席坐了近一半了，仍有观众陆陆续续进场。

戏台上帷幕阖着，耳边尽是嗡嗡喳喳的说笑声，玉沅安安静静等待开戏，潘太太嘛，意不在看剧，坐下后只顾着左顾右盼，偶尔闻到邻座飘来的香气，嘴里一阵潮润，只暗悔没带盐水花生来打牙祭。

等了一会儿，贺云钦跟一位朋友进场找座位。潘太太眼睛一亮，忙拧正身子，只待贺云钦近前，便要领玉沅过去打招呼，谁知等对方说笑着走近，潘太太才注意到他身边那个是洋人。

她一怔，别说玉沅，连她也从未打过女儿找洋女婿的主意，这一来攀扯的心思打消了一大半。

贺云钦路过时无意中朝这边一掠，愣了一下，点头打招呼道：“舅母，玉沅。”

潘太太知他向来懂礼数，忙也拉着玉沅起来，堆起满面笑容：“云钦。”

说话时禁不住打量那洋人，二十七八岁，高鼻白肤，近看之下活像洋

行里的希腊人头雕像，一双眼睛像海蓝色玻璃珠子似的。她向来欣赏不来洋人的相貌，只出于礼节维持着笑容，并不敢多看。

贺云钦对潘太太道：“这是我朋友瑞德医师。”又对瑞德道，“这是我太太的舅母和表妹——潘太太，潘小姐。”

瑞德伸出手来：“潘太太好。”

潘太太近年来有意培养自己的社交风度，心知对方并非唐突，便也像模像样地伸出手，虚握了握：“幸会，幸会。”

瑞德看向玉沅。

玉沅平静地伸出手道：“你好。”

瑞德微微一笑道：“潘小姐，你好。”

他中国话不仅地道，还带点沪腔，玉沅意外地看他一眼，谁知他也正看她，目光一碰，她很快便挪开视线。

这时贺竹筠的声音传来：“二哥。”顺势挽住贺云钦的胳膊，又跟瑞德打声招呼，“瑞德。”

贺云钦便对潘太太和玉沅笑了笑，领着贺竹筠和瑞德走了。

红豆还真就未提前给他留位置，贺云钦领着二人转了许久，前几排坐满了人，到处无座位，转来转去，瑞德都头晕了：“哎，云钦，这是怎么回事，难道你之前都没有预订座位？”

贺云钦苦笑，自我解嘲道：“能获准来看戏已是不易，怎敢奢望好座位。”

瑞德一愣，哈哈大笑道：“你太太真是一位妙人。不，你们两口子是一对妙人。”

最后还是托赖贺竹筠跟剧团的人混得熟，商量了又商量，才总算在前排找到了位置。

刚坐下便熄灯了，台上戏幕缓缓拉开，一位身着长衫的年轻高个男人自一边从容踱到舞台当中。

贺云钦看一眼那人，问贺竹筠：“这就是你们新换的男主演？”

上海大学的余校长他打过几回交道，对其长孙却无甚印象，此番一看，明明很普通，怎么就“模样体面”了？

贺竹筠点头：“他叫余睿。”光线昏暗，看不清妹妹脸上的表情，单觉得她眼睛比平日璨亮几分。

贺云钦心中一动，摸摸下巴，重新将目光投向余睿。

这时从舞台右边出来一个女学生，清雅装束，妍丽姿容，定睛看过去，不是红豆是谁。后座有几个男学生道：“瞧，这就是我说的教育系的系花，怎么样，漂亮吧？”

贺云钦眉头微微一皱，勉强按捺住回头的冲动。

“再漂亮有什么用？你不是说她已经嫁人了吗，跟咱们有什么关系？”

贺云钦心中冷笑，知道就好。

“你自己要看系花长什么样，我告诉你是谁，你倒矫情起来了。喏，你再看看另一个，叫梅丽贞的，不如虞红豆，但也算看得入眼。”

这时余睿的戏暂时告一段落，贺竹筠凑近对贺云钦道：“哥，我去趟盥洗室。”

贺云钦斜眼瞥瞥妹妹，贺竹筠脸一红，起身走了。

眼看红豆一场戏排完，仍不见妹妹回来，贺云钦唯恐她更衣时发低血糖，便跟瑞德打声招呼，出来找她。

过道有几个负责场务的学生，贺云钦到了近前，问清盥洗室在何处，一径找到后门。盥洗室挨着杂物室，要过去，需穿过一条短短的走廊。教堂是美利坚教会兴建的，延续了西式风格，男女盥洗室分开，左边乃是男性盥洗室，右边那间则供女士更衣。

走廊地上铺着猩红色的地毯，踩上去悄然无声。光线昏淡，一个人影也无。

他走到尽头，在盥洗室门口停下，略听了听，没听见动静。毕竟是男人，在女盥洗室门口久留太不像话，何况若是妹妹犯病，不至于连呼吸声也听不见，料也不在盥洗室，只得返转。

可如果妹妹不在盥洗室，又去了何处？他插着裤兜低头走了两步，想起刚才妹妹看余睿的目光，略有所悟，打算去后台看看，正好红豆的戏该告一段落，他刚好有话要跟她说。

刚转身，目光落在女盥洗室门口一个极浅的脚印上，应是刚从草坪上走过，鞋底沾了露水和泥印，污迹落在红色地毯上显得格外清晰，本来无甚稀奇，但这鞋的尺寸就女人而言未免太大了点，足有39码。

他盯着看了一会儿，就刚才校园所见，身材高大的女学生虽少，却也并非没有，站了一站，便沿着走廊出来。

到了尽头，刚一转弯，迎面碰到潘太太，应是前来如厕。

“噫，云钦。”

贺云钦为了求个安心，道：“烦请舅母帮我看看我妹妹可在盥洗室，她有低血糖的老毛病，我担心她在里头犯了病。”

潘太太忙点头：“哎，你在此处稍候。”

贺云钦笑了笑：“有劳舅母。”

在原地等了一会儿，不见潘太太扬声递话，他掏了根烟点上，拐过弯朝走廊里一看。尽头无人，潘太太分明已进了盥洗室。

他静了几秒，朝走廊里走去，一边走，一边谨慎地低喊：“舅母？潘太太？”

话音一落，就听里头“砰”的一声巨响，伴随着玻璃震碎的声音。

贺云钦脸色一变，将烟头一掷。

下一秒，潘太太杀猪般的叫声传来：“杀人啦！贺少爷，救命啊！”

贺云钦奔到近前，刚要推门闯入，潘太太号着就从里头冲出来，脖颈上的鲜血一路滴滴答答淌到衣服前襟，脸色惨白如纸，一头撞到他身上。

贺云钦吃了一惊，忙固住潘太太，一抬眼，盥洗室的两扇大窗兀自摇晃。

潘太太死死揪住他的袖子，哆嗦着说不出话，眼睛一翻，瘫倒在地上。

贺云钦顾不上到里头勘查，忙蹲下身草草检视一番潘太太受伤的部位，应是颈外静脉被刺中了，好在未伤到动脉，不然哪有命在，饶是如此，出血仍极汹涌。不及细看，他一把将潘太太拦腰抱起，快步往外走。前头有人听到刚才的声响，朝后头跑来："出什么事了？"

贺云钦道："这里有人受伤了，你们快去观众席第二排找瑞德医师。"

那几人看到潘太太身上的鲜血，都以为出了人命，吓得转身就跑，边跑边嚷："瑞德医师！快，快去找瑞德医师！"

红豆刚才演完一幕戏，正找贺云钦，听瑞德说贺云钦去了盥洗室，刚也过来，先看到贺云钦，再看到舅妈，吓了一大跳。她慌忙掏出帕子，跑到跟前："出什么事了？为什么出了这么多血？"

贺云钦接过手帕，按住潘太太出血的部位："有人袭击潘太太。红豆，我现在没空勘查现场，趁凶手刚走，你让顾筠给王彼得打个电话，让他过来一趟，剧团盥洗室需暂时封锁，记得别让人靠近。瑞德的诊所就在你们学校附近，潘太太伤得不轻，我和瑞德需马上带她去处理伤口。"

红豆一一应了，一刻也不耽误，起身就去安排。

前头又涌出来好些人，玉沅也夹在其中，看见母亲，脸色顿时变得煞白："妈！"

贺云钦抬头看向人群跑来的方向，没看见瑞德，倒是一眼看见了妹妹，因人太多太挤，她险些被人推倒，幸而旁边有人扶了一把，凝眉一看，那人是余睿。

这时人群朝两侧分开，瑞德大步流星走过来。

一个小时后。

如贺云钦所料，潘太太未伤到大动脉，处理完伤口，暂无性命之虞，但因创面较大，接下来还需在诊所观察几日。

听到这消息，不止潘茂生和玉淇，虞太太和虞崇毅也赶来了，在瑞德缝合伤口时，都忧心忡忡地守在外面。

贺云钦安置好红豆，又令人将贺竹筠送回贺公馆，这才跟红豆到诊所来。

王彼得将他二人拉到一边："凶手是从盥洗室的窗户跳窗逃走的，用的是匕首，本是打算一刀毙命，可能正好你赶来才失了准头。"

红豆纳闷地问贺云钦："这人为何要袭击舅妈？"

"一会儿等她醒来，我们问问她最近可得罪过什么人，或是去过什么不该去的地方。"

这时虞崇毅从里头出来，较之刚才脸色稍有好转，对贺云钦和红豆道："云钦，红豆，舅妈醒了。"

瑞德的诊所平日以门诊为主，甚少收过夜的病人，规模不大，所设病房仅有两间，潘太太住在里头那间。

几人进屋，玉淇正弯腰用湿帕子给母亲擦手，眼泪啪啪直掉："妈，血已止了，瑞德医师说您没有大碍，只需再换几次药即可。"

玉沅坐在床尾给母亲擦脚，也是愁肠百结："您别怕，爸和我们都在。您别吓我们，倒是说句话呀。"

潘太太木呆呆地躺在被褥里，目光涣散，嘴里喃喃地说着什么，声音顶低顶低，贴近才能听到。

潘茂生凑过去一听，原来妻子颠来倒去说的是"杀人啦，杀人啦"。

看来妻子不止伤了脖子，脑子也吓坏了，也不知何时才能痊愈，一时间郁烦极了。

他一边叹气，一边在床边团团打转，转身看见王彼得和贺云钦，忙迎过去道："王探长，云钦，那贼人是不是误以为我太太身上带了款子，所以临时要劫财？否则为何不劫旁人，独独要劫她？"

王彼得摇头："不会是劫财，刚才我看了现场，这人胆大心细，应是认定自己能得手才对潘太太下手，被人撞破后，还能在那么短时间内逃走，可见此人不管是身手还是应变能力都极强。若仅是图财，以这样的好身手，何必屈才到学校去打劫？"

潘茂生两手一摊："若是寻仇，谁会跟她这半老婆子有仇？她这人没念过几天书，为人也市侩——”

这话一出，潘太太眼珠子虽仍固定在眼眶中间，眸光却一闪。

虞太太不动声色挪了挪身子，冲大哥咳嗽一声。

潘茂生浑然不觉，越说越肆意：“嘴碎、爱占小便宜、得理不饶人，有时连我都讨厌她，”

潘太太一口气噎在喉咙里，脸越憋越红，憋到后头，终于忍不住大咳了起来，不小心扯动了伤口，口里哼哼唧唧。屋子里顿时乱成一团，玉淇和红豆拥到床边替她顺气，玉沅唯恐母亲伤口迸开，忙到外头请瑞德进来检视。

好不容易潘太太昏睡过去消停了，潘茂生擦擦汗道：“可是她平日在外头走动，还算知道深浅，轻易不会得罪人，我实在想不通谁会跟她有什么深仇大恨，非要置她于死地。”

贺云钦此前一直未插话，听到这儿才道：“凶手之所以藏在女盥洗室，要么是料定了舅母会来如厕，提前就躲在里头，要么就是此人并无特定目标，目的仅是杀人。倘若是后者，那么任谁去盥洗间，都可能成为他的目标。但倘若是前者，凶手怎么知道舅母一定会去如厕？”

潘茂生跟两个女儿对视一眼，面露惊异之色：“你舅母自打生完玉沅，就患上了如厕频繁的毛病，近两年症状尤其严重，每隔一个钟头就需去厕所一趟，为此还曾去仁和堂开药吃，难道那歹徒也知道你舅母这怪毛病？可说来这件事知道的人不多，凶手是如何得知的？”

王彼得道：“如果凶手的目标就是潘太太，刚才我去盥洗室看了一番，地上有血，凶手逃走的窗台上及外头草坪却并无血迹，可见凶手一进盥洗室就穿上了布鞋套，如此审慎，应是早做好了准备。我怀疑凶手筹划前曾跟踪过潘太太，对其日常习惯也有所了解。”

玉沅脸色一白，摸摸脸颊道：“记得还没进小教堂时，母亲就说有人跟着她，还说自从茶话会回来，就老觉得有人跟踪她，我当时以为母亲疑神疑鬼，没想到竟真有其事。”

贺云钦眉峰蹙起：“茶话会？什么时候的茶话会？”

“就是昨天那场茶话会。”

红豆不解：“如果是昨天才觉得不对劲，到目前为止，凶手仅仅跟踪舅妈一天一夜，这么短的时间，能将她习性摸得这么清楚？知道她会来圣约翰看戏或许不足为奇，可是这如厕频繁的毛病，那人又是如何知道的？”

屋内默了一晌，虞崇毅匪夷所思道：“难道这人是舅妈的熟人？”

不止潘家人吓了一跳，虞太太也发怵道：“既是熟人，什么过节儿不能化解，非要夺人性命？而且我怎么不记得嫂子认识身手这么麻利的熟人。”

贺云钦想了想，走到床边，看潘太太有醒转的迹象，便温声道：“刚才凶手在盥洗室刺杀您的时候，您可看到了凶手的相貌？”

潘太太牙齿打起颤来，咽了好几口才开始说话，然而每说几个字就磕巴一下，短短一段话说了一分钟：“没……没有，盥洗室里无人，我怕贺四小姐晕倒在里头，就一间一间找，找……找到最里头一间时，还是无人，我便打算回返，到外头给你递话，谁知刚走了两步，就有人从后头跳下来，估计是藏在柜顶或者是房梁上，一下来就揪住我的肩膀。哎哟，那个力气像用铁钳钳住我似的，我当时就动弹不得了，这时你过来找我，一边找一边叫潘太太，那人像是吃了一惊，紧接着我脖子一凉，后面玻璃一响，我以为自己要死了，一心要活命，拼尽力气跑出来，哪还顾得上看那人。”

红豆小心翼翼道：“所以您连那人是男是女都不知道？”

潘太太心有余悸：“不知道，我真不知道。”

玉沅和玉淇忙抱住潘太太，安抚她道：“您别怕，能想起来尽量想起来，这人这么凶狠，若是不将其找出来，回头再来可就麻烦了。”

潘太太胆战心惊地手抚着胸口，努力想了好一会儿，怯怯道：“可是我现在脑子乱糟糟的，真记不起来。”

“舅母，”贺云钦只得换个方式问，“从昨天起就有人跟踪你？”

潘太太转动眼珠看向贺云钦：“对，昨天傍晚从茶话会回来，我看还早，就……就去洋行取新作的衣裳，因为离家不远，我也就未叫车，回来的路上就觉得有人跟我，早上出来去烫头发，又有这种感觉。”

贺云钦看看红豆，接着道：“当时茶话会您可进了会场？可还记得自己看见过什么，或是听到过什么？”

潘太太拼命摇头：“我和车夫都在外头，因为等得太久我睡着了，后来看很多人从里头出来，我才知道警察厅厅长死了。”

红豆疑窦丛生，难道这件事会是起因？

潘太太受惊不小，说话时依然有些颠三倒四，眼看一时半会儿问不出什么，几人只得回到屋外。

贺云钦问王彼得：“你在现场有没有看到39码的鞋印？”

王彼得和红豆面露诧色，39码？

“没有，诚如我刚才所说，那地方人来人往，地上有许多脚印，之前的就不必说了，凶手料定行凶时会出血，一进去就穿了鞋套，所以等我进去看时，地上只有潘太太自己沾了血的鞋印。”

“可是出事前，我曾在盥洗室门口看到沾了泥点的新鲜鞋印，巧的是，尺寸是39码，如果这鞋印是凶手留下的，这人出来行凶，不会穿不合脚的鞋，所以这人要么是个子高大的女人，要么是矮小的男人，而根据潘家人刚才所言，潘太太平日活动范围极固定，无非潘公馆、洋行、常往来的几户人家。潘公馆自然不便下手，别的场合更是顾虑重重，难得潘太太今晚出来看戏，凶手知道其会频繁如厕，为求速战速决，提前就藏匿在了盥洗室。

“再回头看白海立的遇害现场，这人惯用匕首，身手矫健，很有可能穿39码鞋，而且动手前习惯先摸清环境，是个专业老手，说起来，跟今晚袭击舅妈的凶手有好几个相似之处。”

红豆道：“可如果是同一人，他为何要这么做？就因为舅妈在茶话会外头打了个盹儿？舅妈可是至今什么也未想起来。”

贺云钦道：“所以我才怀疑你舅妈认识凶手，而且这人还听说过你舅

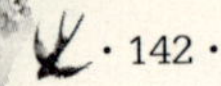

妈有顽疾的事。”

这时玉淇玉沅从里头出来，潘先生留在病房照顾潘太太，贺云钦对她二人道：“那人可能还会来暗算舅妈，稍后会有人来此处看护，这几日你们在此处养伤，最好不要四处走动。”

玉淇、玉沅感激不尽。

不一会儿瑞德过来叮嘱她们照顾病人时的注意事项，说话时极有耐心，玉沅难得不别扭，一边听一边记，最后还不忘柔声对瑞德说声谢谢。

虞太太拉了红豆到一边：“你别只忙自己的事，多跟云钦到外头走动。”

红豆一听就猜到母亲要说什么，瞟母亲一眼道：“怎么了？”

虞太太回头看贺云钦，他背靠着椅背，眼睛却盯着桌面，面容沉肃，似在想事。

瑞德聘用的护士正要过去奉茶。

虞太太悄声道：“我这女婿的人品我信得过，可我信不过外头的女人，云钦这种性子最招女人喜欢，你别没心没肺的。”

红豆尚未答言，贺云钦已经起了身，对虞太太道：“岳母，我送你们回同福巷吧，明日还要帮你们搬家。”

第十五章

贺云钦说到做到，不到五分钟时间，诊所内外就来了好些人，舅舅原还担心凶手晚上再来行凶，这一下彻底放了心。

贺云钦跟瑞德说了几句话，便领着虞太太、红豆、虞崇毅他们出来。

一家人上了洋车，贺云钦对虞太太道：“新房子已叫人打扫干净，明日搬家前我派人来接您，到了新房子您先过目，不管是新下人还是寓所，但凡有什么不合意之处，只管告诉我。”

虞太太人虽精明，骨子里却极硬气，平素最怕给人添麻烦，尤其不愿叨扰女婿。听贺云钦如此说，她笑叹道：“搬家的事我和崇毅已准备得差不多了，要是实在忙不过来，顶多到时候我们多雇几个伙计。好孩子，你平日也忙，说来都是小事，不必如此费心。”

红豆道：“妈，临时雇来的伙计怎及管事们趁手，家里物什不少，父亲留下的照片、古董什么的，虽不见得值钱，总归是个念想，万一砸了碰了，您该心疼死了。”

贺云钦也道：“岳母，搬家的事劳心劳力，本就不该由您来操劳，眼下已做好了安排，都交给我和大哥来办，您要是不放心，搬家时多嘱咐几句就行了。”

虞太太感慨万千，不便一再推托，只得道："你这孩子就是心细。不过说到下人，有件事正要跟你们商量。当初虞家名下几家铺子关张，我自作主张遣散了下人，有几位虞家用惯了的老人，因无子女，眼下住在闸北虹口一带，近来给我递话，说想到租界找事做，不计薪水，但求平安。你们也知道，那边不比租界，整日硝烟不断，这些人伺候虞家一辈子，碰上这世道，晚景萧疏也就算了，如今还朝不保夕，我看她们可怜，也就应下了。所以云钦，下人的事你不必再张罗，眼下都有着落了。"

贺云钦看一眼红豆，笑道："也好，用新不如用旧，都听岳母的。"

送完虞太太和虞崇毅，路上，红豆问贺云钦："白海立的死有头绪了吗？"

"没有。"贺云钦道，"此事牵涉甚广，如今各方势力都在查，凶手杀了白海立后能够全身而退，不可能是孤军奋战，背后应还有人做后应。我就只奇怪，像这等只干大票的凶徒，怎么就盯上潘太太了？"

红豆叹气："希望舅妈今晚好好歇一歇，最好明早能想起来什么。如果真像咱们猜的那样，这人是舅妈熟人，应该是舅妈无意中知道了什么，所以才惹来杀身之祸。可是她满脑子都是玉淇和玉沅的亲事，即便看到什么，也未必会往心里去，就算问不出什么也不奇怪。"

贺云钦想起一事道："可还记得王彼得上回在林博士那间洋房拍的照片？"

"桎枫路那所洋房？"

"护士死后，王彼得到空置的二楼检查，在书房发现了39码的鞋印，还拍下了照片。可是那双鞋是双千层纳底布鞋，鞋头做得尖，分明是女人留下的鞋印，而白海立出事后，我们到厨房附近查看，那双鞋印却是男式皮鞋所留。"

红豆思索着道："可是我们至今不能确定护士的死到底是意外还是人为。"

贺云钦顿了顿："假设护士的死是被人谋害，两桩案子有几个共同点：

案发地点都是有闹鬼传闻的凶宅，且现场都留下了 39 码的鞋印。不同的地方在于，一个是女士鞋印，一个是男士鞋印。”

红豆讶然道：“你今晚在女盥洗室门口看到那双是男士鞋印还是女士鞋印？”

“是双男女皆可穿的布鞋。”

也是。如果是男士鞋印，贺云钦当时就会起疑心。

红豆托起下巴：“会不会是这人为了混淆视听，身为男人，故意穿女士鞋？又或者身为女人，故意穿男士鞋？”

贺云钦皱了皱眉：“若像你说的那样，岂不人人觉得奇怪，引来旁人注目，凶手还怎么动手杀人？护士也就算了，白海立可是街头瘪三出身，遇到这种奇怪装束之人，先就起了防心。”

“照你这么说，难道这两件案子是不同人所为？杀护士的是女人，杀白海立的是男人？而袭击舅妈的可能是男人，也可能是女人？”

贺云钦默认这个说法：“白海立的案子做得太干净利落，凶手有同伙不稀奇，没同伙才奇怪。”

红豆思忖着道：“昨天在茶话会，梅丽贞说死在洋房里的那个叫史春丽的护士是她远房亲戚，出事前跟家里人提到洋房里的怪事，说不止一次听到女人的哭声，要不我和顾筠问清这人住在何处，明日去这人家里打听打听。”

“此事太凶险，你若是实在好奇，顶多跟我们一道分析案情，别的事就不必管了。”

红豆不满：“为何一说到房子的事你就觉得危险，究竟这房子里有什么秘密，为什么连白海立也会丢性命？陈白蝶之所以要卖房，是因为提前预知了危险吗？”

贺云钦默了一晌道：“十年前，有位叫约翰的美利坚物资商人，以传教的名义，假扮成牧师，带了一批贵重物资来中国交易，然而此人到沪不到三个月，就死在柽枫路那所洋房里——”

红豆一讶："护士死的那所洋房？"

"是。怪就怪在约翰死的当晚，他贩货得来的那批金条不翼而飞。事后各方人马封锁渠道，不见其运出上海，各大钱庄怕惹杀人之祸，也没人敢接金条的买卖，当时这金条足有八千根，无论运送还是藏匿都极麻烦，故外界都认为这金条仍在本埠，然而沪上好些组织找了几年，始终不知其藏到了何处。"

"八千根金条。"红豆简直惊讶，如此庞大的一笔财富，足以令人疯狂，能在这么短的时间内积攒这么多金条，当年那名叫约翰的美利坚商人究竟贩卖何物，一想可知。

贺云钦讥笑道："为了找这批金条，这些年来，各方力量寻遍了上海滩每一个角落，差点掘地三尺，然而十年过去，这堆金条的下落始终成谜。"

"你们怀疑金条藏在这几所闹鬼的洋房里？"

贺云钦笑了笑："沪上近年来谣传闹鬼的洋房就这么几所，我起初是这么认为的，而且从白海立和史春丽的死来看，显然有人对这个说法坚信不疑，头些年，为免金条还未挖出来就遭了毒手，谁也不敢轻举妄动，因今年战事南侵，沪上军防吃紧，自然又有人记起这批金条的下落，一方人马要用其来救国救民，另一方人马要用其来卖国牟利，各方势力伺机而动，所以洋房才接连死人。"

红豆听了这番话，何止惊讶，简直震撼。不怪贺云钦从不让她过问洋房的事，原来这件事早已跳脱寻常人的掌控范围，根本是一场凶残至极的逐利游戏。

错愕之余，她越发好奇，如果这人真认识舅妈，也不知以什么身份进行蛰伏？想来极平凡，因为哪怕舅妈为此差点丢了性命，依然没怀疑到那人头上。

再看贺云钦，他神情轻松，只如跟她闲聊家常。

贺云钦看出她的不安，皱眉道："你看看你，你非要问，问了又担心。"

红豆摆摆手，承认自己仍有些发蒙："你……你先让我好好理一理。"

不知为何，也许是出于对贺云钦能力的信任，她不安归不安，并不见得多恐惧。

这时贺公馆到了，贺云钦停好车，望着红豆，故意拿话打岔道：“红豆，你这两日有点怪。”

她纳闷道：“怎么了？”

贺云钦摸摸下巴，笑道：“更懒了，也更胖了。”

“贺云钦！”红豆哭笑不得，“我都担心死了，你还有闲心取笑我。”

突然，有名下人笑着迎上来道：“二少爷，二少奶奶，你们总算回来了，四小姐在房里等你们，有话要跟你们说，太太也在。”

红豆拉高贺云钦的袖子，低头看他的腕表。十一点了，贺太太也就罢了，贺竹筠身体羸弱，鲜有深夜还未歇下的时候。

看来是有急事要同他们商量。

到了四妹房间，贺云钦习惯性地先敲敲门，听里头不知谁应了一声，这才推门而入。

才十一月，屋角的小壁炉已经生了火，一进门便有一股裹着馨香的暖意拂面而来。

贺竹筠身上还是白日那套洋装，脚上倒换了双水粉色软缎拖鞋，整个人伏在床上，有一搭没一搭地跟母亲说话，听到兄嫂来了，并未回头。

贺太太歪靠着藕荷色天鹅丝绒沙发，身上妆饰皆在，獭绒披肩，墨绿色丝绒旗袍，手边搁着一碗未动的燕窝粥，表情恬和。

贺云钦回身关上门，讶道：“妈，都这么晚了，您怎么还没睡？”

贺太太不理儿子，只关切地问红豆：“听说舅太太在学校里被刺伤了？”

红豆挨着婆母坐下，点点头：“人刚送到诊所，舅妈吓得不轻，伤口做了缝合，好在未伤到要害，休息几日就无大碍了。”

贺太太拍拍胸脯，心有余悸：“没事就好，查出来是什么人做的？”

“王探长他们正在查，不过现在还没有明确的线索。”

贺太太道：“明早我让余管事备一份礼给舅太太送去。出了这事，话剧怕是演不下去了，也好，现在外头不太平，你和竹筠晚上少出去走动。”

红豆笑着未接话。局势一天比一天差，同学们满怀爱国之情，然而囿于学生身份，明面上能做的委实有限。除了传统的剧目，剧社常编些新话剧，目的无非是痛骂侵略者、讥讽卖国贼，台词预先经过润色，编排得极用心，渐渐地，名气在上海几所大学里传开，每逢学校开新戏，前来观看的观众不在少数，其中不乏社会各界人士。

遇到风声紧的时候，免不了会有人来捣乱。学生们经过这一两年的锤炼，早已处变不惊了，今晚这样的事虽然少见，但也不至于吓得关闭社团。

她不便反驳婆婆，只得笑道：“母亲说的是，正好这幕戏演完了，接下来我们打算好好歇一歇。”

贺云钦见妹妹只顾趴着不说话，早走到床边：“二哥和二嫂来了，怎么招呼也不打。”

贺竹筠这才慢慢直起身。她的脸颊原是有些苍白的，因刚才一直压着床褥，变得粉扑扑的，坐起来后，望着贺云钦，嗫嚅道：“二哥。”

贺云钦皱了皱眉：“出什么事了？”

下人进来送茶，几人都不说话了，等下人退下，还是贺太太开口：“晚上你刚把你妹妹送回家，段太太就来了。”

段太太？红豆想了一想，才明白婆婆指的是段明漪的母亲。

“段太太先是拉着你四妹看了一晌，接着便跟我扯了几句家常，后来就提起她的娘家侄子刚留洋回来——也就是盛博轮船公司的盛少爷，说这人今年二十多岁，模样、学问都好，听她的意思，是想给盛少爷和你妹妹提亲。”

“盛家？”贺云钦脸色的笑意淡了下来。

贺太太道：“盛家这几年早大不如前了，段太太头些年为了帮衬娘家，没少贴钱进去，谁知经营不善，连带段家也损失了不少。段家的几个公子空会念书，论起主事能力，那是一塌糊涂，这些年下来，无论盛家还是段家，都只剩个空壳子了。段太太这是怕局势越发恶劣，女儿塞进贺家还不够，又把主意打到你妹妹身上，而且，我猜这里也有你段伯父的意思。你大哥多半是不会过问此事，就不知你大嫂预先知不知道。”

红豆望着婆婆，婆婆的披肩搭扣是特制的，并非常见的皮扣或布扣，而是一粒硕大的翡翠，与之相称，耳垂上也戴着翡翠坠子，宝石色泽浓翠，在灯下焕发出华然璀璨的光芒。

从前她看报纸，有篇文章写上海的繁荣和工业现代化之路，谈及沪上几家数辈积累而成的产业，尤为推举贺家，生逢战时，基础薄弱的产业不免伤筋动骨，一夜破产或是整改的比比皆是，然而，无论外界风声如何变化，贺家始终稳如磐石，这样的一份富贵，有人眼热也不稀奇。

贺云钦一哂：“妹妹的亲事，什么时候轮到段家置喙了？母亲何须跟她多言，当面回了便是。”

“我当场就回了。你父亲仍在外头主持上海工厂迁移委员会，不然我就直接把这件事当笑话说给你父亲听了。说起来段家也曾是钟鸣鼎食之家，想不到为了给娘家侄子攀亲，当家太太都上门当起说客来了。好，这是一件事，我打发走段太太，回房来找你妹妹，结果她在房里接电话，被我撞见，便说那人姓余，也是学生，说你和红豆都认识，要我只管问你们，所以我就把你们请来，问问这人是谁。”

贺云钦看向贺竹筠，淡淡道：“余睿？”

贺竹筠的脸马上就红了，她重新伏到床上：“就打个电话而已，母亲非要多心。”

红豆惊讶了一瞬，余睿此人，相貌和风度都很出众，一来圣约翰便有许多女同学迷上了他，贺竹筠看上他一点也不意外。

“是。”贺太太笑道，“你什么也没做，就只躲在房间跟那人打个电话。好孩子，今晚的事你也看到了，眼下想跟你结亲的人家不在少数，我和你父亲虽然不反对你们自由恋爱，但你从前没有恋爱经验，又年轻，我这做母亲的，就算多问几句也是应当。老二，既然你认识这余睿，你来跟

母亲说说他是谁家的孩子。”

贺云钦在红豆身边坐下，就着她喝过的茶，喝了一口，这才道：“这人是上海大学余实盛的长孙，父亲在鸿报任主编，母亲是前北平内阁次长徐钶的长女，说来也是书香门第，但余睿此人在学校究竟如何，我也毫无研究。”

他语气不冷不热，似乎并不赞成此事。

“徐钶的长女？”贺太太一讶，“余太太以往倒也见过几回，原来余睿是她的公子。”说话时语气较之先前有了松动，显然因为多了一份了解，少了排斥和防备之心。

贺云钦问贺竹筠：“四妹，我竟不知你有他家寓所的电话。你跟这个余睿才见过几回，他为人品行你一概不知——”

“今晚聊天的时候得知的。”贺竹筠干脆起身，挨着红豆坐下，讷讷道，“何况我就是打个电话，二哥，我觉得你今晚的态度很奇怪。”

贺云钦望着贺竹筠，脸上一时间喜怒难辨。

红豆笑道：“是余睿给你打的电话，还是你给他打的电话？”

“他先给我打的，我后来回过去的。”贺竹筠瞄瞄贺云钦，声音软软的，“二哥，你是不是不喜欢余睿，我怎么老觉得你对他有偏见。”

贺云钦扬了扬眉，正要接话，贺太太忙道：“你二哥只有你这一个妹妹，向来疼你，你谈恋爱的事，他怎可能不闻不问？”

贺竹筠努努嘴：“可是我已将我和这人的事全都告诉你们了。妈，您还有什么要问的？太晚了，女儿累了。”

贺太太看看西洋钟，已过十二点了，女儿脸色也差了起来，只得道：“也好，你先歇着，正好你父亲该回来了，我该叫人准备宵夜了。”

贺云钦望妹妹一回，没再说话，带红豆回了屋。

一进屋，红豆脱下外套，笑道：“四妹说得没错，我也觉得你不喜欢那个余睿。”

贺云钦接过红豆的大衣，顺手替她扔到外屋沙发上，顿了一顿，跟着她进了里屋：“我总觉得余睿很面熟。”

红豆惊讶地回头望他：“面熟？”贺云钦的语气与平日不同，所谓的面熟，应该不是指社交意义上的面熟。

他思忖：“难道以前我讲课的时候，这人在台下听过课？”

“听课？”红豆走到露台前，关好落地窗，“他到震旦旁听？还是在别的地方听过讲课？”

“记不得了。”他望着她娇丽的背影，“震旦嘛，无非是工程学的几门基础课程，外头我讲过的议题就杂了，沪上神秘建筑、贸易、茶叶、明清文化、字画研究——什么都谈，唯独不谈局势。”

红豆笑起来，越是不谈局势之人，背地里往往做得越多。

她推门进了盥洗室，将头发撩到一侧胸前，对着台盆上的大镜子解衣裳：“余家的情况这么透明，余睿要是真有问题，早该查出来了。”

贺云钦颔首：“他祖父和父亲都是爱国人士，外祖父家的情况更是一查便知，余睿本人也极活跃，虽刚入校，却已组织过好几次运动，不像没有血性之人。”

外衣都解了，只剩最里头的一件乔其纱洋装，因底下窄裙式样奇特，手需绕到腰后解扣子。她道：“既然问题不大，你为何不喜他？”

贺云钦不答。他承认不怎么喜欢余睿，原因，说不上来。早在知道红豆夸此人模样体面后，他就对此人有了排斥之心，当着红豆的面不愿承认而已。

腰后的一排扣子都解开了，只剩最顶上那粒，红豆努力够了一会儿，够得有些吃力，唯恐扣子不小心崩开，不得不扭腰望他：“哎，你来帮帮我。”

他这才抬眼看她，一怔，从后头贴近她，垂眸看着她，不紧不慢地解纽扣：“虞红豆，裙子都紧成这样了，还好意思说你没胖？”

她轻轻踩一脚他的脚背：“你懂什么，我特意做的这种式样，越窄越好看。”

“不懂。”纽扣解开了，她翘而浑圆的臀就在他掌下，他按捺住立刻覆上去的冲动，一手固住她的腰，另一手慢慢帮她往下褪裙子。料子是薄呢，紧包着她弧线完美的大腿，一寸一寸，褪得极艰难，“胖了就是胖了。”

她上面的衣裳做得极薄极软，胸脯鼓蓬蓬的，透过面料，白皙饱满的曲线影影绰绰。

“你自己看，何止裙子紧了，明明这里也紧了不少。”

红豆慢慢感觉到他极为明显的变化，一把捉住他往上探的手，笑道：“你这坏人，我就让你帮我解粒扣子，任务完成，你走！”

他自然不肯走，目光越发幽沉，嗓音也变得沙哑：“本来还要有事，想让你自己先睡，谁知道你裙子自己脱不了，非要我来帮你脱。虞红豆，你说你是不是故意的？”

“谁故意的。”她用力去扳他的手，奈何纹丝不动，红着脸笑道，“没见过你这么无赖的人，我什么时候要你陪我了，你只管忙你的就是了。”

他手下微微一用力，裙子终于擦过她最窄的一处，陡然落下来，小腿掠过一阵凉风，堆在脚踝处。

他扳过她的脸吻住，顺手关上门：“走不了了。”

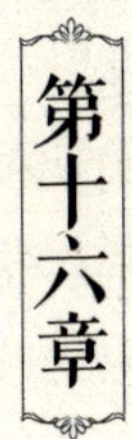

第十六章

一场酣战下来，红豆疲惫至极，别说走路，就连抬个胳膊都吃力，她赖在浴缸里，怎么也不肯起来。

贺云钦一餐盛馔，正是身心舒畅之际，看红豆懒懒的，以为她撒娇不肯自己走路，穿了衣裳回来，干脆拿件大毯子，笑着给她整个人包住。

抱她出来时，他不忘笑话她："懒成这样。"

红豆只掀开眼皮看看他，回嘴的力气都没有。

贺云钦心中微异，方才确实过于孟浪，但之前两人亲热时，比这还荒唐的时候都有过，从不见红豆这般惫懒。

他将唇贴住她的额头，歉然地低声问："是不是不舒服？"

她闭着眼睛埋在他怀里，好一会儿才娇嗔道："累。"

他松了口气，有些心疼，将她放到床上，亲自拿了毛巾帮她搓头发。看她仍一动不动，他便取了干净寝衣，帮她将衣裳穿好，而后揿铃唤下人送些粥点来。

给她喂粥时，他认真道："我叫瑞德来给你看看。"

红豆歇了这半天，早觉得元气恢复许多，看贺云钦要出去打电话，忙拦道："瑞德那边还有舅妈，这么晚了请他过来，万一那边出状况怎么办。

我就是累了，又没有生病，好好的叫大夫做什么。”

贺云钦改口道：“那我叫余管事请程大夫过来看看。”

“更不好。”这么晚了，惊动余管事等于惊动公婆，何况叫了程大夫来，贺云钦怎么替她描述病症，直言房事太疲累？那她明天也不用出去见人了。

她把头埋在他臂弯里，闷声道：“我就是太乏了，睡一觉也就好了。”

贺云钦只得改主意：“那我让瑞德明天来一趟。”

红豆点点头，看他神采奕奕的，分明没有睡意，便懒懒道：“母亲白天跟我提了留洋的事情，怕局势失控，想让我和四妹去美利坚念书。”

贺云钦轻轻拨了拨她的额发道：“你自己怎么想的？”

“我刚才听母亲说，父亲最近在筹备上海工厂迁移委员会？”

贺云钦“嗯”了一声：“北平和天津已经开战，父亲怕沪上工业受到战火的重创，近日联合沪上几家大型的产业，打算尽快将部分工厂迁至重庆，一为转移重要物资，以便继续支持前线战事。二为存续命脉。”

红豆一怔，近来北平和天津的确有不少工厂陆续迁往武汉、重庆等地。

走得及时的，侥幸免于战火。筹备不足的，自是被炮火毁得面目全非。

有了这两埠的前车之鉴，公公身为商会会长，为了避免战后民生过于凋敝，自然有义务将商会成员组织起来未雨绸缪，为的就是尽量减少损失，为日后保存实力。

而工厂的搬迁涉及机器和设备的运送、人事的重新安排、后方厂址的重建，算来是极庞大的工程，贺云钦身为家中次子，绝不可能置身事外。

难怪那些女眷来家里时，婆婆着意招待重庆来的那几位太太，昨日，又安排贺家几位管事飞往重庆，看来是打算让管事提前过去打点，起码先将贺家在重庆的那几所公馆收拾妥当，如此一来，就算贺家暂且避到重庆，依然可以迅速融入当地政商两界交际圈。

她摇头道：“我的确想过留洋，一为开阔眼界，二为充实腹笥，但前提是不跟你分开。眼下正是国难之时，家里又面临这样的大事，我怎么可能安心出洋，再说我也放心不下母亲和哥哥。”

贺云钦捉住她的手，留洋的事其实由他提出来的，原因无非保红豆和四妹平安。但因为他打心底不想跟红豆分开，在弄清楚红豆对此事的态度前，始终未下定决心。

她的态度，已经非常坚定了。他的眉心一瞬间便舒展开来："好，那就不出洋，明天我问问四妹，若她也不想走，我就着手帮你们办转学手续，到了重庆，你们书继续念，就是你得做好准备，接下来这一个月，无论家里还是外头，有太多事要打理，少不了乱一阵。"

红豆想了想，真要搬家，先不说转学的事，家中三位女眷的随身物品搬起来也麻烦，光是婆婆的衣裳、首饰就能装好些箱子。

她看看时间，两点了，他仍没有歇下的打算。

她坐起身，揽住他脖颈道："你是不是有任务在身？除了搬迁物资，是不是要尽快找到那批金条的下落？"

贺云钦并不否认："上海也好，重庆也罢，别的事都可以慢慢来，唯独这批金条麻烦，现在少说有三方人马在找。这么大一笔数目，谁都希望能在开战之前将其找出拿来己用。最理想的结果，当然是用这批黄金来支持前线战事，若不能，宁可让它继续埋在地下，也不能落到敌军手里。"

红豆面色渐渐变得凝重，短短几日已经出了这些事，后面各路牛鬼蛇神将会纷纷登场。贺云钦既在旁观，也在等待，更多的是筹谋。

"护士的死还好说，白海立身份复杂，不只是公共租界的警察厅厅长，还跟伍如海有勾结，他一死，难免会掀起轩然大波。如果凶手仅是通过制造事端达到洋房再次空置的目的，用不着挑这么麻烦的人下手——"她坐直身子，"会不会白海立也在打这批黄金的主意？"

白海立其人贪婪成性，听到这么大一笔钱财，不动心才怪。

贺云钦应该早有这方面的猜测："白海立上月开始跟陈白蝶来往，紧接着陈白蝶便登报卖房，房尚未卖出，白海立就在茶话会上被杀，如果他真知道什么，多半也是从陈白蝶处听来的。"

"那为什么白海立死了，陈白蝶却无事？"

贺云钦看看腕表：“这是其一，第二个不解的地方，就是凶手为何盯上潘太太，单单因为出事时潘太太在茶话会场外？可潘太太至今想不起来看见过什么，如果她自己都不确定，凶手何至于冒这么大风险动手？”

红豆默然，这一点她也百思不得其解。

贺云钦想了想道：“还记得出事前几日，白海立曾跟踪过我们的洋车吗？”

红豆一愣：“记得。”

“这两人之所以成为同一伙人的目标，一定有什么交集被我们忽略了，我现在在查这两人的关系，都这么晚了，那边应该回消息了。”

他话音刚落，就有下人在外头敲门：“二少爷，有你的电话。”

小书房的电话未设分机，平日最为僻静，贺云钦想是为了说话方便，每回都到小书房打电话。

他起身道：“你先睡，我接完电话回来。”

红豆目送他背影出去，明明累极，仍没有睡意。

过了许久，贺云钦回来，她忙坐起道：“怎么样？”

贺云钦立在床边：“茶话会头几日，也就是白海立跟踪我们那晚，警察厅的人从同福巷出来后，又去了潘公馆所在的胜美路，随后将车停在潘家对面，足足在那儿盯了半晚才走。”

红豆一讶，哑然片刻，想清前因后果，语含讽意道：“这伙人先是跟踪你的洋车，再去盯梢我舅舅家。此番作为，若说不是奔着我们来的，我怎么也不信，莫非他想借盯梢潘家找到对付我们的契机，这么下三烂的主意，真亏这瘪三想得出来。”

贺云钦道：“这一点我之前没想过，我现在怀疑在白海立盯梢潘公馆这两日，潘太太无意中看到了什么，我们不如换个思路，等潘太太明早醒来，问问她可在潘公馆附近见过白海立，也许这一回她能想起什么。”

第二日，红豆睡到日上三竿才起，醒来时贺云钦早不在身边了，她在床上迷迷糊糊地躺了许久，还觉得困倦，干脆翻个身继续睡。

不知睡了多久，等倦意消散得差不多了，往梳妆台上的小小西洋座钟一看，竟已十一点了。

她吓了一跳，贺家没一个人来叫她，竟任由她睡了一上午。

上学是来不及了，她忙梳洗了出来，既然在家，少不得到婆婆房中露个面。

到了那儿，贺家几位女眷都在，贺太太正命下人拾掇轻薄的绫罗绸缎，预备装入箱笼，运到重庆去。隔老远就听见轻声笑语，屋子里热闹极了。

贺兰芝跟段明漪两姑嫂在边上帮着打点，看红豆过来，贺兰芝笑道："二弟说弟妹不舒服，一大早又是要找瑞德又是程大夫的，依我看，弟妹哪像生病，气色明明比前些日子更好了。"

红豆笑了笑："大姐。"

开战在即，大姐夫张明景在政府里忙于要务，贺兰芝操持家事，已经两月未来了。今日想是听说贺家忙着迁往重庆，特回娘家帮忙。

红豆跟贺兰芝打完招呼，又看段明漪："大嫂。"

段明漪穿件家常的藕荷色织锦旗袍，听了这话抬脸望向红豆，笑了笑道："怎么样，弟妹身体好些了？"

红豆微微一笑："好多了。"

贺太太拉红豆在身边坐下，细看她脸色："我看是昨晚剧团的事受了惊吓。早上老二让找程院长，谁知程院长一大早被请到王次长家去了，老二又给瑞德打电话，瑞德诊所那边好像出了什么事，一时赶不过来。干脆等程院长吧，他的医术出了名的好，让他好好给你看看，我们更放心些。"

红豆甜甜一笑："劳母亲费心了，我睡了一觉好多了。"

的确，她这一觉睡得饱透了，睡得腮上透出一层淡淡的水粉色，细看之下像幽夏碧池中初绽的粉荷，漂亮极了。

贺太太越看越高兴："不施胭脂也有好颜色，老二媳妇这气色真是好得没话说。"

说着这话，心中忽一动，目光落到红豆腰腹处，刚要说话，管事便进来询问运载古董器物之事，贺太太答对完，又有下人来问旁的事，贺太太耐着性子逐一进行安排，一时间千头万绪，再顾不上说闲话。

贺兰芝看进来满屋子下人，便跟段明漪告辞出来。

回了房，段明漪先是令下人生火，接着让人奉茶，随后到里屋找了件大流苏披肩披到身上，端着杯热气腾腾的红枣茶，缩到沙发上慢慢地喝。

屋子里一下子变得暖烘烘的，贺兰芝不比段明漪，坐下后只觉得热，握了握段明漪的手，凉丝丝的："你这畏寒的毛病还是不见好。调理了这些日子，小日子还是不准？"

段明漪笑道："有时准有时不准，一入秋就手脚发凉，我这毛病也不是一天两天了，我都习惯了。"

她的语气淡然，贺兰芝不便多说，只悄声问："仍在吃仁和堂的方子？"

段明漪"嗯"了一声。

贺兰芝打趣道："你这受过西式教育的人，骨子里倒跟亲家太太一样老派，每回不舒服都找中医调理，照我看，你吃了这些方子仍不见好，不如换大夫瞧瞧。去年我们家老大总是发晕，仁和堂看了许久不见好，给瑞德看了一次，他给孩子拿了什么德国补铁的药丸，吃了两个月就好了。"

段明漪柔声道："说来我这也算不上病，近来宁铮太忙，我自己也有许多事要操持，药吃一阵停一阵的，就算不见效也不奇怪。等去了重庆安顿下来，我让宁铮给我再重新找大夫瞧瞧。"

贺兰芝回想方才情形，面露疑惑道："刚才我看二弟妹的样子，怎么像是怀孕了？"

段明漪一顿，垂眸放下茶盅，淡笑道："算来她跟二弟成亲快三个月了，怀孕也不奇怪。"

贺兰芝哑然，老大和弟妹成亲近两年，子嗣上一无消息，若叫老二抢了先，回头父亲更该偏心了。

她道："我和宁铮的母亲去得早，太太是父亲的续弦，进门后太太生了老二，后又生了竹筠。小时候我看父亲和他们母子相处，总觉得我和老大是这个家里的外人。"

段明漪望向贺兰芝，也许是因为年纪最长，家里这些子女中，就数贺兰芝心结最重，哪怕婆婆为人和善，贺兰芝多年来也只肯叫其"太太"，从未改过口。受她的影响，宁铮始终无法对继母产生亲近之情。

贺兰芝道："今家里的事务全由太太把持，明面上让人挑不出错，可毕竟老二和竹筠才是她亲生儿女，回头老二和二弟妹再添了丁，老大更该被晾到一边了。你别多心，我这个已经嫁出去的女儿，绝无兴趣置喙家里的事，我只是提醒你们，别太憨直，不该争的你们不争，但该得的东西绝没有拱手让人的道理。"

段明漪不语，贺兰芝又道："竹筠也就算了，老二平日看着与世无争，毕竟是男人，他心里怎么想的，我们也猜不到。这次举家搬往重庆，到了那边的公馆，偌大一份产业，千万别事事都让太太和虞红豆揽了去，你身为长媳，该过问的就该过问。说实话，老二娶虞红豆，我原是乐见其成的，虞家什么底子，岂能跟你们段家相提并论？咱们这些交好的世家，任谁都知道你和老大珠联璧合，是贺家当之无愧的继承人。哪想到这虞红豆嫁进来，才几月就把父亲和太太笼络得死死的，眼看要打仗，老两口又是要送她出洋又要亲自教她管事的，再过几年，等她和老二风头处处盖过你们两口子，谁当家可就说不定了。"

段明漪唇边浮起温婉的笑，慢吞吞地说："大姐多虑了。"

贺兰芝牵牵嘴角，叹气道："我是多虑了，段家的名头摆在这儿，就算虞红豆再出风头又如何，可是事在人为，万一到了重庆，太太有意压制你，再处处抬举她，到时候人脉背景重新洗牌，谁压谁还真就难说。"

段明漪慢条斯理地喝完茶，并不接话，只笑道："大姐中午可要在家里留饭？"

贺兰芝摆摆手，她这弟妹看着文静，骨子里极强势，刚才那番话半是劝说半是牢骚，原也没指望段明漪听进去，只揉着太阳穴道：“明景昨天接电话闹到半晚，我没睡好觉，得先回房去补补眠。”

“近来要备战，姐夫是财政司的，想来极忙。”

“可不是。”贺兰芝作势要起身，“他忙着筹备物资，每天都焦头烂额，短短两个月，人都闹瘦了一大圈，好在昨晚总算有了点眉目，你姐夫这才消停了几分。”

“物资有着落了？”

贺兰芝犹豫了一下，压低声音道：“听说当年有位洋人埋了好些金条在洋房里，少说有八千根，若是用来支持前线战事，足够应付一阵子了。”

段明漪暗吃一惊：“找到这些金条的下落了？”

“还在找。”贺兰芝对此并不感兴趣，“听说藏在沪上某所洋房里，怪就怪在掘地三尺也找不到，哎，我记得你大哥不就是学建筑的？”

段明漪“嗯”了一声：“他在英国学的建筑学。”

“我估计就是建房子的时候做了手脚，所以金条一直找不到。这件事如今是顶级机密，我也是无意中听了一耳朵，你听听就罢了，说来跟咱们没关系，万不可外传。”

段明漪抿嘴道：“大姐难道还信不过我？”

这时下人道：“大少爷回来了。”

不一会儿，贺宁铮进了屋，尚未跟妻子说话，先看见贺兰芝：“大姐来了。”

贺兰芝懒洋洋起身道：“你们两口子说话，我回屋歇一歇。”

她走后，贺宁铮脱下外套递给段明漪：“昨天岳母来了？”

段明漪莞尔：“来看看我。”

贺宁铮犹豫了一会儿，笑笑道：“我听说她想给四妹和唐表弟说亲，被太太给回绝了？”

段明漪眨眨眼：“母亲就是看表弟刚刚学成归国，生得也一表人才，心血来潮想做个媒罢了。你怎么知道的，太太告诉你了？还是告诉父亲了？”

贺宁铮避而不答，自顾自走到床边，坐下换鞋：“竹筠体弱，性子也单纯，还是家中幺女，她的亲事，太太难免看得重些，之所以回绝了，未必是看不上唐表弟，回头我再跟岳母说说，让她老人家别多心。”

段明漪道：“我昨晚已说过她老人家了，你放心，往后她绝不会闹这样的笑话了。”

贺宁铮一怔，起身揽住段明漪的腰：“大哥和二哥去年开银行亏了不少钱，盛家的轮船公司近年经营不善，岳母先后投了不少钱进去，全都血本无归，今早我开了笔款子给岳父送过去了，他们拿着将就先用，局势太乱，我还是建议岳家以持成守盈为主，不宜妄动。”

段明漪微愠道：“你这算是接济？若是让父亲和太太知道了，成什么样子。回头我就让大哥把款子送回来。”

贺宁铮笑道：“你就是脸皮薄，前头我不是听见你说老二给弟妹的娘家在圣约翰边上买房子？此事不知确否。”

段明漪露出惊讶的表情：“还有这种事？我可没说过。”

贺宁铮道：“那就是四妹说的。可见这种事就是两情相愿的事，从来跟旁人无关，何况我这哪算是接济，无非帮岳家周转一二。”

段明漪半开玩笑道：“百足之虫死而不僵，我们段家可不是破落户，再不济也不至于让嫁出去的女儿来贴补。”

贺宁铮笑着摇摇头：“你就是心思重，若是事事都看通透，身子早就调养好了。”

说者无心听者有意，段明漪脸上的笑意微微一僵，贺宁铮拉开门道：“我先去书房一趟，一会儿回来。”

段明漪微笑着颔首：“好。”

待他出门，她犹豫了一下，走到床头，拿起电话拨号：“我是明漪，让大哥接电话。”

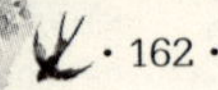

第十七章

用完午膳，贺太太再次给程院长打电话，局势太乱，程院长一整日都有安排，医院里别的年轻大夫贺太太信不过，非要程院长亲自上门才放心，最后跟程院长约妥了晚上八点，这才放心回房午歇。

红豆也回了房，等了一会儿，贺云钦仍不见回来，她不便给震旦打电话，只得到书房给彼得侦探所拨了个电话。接电话的是洛戴，说贺云钦没来过，而且王探长一大早就出门了。

红豆挂了电话，揿铃让余管事备车，婆婆上午提了一句瑞德那边有事，她打算先到瑞德的诊所看看舅妈，然后回同福巷帮忙。今天母亲和大哥搬家，贺云钦安排的人一大早应该就位了，上午她迷迷糊糊睡过去了，下午怎么也该过去一趟。

余管事似是得了贺云钦的吩咐，备车之余不忘安排随从，护送着红豆到了瑞德诊所，又特地将车停在路边。

诊所内倒是热闹，王彼得、顾筠、舅舅一家人都在，唯独不见瑞德和贺云钦。

舅妈气色比昨日好多了，脖子上的伤口还是很疼，老老实实躺在床上，说话时亦不敢妄动。

红豆进来先探望舅妈，接着便问玉沅：“早上诊所里出了事？”

玉沅道：“好像是一个朋友被警察厅抓了进去，瑞德过去做保释。”

她这边说话，舅妈马上转动眼珠看向玉沅，眼睛极亮。

红豆松了口气。舅妈各方面都有明显的好转，问话时明显少了份顾忌，等护士换完药，她便关上房门，问：“舅妈，前几日你在胜美路附近可曾看到过白海立？”

王彼得一上午都在诱导潘太太回想茶话会当天的事，听了这话惊讶道：“贺云钦查出了什么？”

红豆点点头：“他始终不明白为什么舅妈会成为凶手的目标，查来查去，茶话会当天查不出什么，只得改变思路，从白海立出事前几天入手，后来发现白海立曾到潘公馆附近盯梢。”

潘太太呆住，想了许久才道：“你这么一说我想起来了，前日傍晚，我打完牌回来，到沙利文点心店给玉沅买糕点，半路的确看到一辆警察厅的车，是不是白厅长的车我不清楚，但是我看到车里有一男一女。”

红豆等人一怔，忙道：“这两个人长什么样？”

“男的只记得穿西装，坐在里面，没看清模样，那个女人虽然坐在外头，但头上包着围巾。”

红豆露出失望的表情：“两人都没看清长相？”

“没有。”潘太太万分遗憾，“也是，都因为这个缘故被盯上了，当时我怎么就没多看两眼。而且他们两个本来在说话，我一过去就停了——”

王彼得神色变得越发凝重：“可还记得他们说的什么？”

潘太太刚要答话，忽然想起什么，睁大眼睛道：“等一等，我记得那个女人声音有点熟。”

玉沅和玉淇一对眼，愕然道：“难道真是熟人？妈，你好好想一想，这人到底是谁。”

“他们好像在抱怨哪家馆子的菜做得不好吃，男的说：下回不去这家吃了。女的笑了两声没接话，后来我到点心店买东西，结账的时候，我发

现前头有位客人落了包点心在柜台，当时店里太乱，我本来想提醒店员，可是看了一圈，人人都忙着，而且有个矮个子店员明明看到我了，不等我招呼就缩到后头去了，所以我只拿了自己的点心就走了。等我路过刚才停车的那地方，那辆车已经开走了。回到家我才觉得那女的声音很柔艳，越想越觉得熟，应该是在哪儿听过。”

柔艳？这绝对不是一个寻常的词。王彼得循循善诱：“潘太太，照您说这女人只笑了两声，话都未说，您为什么觉得她嗓音柔艳？您上回听到这声音是在什么场合？”

潘太太露出苦思冥想的表情，半天都未答话。

玉淇道：“真是怪，妈应该不止一次听过这人的声音，不然不会一听就觉得耳熟。可是我母亲平日往来无非那些交好的太太，最大消遣就是打牌，像百乐门这种地方，一年到头去不上几回。至于潘公馆附近，就更没有这样的邻居了。”

潘太太抬手道：“你等等，我想起来了，我去同福巷的时候，曾经听过这女人说话。”

“同福巷？”众人一惊。

潘太太低头想了一想，转动眼珠看向红豆：“红豆，你们住在三楼的那位百乐门的舞女叫什么。”

红豆呆了呆：“邱小姐？”

“对，就是这个邱小姐。”潘太太不顾伤口疼痛，拼命点头。那女人的声音太特殊了，沙哑中带着柔媚，让人印象深刻，先前实在是无法将这人跟凶徒联系在一起，所以无论如何想不起来。

红豆的心直直往下沉，邱小姐是百乐门的名舞女，结交的人杂而乱，就算跟白海立这种人物有来往也不稀奇，凶案现场是39码的鞋，邱小姐的脚多大？想了一晌，红豆忽然意识到自己从未注意过邱小姐的脚，如果她真是凶徒，母亲和哥哥跟她同住一楼，岂不大有危险。

她坐不住了：“我得赶快回同福巷，今天搬家，千万别出什么麻烦。”

顾筠起身道："我陪你一起去。"

王彼得不知贺家洋车就在外头，忙道："等一等，我送你们过去。"

三人出来，谁知贺云钦刚进来，应该是在外头见到贺家下人了，看到红豆并不惊讶，只皱了皱眉，半是责怪半是心疼道："你身体不舒服，不在家里待着，又到处乱跑。"

红豆忙将刚才的事说了。

贺云钦惊讶道："邱小姐？"

红豆点点头："我到处找你不到，不知你去了何处，听邱小姐可疑，想回同福巷把母亲他们接出来再说。"

贺云钦忙拦住她："我一讲完课就去了同福巷，岳母和大哥已搬到新寓所了，剩下一些家什，都交由下人去打点，最多明日就能搬完了。我知道你不亲眼看看不放心，走吧，我先陪你去一趟，一会儿送你回贺公馆，我出来时岳母正张罗晚饭，王探长、顾筠，一起去吃顿便饭。"

新房尚未拾掇好，各处都乱着。红豆、贺云钦他们到时，虞太太正在楼梯底下指挥家里的老下人往楼上摆放器物，谁知一回头，红豆和贺云钦来了，她高兴之余，忙吩咐厨房多添几个菜。

这一时期，受时局的影响，老百姓就算遇到天大的喜事，笑容里也都掺杂着苦涩，然而搬家这几日，明知仗随时会打起来，虞太太和虞崇毅依然没有胡乱度日的打算，收拾新寓所时不但有条不紊，还力求处处妥帖。王彼得几个受到虞家这份沉着安稳的氛围的感染，心头也都安定了几分。

既无事，趁还未开饭，红豆领着顾筠各处看了看。没多久顾筠被王探长叫到楼下做笔记，虞太太瞅空将红豆悄悄拉到一旁，对她道："你哥哥昨日看报纸，说你公公正在筹备上海工厂迁移委员会，贺家随时可能迁到重庆去，今早云钦来时，我向他确认此事，他说的确如此，还拿出早准备好的一笔款子，硬要给我贴补虞家购房款。他说如今沪上要开战，租界不知能抵挡几时，为免两边都牵肠挂肚，极力主张我们跟贺家迁往后方，又

说这房子买了便买了，就此搁下也无妨，等局势稳定了再回沪，左右都是笔资产。我自然不肯收，买房的款子对于贺家来说自是不算什么，但对于我们虞家而言，也不至于伤筋动骨，何况本就是我们家添置房产，怎么就要女婿帮忙贴补了。”

红豆听母亲分明不反对同往重庆，心里先去了一桩大事，便道：“贺云钦早就怀疑同福巷的洋房有问题，如今新房子刚买下就要开战，他怕你和大哥蒙受损失，所以才拿钱来贴补。照这几回的情形来看，他的怀疑一点未错，那房子里可不就是有坏人。”

“坏人？”虞太太一愣。

红豆道：“袭击舅妈的凶手很有可能就是三楼的邱小姐。”

“邱小姐？”虞太太惊讶得张大嘴巴，“为何突然怀疑她？”

“一时半会儿说不清楚。”红豆摆摆手，“妈你平日跟邱小姐来往时，可注意到她穿多大的鞋？”

虞太太想了许久，无奈摇摇头：“还真就未注意，她通常晚上出门，白日也不常在楼里走动。虽是邻居，但我和她见面的次数比我那些牌友都少，再说自从知道她是百乐门的舞女，我更不愿与其来往了，话都未说过几回，何以知道她穿多大的鞋。”

这倒也是，母亲因为恶于邱小姐的职业，不止一次主张早日搬家，后来因为邱小姐从不往楼里带人，为人处事也还算懂得分寸，母亲才勉强忍耐下来。

“接触太少了，做邻居这么久，还真就看不出她是好是坏，好端端的，她为何要害你舅妈？”

红豆只道：“未说一定是她，但她有很大嫌疑。您和舅妈平日在楼里说话浑不顾忌，邱小姐住在楼上，免不了听见几句，若是因此知道舅母有顽疾也不奇怪，要是再能确定她是39码的脚，她的嫌疑就更大了。妈，这件事王探长和贺云钦在查，您就不用管了，我且问您，您拿好主意没有？要不要跟我们一同搬往重庆？若想好了，咱们得立刻收拾行装才是。”

虞太太露出犹疑的神色：“我今天一整天都在想这件事，跟你哥哥商量了几回，还是没能下定决心。”

这时下人说开饭，红豆道：“妈，道理摆在眼前，我在重庆，你和哥哥在上海，一旦上海沦陷，我们别说见面，怕是连封信都寄不出来。贺公馆还有事，吃完饭我就得赶回去，今晚您好好想一想，若您想明白了，明日我再来。”

贺云钦急于处理旁事，刚吃完晚饭便催红豆离开，等顾筠上了回顾公馆的车，两人驾车回贺公馆。

路上，红豆问贺云钦：“刚才听你和王探长的意思，是要去百乐门找邱小姐？”

贺云钦点点头道：“我在想，当时车上有一男一女，如果车上的女人是邱小姐，那男人会是谁？潘太太之前见过白海立几回，既能想起邱小姐的声音，不会对白海立的声音毫无印象，可她直到现在都未提过白海立，从这一点来看，车上那男人身份存疑。当然，我们根据舅妈的回忆，不妨先将白海立排除。”

红豆蹙了蹙眉，那就太奇怪了，在那个男人堂而皇之跟邱小姐在警察厅的车里说话时，白海立和他的手下去了何处？白海立横行多年，若非遇到让他忌惮的大人物，绝不至于主动将警察厅的车给对方腾出来。

她忽然想起前些时日在报上看到的南京伍如海的照片，这人西装革履，说起来与舅妈的描述倒有几分相符，再想起近来风传白海立主动巴结伍如海，她心中忽一动，得出一个结论：“难道车上那人是伍如海？”

“伍如海来上海之后遭遇两次暗杀，侥幸都让他逃脱了，沪上组织都以为他秘密回了南京，谁知他竟还潜藏在上海。如果当时车上是伍如海，那么之前种种不解之处都能解释得通了。白海立是他的走狗，既有义务保护他的安全，也有义务替他联络线人，至于邱小姐，她的身份较为复杂。”

红豆吃了一惊，贺云钦忙解释道：“她真名叫刘亚珍，有一个秘密身

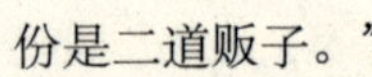

份是二道贩子。”

“二道贩子？”

“对。她擅长收集消息再高价卖出。我起初只知道她是百乐门的舞女，为了找我们一个前几月失踪的朋友，特去找她打听，近期才知道她专职做这个。”

红豆愣住，难怪贺云钦当时去三楼找邱小姐。

贺云钦又道：“除了这两重身份，邱小姐的真实立场谁也不清楚，但是照以往的情形来看，邱小姐意在牟利，从不参与人命买卖，我猜她之所以会跟警察厅乃至伍如海有勾结，无非是为了倒卖消息——也许她参与了找黄金，又或是向伍如海提供旁的线索，而她和伍如海谈买卖的时候，意外撞上了舅妈，毕竟算半个熟人，她唯恐舅妈泄露消息，所以才起了杀机。这仅是一种猜测，我们目前掌握的线索仍太少了。”

红豆望着贺云钦，说这话时他语气并不笃定，显然自己也不怎么相信这个说法。

红豆想了想问：“邱小姐跟三楼的向先生比邻而居，进出都可打照面，既然邱小姐身份特殊，你们调查过向先生吗？”

“向先生？”贺云钦讶道，“不会是他。”

红豆吃了一惊，贺云钦为人谨慎，既然语气很笃定，显然已提前调查过，说话时透着股油然而生的信任。

难道向先生跟贺云钦他们是一个组织，可是他们平时见面几乎都不打招呼。

是为了避嫌有意为之？

贺云钦抚了抚红豆的发顶：“如果连伍如海都参与了这件事，我们所剩时间不多了，第一需要想办法去找邱小姐套话，第二还需尽快找黄金的下落。今晚我有许多事要忙，不能在家陪你，母亲已请了程院长上门，有什么不舒服的地方尽管告诉他。”

车到贺公馆，两人下车，红豆知黄金的事是头等大事，不便扰他心神，只得故作轻松道："上午起来我已好多了，眼下能吃也能睡，程院长问我哪里不舒服，我还得好好想想该怎么说。"

贺云钦故意低声道："你只管照实说就是了——"

这时余管事过来道："二少爷，家里来了好些客人，程院长也来了。"

贺云钦一讶，本来只打算将红豆送到门口就走，听了这话又改了主意，对红豆道："进去吧。"

客厅里极热闹，段家来了不少人，除了段老爷和段太太，段家两位公子也在座。贺孟枚坐于上首喝茶，贺太太被亲家拉着说话，一众人中，唯独不见贺宁铮和段明漪。

贺云钦笑着带红豆上前问好："段伯父、段伯母，段大哥，二哥。"

段家两位少爷都年届三十，老大叫段明沣，老二叫段明波，从面相上看，都属于斯文一类，然因操持家业接连遭挫，不免有些颓唐之态，身姿并不挺拔，笑容也缺少精神。

贺太太一见贺云钦就啐："总算回来了。红豆不舒服，不让她在家歇息，折腾她做什么？"

贺云钦平白无故挨了一通斥责，一时找不到词来辩解，怔了一怔，只得笑着点点头："对，您说什么都对，都怪儿子考虑不周。"

红豆佯作无事挨着婆婆坐下。贺太太暗瞪儿子一眼，拉过红豆细辨儿媳的脸色，关切之情溢于言表。

段太太看她婆媳亲热，脸色一淡，垂下眼睫饮了口茶，这才露出慈祥的笑容，细觑着红豆道："二少奶奶胜在年轻，光看气色还真看不出身体不适。"

贺太太抬眼看了看段太太，贺太太道："老二媳妇平素底子康健，的确少有头疼脑热的毛病，昨天突然说不舒服，总该看看才放心。"

贺云钦早注意到程院长不在，问母亲："刚才余管事不是说程院长来了，他老人家去了何处？"

贺太太尚未答言，段太太就笑道：“明漪不舒服，宁铮刚让程院长去给明漪诊视。”

贺太太道：“可不是，程院长等了好一会儿不见你们回来，明漪说她想换大夫，程院长干脆先去看看明漪。”

等了一会儿不见程院长下来，贺云钦看看腕表，对贺孟枚和贺太太道：“爸，妈，晚上我有急事需出去一趟。段伯父、段伯母，你们坐，恕晚辈少陪。红豆，趁程院长还未下来，你陪我回房换衣服。”

红豆跟段家人告了罪，同贺云钦回了房。

掩上门，贺云钦走到书桌后头的保险柜旁，打开柜门，取出一沓资料，起了身，站在桌前翻看。

红豆凑近，见全是建筑图，便猜是贺云钦所绘制的洋房结构图，道：“这画的是洋房？共有几所？”

贺云钦盯着纸页：“五所。”

“全是近十年来因为闹鬼空置的建筑？”

“对，另有两所从未闹过鬼亦从未空置过，但因为建房子的主人来历不明，也在我们的调查之列，其中一栋就是你们同福巷那所洋房。”

红豆就着他的手一一翻看，想是带着不方便，贺云钦将每一所建筑的结构都重新过目一遍，仍将资料扔回保险箱：“我得走了，今晚怕是回不来，你自己先睡。”

红豆转身要往里屋走：“晚上冷，我给你拿件外套。”

贺云钦拽她回来，一抬手，手心里垂下一根银亮的东西，笑了笑道：“看看，喜不喜欢。”

红豆定睛一看，是一条金刚石项链，项坠只一颗宝石。比起新婚贺云钦送的宝石成串的那一根，这条项链称得上不起眼，然而细看之下，仍可看出宝石光芒璀璨，有种动人心魄的韵致。若是平日拿来穿戴，尤为显得精致文静。

她抬眼看他：“送给我的？”想是刚才他顺手从保险柜里取出来的。

贺云钦命她转过身，要亲自给她戴：“新婚送给你的那条没见你戴过几回，前几日凤裕珠宝行的老板拉我父亲去盘点，我看店里这条项链品相好，就顺手买下来了。这链坠秀气，总该不讨你的嫌了，平日拿来穿戴正好。”

红豆眸子里浮起一层笑意，嘟了嘟嘴道：“那条项链不叫讨嫌，是太招眼，我一个学生，怎好意思戴出去。”

“所以这回又给你挑了条不招眼的。”他低头给她系好，扳住她的肩膀让她回身，“这东西不怕水，戴上就不必取下来了。”

她兴致勃勃低下头打量一番，抬头看他：“怎么样，好不好看？”

妻子如此喜欢，贺云钦自是高兴，摸摸下巴道：“勉强可入眼。”

红豆瞪他一眼，美滋滋地摸那链坠：“为何每回都送我金刚石？”

贺云钦目光往下一落，暗想链坠若是贴在她酥雪般莹洁的胸脯当中，定然美不可言，眼下却不能多想，视线在她胸前停留一会儿，抬步就往外走，边走边道：“记得小时候我看旧书，书上动辄用‘情比金坚’来比喻夫妻情分，后来我才知道，金刚石比普通金属更经得起淬炼，是当之无愧的‘坚不可摧’。依我的拙见，比起什么翡翠珍珠，拿此物来送吾妻寓意最好。”

红豆琢磨一回，笑意自心头浮到脸上，送他到门口，眼看他拉开门，拦到他身前：“哎，等一等。”

“怎么了？”他扬了扬眉，“舍不得我走？”

她难得露出认真的神气，软声道：“送了我这么多礼物，你没有什么想要的礼物？”

他一讶：“要送我礼物？”

“那当然。”

“那我得好好想想。”

他想了一会儿，故意道：“还真就想不到，虞红豆，送礼贵乎心诚，你提前问了再送，我还有什么惊喜可言。”

他总有他的一番道理，红豆跟着他出来，默默盘算：“反正不急，也许哪天我就能给你一份大惊喜——”

这时，下人过来道：“二少爷，车备好了。”

贺云钦笑了笑：“我先走了。一会儿你给程院长看完就早点歇息。”

红豆抬手摸他外套，本意是给他掸一掸外套上的细灰，谁料碰到一个硬邦邦的东西，意识到是柄手枪，不由得一呆。记得不久前的某一晚，贺云钦被叫出门，她也曾在他身上见过。

她心里忽然腾起不安：“贺云钦。”

贺云钦静静望她一眼，看出她的忧虑，握住她的手放到唇边，示意她放心。

两人到楼下跟段家人打了招呼，贺云钦穿过客厅走了。

上了车，贺云钦看红豆仍站在台阶上，一径催她进屋：“太冷，快回去。”

红豆点点头，缓缓抬起手来，握住前胸的那颗璀璨晶莹的宝石，眼看他发动车，忽然唤他道：“贺云钦。”

“怎么了。”

她莞尔：“Ich liebe dich.”

这是他们两个人独有的秘密，不怕外人在场，尽可以大声说出来。

贺云钦怔了一会儿，明明第一次从她口中听到，却仿佛已在耳边萦绕了许久似的。他一笑，低而郑重地回道：“Ich auch.”

她目送贺云钦驾着洋车远去。

第十八章

一轮硕大圆月低低地悬于当空，抬手便能触到，月光雪洁如洗，草丛如茵似锦。贺家的前庭后院打点得极用心，每到夜晚，到处都美得像笼着轻纱的梦，贺云钦这一走，她原是有些失落的，然而此刻对着月下美景，再回味今晚乃至成亲这数月来的点点滴滴，只觉得种种心绪充盈着心房，才几月，足像跟贺云钦生活了半生似的，想至甜蜜处，心头那点隐约的惆怅都如轻烟般吹散了。

后来还是管事提醒她别着凉，她回过神。回了屋，屋内仍旧笑语不断，她走到沙发边坐下，陪婆婆说了一会儿话，程院长跟贺宁铮两口子下楼来，身后跟着一名护士。

程院长这一露面，贺孟枚和贺太太尚未说话，段太太立刻坐直身子，一等对方坐下，便迫不及待开口道："程院长，明漪身体没有大碍吧？"

段明漪一言不发依偎着贺宁铮，贺宁铮也心绪不佳的样子。

程院长不慌不忙喝了一口茶，道："大少奶奶的身体问题不大，但若要受孕，一要放松情绪，二来还需要好好调养一两年。回头我给大少奶奶介绍一位叫玛丽的妇科大夫，她是这方面的专家，若由她给大少奶奶重新制订方案，想必不会太棘手。"

碍于还有几个大男人在场，剩下的话不便细说。

屋内空气蓦地沉闷起来。

过了许久，还是贺太太主动打破沉默，笑道：“明漪和宁铮年纪都不大，这事左右都不急。”

程院长抬头道：“二少奶奶回来了？”

贺太太这才回过神，对红豆道：“有什么不舒服的都好好跟程院长说一说。”说着便亲自陪红豆到楼上。

不一会儿，程院长跟贺太太一道下来，边走边笑道：“贺太太白担心一场，二少奶奶哪是生病，分明是有喜了，母亲身体健壮，孩子也安稳，月份至少有50天了，贺老爷、贺太太，恭喜恭喜，贺家要添丁了。”

贺太太自是掩不住满脸的笑意，抚住胸口，半是感慨半是欣喜：“谁能想到，老二才成亲多久，竟就要做父亲了。”又对身边喜气洋洋的那几个下人道，“去叫四小姐陪陪她二嫂。程院长，楼下坐。”

房门未掩，两人高朗的声音远远自门外传来，红豆不知高兴还是害羞，在房中茫然站了一会儿，忽然想起什么，嘴角慢慢翘了起来，回身打开露台玻璃门，漫无目的地远远眺望，明知看不见贺云钦的车，仍恨不得将这好消息第一时间告诉他。

这消息传到楼下，贺孟枚先是一愣，随即笑道：“老二糊涂，老二媳妇也糊涂，身体不舒服也不知是有喜，只当是伤风。”话虽这么说，脸上是掩不住的笑意。

贺太太张罗下人给程院长奉茶：“记得我当初怀云钦时也以为伤风，红豆毕竟年轻，闹不明白也不怪。”

贺宁铮道：“可惜二弟刚走了，要是多留一会儿，听到这消息不知有多高兴。”

段老爷和段太太沉默了一会儿，碍于情面，少不得也露出笑容给亲家道喜。

大家都是通透人，贺孟枚和贺太太虽说喜不自胜，当着长媳和亲家的面，不便大肆张罗，饶是如此，仍拉着程院长细细询问。

程院长只说照着平日的饮食起居习惯来即可，无需额外滋补，说让护士明日送些美利坚的维他命丸来，便告辞而去。

段明漪在楼下坐了坐，说要给弟妹道喜，起身离开。段太太出于礼节，也陪着女儿上了楼。

从红豆房里回来，段明漪脸上淡淡的不知是喜是忧，自顾自坐到床边，并不张罗歇息。

段太太跟在女儿身后进门，掩上门："这是心里不舒服了？"

"哪有。"段明漪揉揉太阳穴，"我就是有些乏了。"

"母女连心，你的心思瞒得了别人，瞒不了妈。刚才那个程院长说了，只要好好调理，顶多一两年就能怀孕。你弟妹怀虽怀了，究竟是男是女都不知道。"

段明漪道："妈，您脑子里尽是这些老派思想，弟妹是弟妹，我是我，我和宁铮都不急，您倒急起来了。何况贺家也不是什么守旧的家庭，从不将子嗣挂在嘴边。"

段太太蹙眉："是，妈是老派，可是你和宁铮成亲快两年都没有动静，结果你弟妹一进门就怀上了，你婆婆本就偏心，别回头连你公公都偏疼二房了。"

"既换了大夫，我们慢慢调养就是了。妈，在段家斗了这么多年还不够，又来教我，您累还是不累？"

"累。"段太太气笑，"但谁叫段家老爷子偏心，不斗？不斗咱们当年分家时全被二房三房分光了。不管社会风气如何变化，但凡这样的大户之家，就没有不斗的。你刚才可看见了，虞红豆不过说一句不舒服，二少爷就张罗请济德医院的院长上门诊视，这也就算了，连你公公婆婆也觉得这事理所当然，简直把个虞红豆看成眼珠子，比你还娇贵，这要是再往后——"

“妈。”段明漪脸色一垮，“您到底要说什么？”

段太太头次在女儿脸上见到这种神色，蓦地想起先前那些传闻，悄声道：“当年他们家老二在学校到底是不是追求过你？”

段明漪脑海里浮现出当年那个俊美少年，他跟他大哥不同，身上少了几分端肃，常挂着笑容。少女的心思最为纤细，当时那么多人追求她，独他对她没好感。她倒未必喜欢他，可是事后回想此事，总不明白自己为何不吸引他。

后来她嫁给宁铮，贺云钦也回了国，没多久听说他有了女朋友，巧就巧在这人还是她的学生。听到消息后她不免对虞红豆多留意几分，普普通通的女学生，胜在颜色好。无论家世还是学问，统统比不上自己。

原以为他是为了应付外面的谣言随便找人结婚，可是从婚后二人的相处来看，他竟是真正喜欢虞红豆。

听母亲提到这话，她垂下眼睛，含含糊糊应了一声。

段太太微微一怔：“既然老二追求过你，此事又传得沸沸扬扬，你弟妹不可能没听到过风声，若是因此觉得不舒服，就算你善待她，她也会防备你，你婆婆着意扶持二房，你大哥二哥这几年亏了多少你也不是不知道，如今外面看着风光，实则是拆东墙补西墙，再这样下去，我们段家迟早变成个空壳子，今晚我和你父亲舍下老脸到段家来，好说歹说借到两艘轮船，眼看要打仗，能不能借此翻身还真难说，若是一亏再亏，往后指望娘家给你撑腰是不行了，唯有靠你自己——”

段明漪身形一起，冷冷打断母亲：“这话说得太早了。您告诉大哥，要他明日别出门，我有要事跟他说。”

段太太诧异道：“昨天是不是你给你大哥打了电话？难怪他一大早就去了宁铮大姐家，你们大姐夫在政府里谋职，你大哥去找他，难道有新的路子了？”

段明漪腰杆慢慢挺得笔直，语气里无端有种孤注一掷的意味：“大哥做生意不行，建筑上有专长。这件事您就别管了，反正我们心里有主意。”

段太太眼里燃起希望："好，我回头就跟他说，明日你几点回娘家，我让他在家等你。"

贺竹筠听见这好消息自是高兴，连觉也顾不上睡，到二嫂房里来找她。

贺太太正指挥下人在房中换被褥，炉子也生了起来，唯恐红豆着凉。

贺竹筠拉着红豆左看右看："真看不出二嫂肚子里有个宝宝，不知像二哥还是像二嫂？若是男宝宝，最好像二哥二嫂一样聪明，若是女宝宝，肯定跟他们两个一样漂亮。哎呀，我都等不及要跟二哥第一个孩子见面了。我来算算，妈，人说怀胎十月，那么小侄子是明年夏天出生？"

贺太太想了想，笑道："差不多是那个时候。"

贺竹筠便对红豆道："我小时候在重庆住过些日子，记得贺公馆外头种满了白色的蔷薇花，一到夏天房子周围就香喷喷的，到时候小侄子出生了，我正好带他出去摘花玩。"

红豆捂嘴直笑："好。"

贺太太蹙眉："你啊消停些，一听说你二嫂有孕你高兴成这样，别说刚出生的孩子哪经得起你折腾，你看这都几点了。好了，有什么话明天再说，你赶快回房睡觉。"

贺竹筠一时兴起道："二嫂，反正二哥今晚不回来，不如我跟你一起睡？"

贺太太轻斥道："你二嫂现在有身孕，经不起你胡闹。"自不肯同意。

这时，外头忽有人敲门，笑道："二少奶奶，有电话找，是亲家的大少爷。"

贺太太一怔，忙对红豆道："都忘了通知亲家太太了，这可是天大的喜事。红豆，你赶快接电话，把这好消息告诉亲家，让你母亲和大哥也高兴高兴。"

红豆知道新寓所安了电话，知道自己有孕后，她刚才犹豫过要不要给母亲打电话，又担心她老人家听了消息睡不好，只能按捺住，听了婆婆这

话，顺势起身，笑道：“哎。”

到了书房拿起电话，那边却是虞崇毅：“红豆，我想起我见过谁穿39码的鞋了，不是邱小姐。”

红豆愣了一下，忙问：“是谁？”

虞崇毅道：“前次周嫂到天台上晾被单，被单被风刮到屋瓦上去了，周嫂自己够不到，只好找我帮忙，我上了天台，在凉棚上看到一双晾着的39码的布鞋，不知是男人穿的还是女人穿的，当时还奇怪了一下。刚取下被单就看见住三楼的向先生上来了，他跟我打了招呼，当着我的面把鞋拿走了。”

“向先生？”红豆脸上一呆。印象中，他不苟言笑，爱穿长衫，身上总有种拒人于千里之外的森冷气息，她不大敢跟他搭话，自然也就未注意他穿多大的鞋。

记得他也在震旦任教授，说来跟贺云钦是同事。

“至于邱小姐。”虞崇毅犹豫了一下，像有些不好意思，“有一次她上楼不小心崴了脚，鞋从楼梯上滚了下来，央我帮她捡，我帮她捡了，印象中那鞋不大，应该没有39码。”

红豆抿了抿嘴，哥哥平日跟女人打交道打得少，母亲未尝不想操持哥哥的亲事，但先前哥哥在警局任职，每天不是被白海立搓磨就是在外查案，回来也只是蒙头睡觉，根本没心思交女朋友。

玉淇表姐倒是跟哥哥有过口头上的婚约，然而这些年在舅妈锲而不舍的拦阻下，就算母亲起初有这个意思，后来也都不提起了。

母亲自从得知三楼邱小姐的职业，唯恐哥哥跟邱小姐有牵扯，平日里防邱小姐如防贼，哥哥难得在楼里碰到邱小姐，一见面对方就崴了脚，若说邱小姐不是故意的，她怎么也不信。

照她看，多半是邱小姐看出了母亲的心思，存心逗弄哥哥。而且她简直能想象得到当时邱小姐那似笑非笑的神情，也就哥哥这么纯直才会上对方的当。

虞崇毅又道：“今天王探长跟云钦说这几起案子可能是同一个人做的，说凶手穿39码鞋，怀疑是楼里的邱小姐，我之前从未往邻居身上想过，听他们这一说，突然想起向先生，忙给侦探所打电话，谁知王探长不在，又打电话到贺公馆，云钦也不在家，所以只好让你接电话了。”

红豆想了想道：“云钦有事出门了，今晚未必回来，王探长也不在的话，消息今晚送不出去，就算我们再急也只能等明天了。哥，你别忘了云钦跟向先生是同事，既然咱们都能怀疑到他身上，云钦也许早就有数了。”

“也是。”虞崇毅憨憨一笑，“云钦这么聪明，能查的早该查到了，是哥多虑了。”

红豆握住话筒转了个身，喃喃道：“哥……”

妹妹语气跟平日隐约有些不同，虞崇毅“嗯”了一声，等了一会儿不见下文，诧异之余，温声道：“怎么了？”

红豆犹豫了好半天，还是没好意思说出口，只道：“哥，你让妈接电话。”

虞崇毅愣了愣，体贴道：“好。”

不一会儿，虞太太接电话：“红豆？哎，怎么这么晚了还不睡？”

红豆红着脸道：“妈。”

虞太太敏锐地捕捉到女儿话里那不寻常的气息，声音立刻紧张起来：“怎么了？”

红豆顿了顿：“我……我怀孕了。”

那边静了几秒，紧接着充满惊喜的声音道：“怀孕了？”

红豆无声笑了笑，不大好意思道：“反正我就把这事告诉您，我……我先挂电话了，您也早点歇。”

虞太太连笑带骂：“你这孩子，没头没脑来这么一句，你倒是把话说明白，大夫看过没？已经确认了？云钦知不知道？”

红豆红着脸一一答了。

虞太太笑叹道："好好好，明早我就到贺公馆来。虽说你婆婆素来周到，我这当妈的还得亲眼看看你才放心。"母亲虑事周全，自女儿出嫁后，为免女儿让人指摘，从未到贺公馆来过。

红豆又跟母亲说了几句话，这才慢腾腾挂掉电话。

也不知为何，心里一时欢喜一时担忧，明明往外走了，想起哥哥的话，又折回来给王彼得的侦探所打电话。

接电话的还是洛戴，说王彼得不在。她挂掉电话，又给瑞德诊所打电话，谁知护士说瑞德出门了。

看来今晚是通知不到贺云钦了。

她心事重重从书房出来，往卧室走。

回了卧室，四妹非要跟二嫂一房睡，仍在缠磨婆婆，婆婆虽然仍未点头，但神色间已有了松动之意。

看她回来，贺竹筠道："二嫂，你帮我劝劝妈，今晚就让我跟你睡吧，大不了我睡榻你睡床，我们姑嫂不在一处睡，自然就不会踢到你的小宝宝了。

红豆不免有些好笑，难得见贺竹筠如此黏她，猛地想起那个余睿，暗猜贺竹筠有心事跟她说，便笑着对婆婆道："母亲，四妹怕是有体己话要跟我说，要不将四妹的被褥搬过来，我跟她一人一床被褥。"

贺竹筠听到"体己话"这三个字，脸无端一红。

贺太太心中一动，顿时改了主意，对贺竹筠道："那你好好的，挨着睡就挨着睡，不许扰你二嫂，就算要跟你二嫂说话，也不许说得太晚。"

贺竹筠喜得扶住贺太太的胳膊："妈，您放心吧。"

待贺太太走了，红豆忙着梳洗，贺竹筠穿件鹅黄色睡袍，坐在外头沙发上翻着书，口里道："二哥这回也不知要去做什么，居然开的洋车，我记得他以前每回晚上出去都骑他那辆自行车。"

红豆本就在盘算给贺云钦传递消息，无奈根本不知何处找寻他，在盥洗室里听到这句话，一愣，忙出来看贺竹筠道："你二哥这自行车骑多久了？”

“回国的时候就有了。二嫂，你不知二哥有多怪，这车明明破得不行，他还宝贝得不得了，有一回他还亲自修车。”

红豆脑中冒出个念头，再待不住了，出来重新穿上大衣，又从抽屉里摸出一个小小的手电筒，对贺竹筠道：“四妹，你在房中等等我，我下去一趟。”

贺竹筠讶道：“怎么了？”

红豆道：“你二哥刚才打电话来，说落了样东西在那辆自行车上，我去给他取回来。”

贺竹筠神色一松，起身道：“我跟你一起下去。”

“不必了。”红豆拉开门，“我去去就来。”

她下了楼，到贺云钦平日停自行车的那个花园凉棚，果然看见那辆半旧自行车静静停在那儿，被橙色灯一照，有种乌沉喑哑的光泽感。

她拧亮手电筒，俯下身照了一圈，一无所获。眼看夜风越来越大，她紧了紧大衣，正要回去，电筒的光线不经意间滑过前座的支杆上，折射出银亮的光泽。

她蹙了蹙眉，凑近一看，原来是米粒大的一排字。因刻得太小，需极力辨认才能看出是英文字母。

上写着：“light and truth.”

她轻声念出来：“光与真理。”

不由得怔住，圣约翰的校训。

第十九章

红豆知道贺云钦所在的爱国组织有固定的活动地点，也猜到这辆车是贺云钦用来联络的重要工具，然而找遍整辆自行车，没再看到其他暗语，那么这句“光与真理”，应该就是车上唯一的标识了，巧就巧在它竟然跟圣约翰的校训重合。

光凭这句话，她依然不知到何处给贺云钦传递消息，且向先生穿 39 码鞋这件事不见得意味着什么，如果因此而兴师动众去找贺云钦，说不定还会影响他办事。

但至少这句暗语是个线索，非要去找他的时候，也许可以从这条线索上找到些指示。

她茫无头绪地直起身，裹紧大衣，踏在那沾满了露水的草地上，转身回了公馆。

贺竹筠靠在床头看书，见她回来了，放下书道：“二嫂找到那东西了吗？”

红豆脱下大衣，到盥洗室洗漱：“没找到，不过也不急，反正你二哥明早就回了。”

“也是。”贺竹筠不喜欢刨根问底，等红豆在另一侧上了床，她翻过身，枕着一侧胳膊，望着红豆道，“二嫂。”

红豆抬手替她掖了掖被角，柔声道：“怎么了？”

贺竹筠垂下眼睛想了想，再抬眼时神情有些忸怩：“你觉得余睿这个人怎么样？”

果然是要就此事征求她的意见，红豆笑起来，翻身看向天花板，回答得格外慎重：“唔，我跟余睿接触时间太短，但是从排戏这段时期来看，余睿从不迟到也从不缺席，演出时一丝不苟，歇息时也很少跟同学开不相关的玩笑，每回都提前背好台词，很懂得为他人着想，而且我还听说他在学校常组织爱国运动，所以至少从表面上来看，他是个有抱负的青年。”

贺竹筠越听越高兴：“你知道吗，他说因为日寇侵略，吾国正处于最黑暗的时代，但无论在明面还是在暗处，无数人在用自己的方式力挽狂澜，他说他毕生追求光与真理，时刻准备为吾国吾民奉献自己的一切，论及那些前辈，只说都是他学习的好榜样。”

光与真理？红豆暗暗皱眉，除了自行车上的标识，这是她第二次从别人口里听到这句话，第一次是当初在新亚茶社从王彼得口里听到的，第二次就是余睿。

会是巧合吗？王彼得应该跟贺云钦有着共同的抱负，余睿难道也跟他们同属一个爱国组织？出于安全考虑，组织中成员彼此不知道身份是常有的事。

她至今不清楚贺云钦在这个组织中的地位，但从之前伍如海在剧院被刺杀时贺云钦的表现来看，贺云钦就算不是这件事的策划者，也是知情者之一，由此可知，贺云钦在组织中地位绝不会低。

只恨那卖国贼侥幸逃脱，不然沪上军防不会急转直下。

记得自己第一次跟余睿见面时，余睿的表现不像第一次见她，贺云钦先前也说过余睿眼熟，倘若余睿是这个组织中的成员，那么一切都解释得通了。

也许余睿执行任务时知道了什么，并由此开始好奇贺云钦的身份，为

了证实自己的猜测，常去听贺云钦讲课。这种好奇里也许还掺杂了一分崇拜，所以他连贺云钦的家人都格外关注。

还有一种可能，就是余睿也在找金条，但他隶属于另一派，与贺云钦处于对立面。

可是从余睿的祖父及父母来看，余睿为卖国贼效力的可能性较低，因此她倾向于前一种猜测。

都谈到抱负了，想来四妹跟余睿的关系已经趋于明朗了，红豆问出关键的一点："贺家迁往重庆的事余睿知道吗？他怎么说？"如果余睿选择留沪，而四妹去了重庆，本就关山迢递，这一下又隔着战火，两人的恋情自然也就无从存续。

贺竹筠抿嘴一笑："他说他祖父联合了上海几所大学，正要迁往后方，至于他的父亲，也打算到重庆重办鸿报。"

"也就是说余家也迁去重庆？"

贺竹筠点点头："他说他在上海还有重要的事没办完，办完就会启程去重庆。"说着她脸上泛上一层红霞，"他说如果顺利，很快就会动身，如果不顺利，可能会耽搁些日子，但他无论如何都会去重庆找我，还会请他祖父亲自来贺家提亲。"

红豆一怔，在余睿的立场不明朗之前，她并不赞成四妹过早陷入这场恋情。而且如果余睿也要找黄金，从他的种种表现来看，过于毛躁，远不及贺云钦和瑞德等人沉稳。

可看四妹的表现，俨然已对余睿动了心。感情一旦在心底萌了芽，外人根本无从拦阻，好在就目前的情形来看，余睿应该是热血且爱国的，不管他所指的重要的事是什么，只要他能全身而退且上门提亲，倒不失为四妹的良配。她压下满腹的话，对贺竹筠道："四妹，如你所说，你对余睿也还不够了解，你二哥素来疼你，他自有他的立场，并非故意要拦阻你跟余睿谈恋爱。"

贺竹筠翘着嘴道："二嫂，你跟二哥越来越像了，说话的语气像，想法也一模一样。”

红豆摊手道：“如果四妹问我别的事，我可以滔滔不绝地讲上半晚，可毕竟关乎你的终身大事，任谁都会慎之又慎的，越是关心你的人越是如此。”

贺竹筠咬了咬唇，假装生气道：“好吧，反正你和二哥都口才好，我说不过你们，但我觉得余睿一定是好人。”

红豆道：“说实话，我也认为余睿是好人。余校长是年高德劭之辈，他的后辈想必也不会差。但毕竟现在世道太复杂，婆母和你二哥自有他们的考虑。不如等到了重庆我们再好好观望观望，如果余睿真有心，自会像他说的那样上门提亲的。”

贺竹筠沉默了一会儿，长长舒了口气，忽然想起什么，低头道：“二嫂，拉着你说了这么久的话，你肚子里的宝宝会不会觉得累？他是不是要睡了，不会嫌他的姑姑聒噪吧？”

红豆扑哧一笑：“谁知道呢，也许正竖着耳朵听。有个这么疼他的姑姑他高兴还来不及呢，怎会嫌烦。”

说着说着，两人困意上来，不知不觉睡着了。

也不知睡了多久，近拂晓时，红豆梦里依稀听见巨大的闷声自天边远远滚来，沉闷又刺心，如同早春的惊雷，蕴含着千钧重量，无端扰人清梦。

她皱了皱眉，本想翻个身继续睡，可是雷声却越来越响，隔着云端，一声又一声，重重地落在心头。

她胸口突然有种尖锐的疼痛，像被什么刺了一下，猛地睁开眼睛。

贺竹筠这时也惊醒了，白着脸坐起来，怔了一会儿，抓住红豆的袖子，忐忑道：“二嫂，那是什么声音？”

两人还在屏息辨认那声音源自何处，就听房门外脚步声纷沓而至，贺家上上下下外头仿佛炸开锅了似的，有人道：“老爷，太太，不好了，开战了。”

虞太太半夜被炮声惊醒，吓得连忙从床上滚下来，刚披上衣裳，迎面撞上周嫂几个老下人，人人脸上都透着仓皇：“太太。”

虞太太急声问儿子：“这是打起来了？”

虞崇毅一边穿衣一边咚咚咚下了楼，快步走到电话前，给贺公馆打电话，然而那边占着线，怎么也打不通。

虞太太跌跌撞撞从楼梯上下来，焦急地跺脚道：“这可怎么好，你妹妹他们不知怎么样了，这刚怀孕，可千万别出什么差池。”

虞崇毅竭力安慰母亲道：“妈，您别太担心，刚开战，至少租界暂时是安全的，我这就去一趟贺公馆，先看看云钦他们怎么说。您赶快收拾东西，如要离开上海，那可是说走就走的事。”

“东西都备好了，随时都能走。不行，崇毅，我得跟你一起去贺公馆，怎么也要亲眼看看红豆才放心。”

虞崇毅忙又给车行打电话租车，足打了半个多小时电话才打通，打通后一辆车都租不到，母子俩只得放弃叫车的打算，匆匆出了福元路，天尚未大亮，浮云散尽，天色墨灰灰的，天边寂寥地点缀着几点孤星。

兵荒马乱，街上行人少得可怜，两人足足走出二里地才撞上一辆黄包车。车夫原不肯拉人，虞崇毅许了三倍的价钱才坐上车。

路过同福巷时，虞太太让停车，对虞崇毅道：“你父亲还有几张照片搁在房里，趁现在你赶快上去拿下来，咱们眼看要去重庆，再回来这些东西怕是找不见了。”

虞崇毅下了车，到楼下正好碰上彭裁缝一家正鸡飞狗跳收拾东西，两个胖孩子呜呜哇哇哭个不休。看虞崇毅回来，彭裁缝跺脚道：“虞少爷，你说这叫怎么回事，怎么说打就打起来了！”

虞崇毅安抚了几句，顾不上多聊，大步上了楼，找了个包袱皮，尽数将剩下的贵重物什收拾出一个包袱，这才下楼来。

谁知到台阶时，因包袱系得不稳，一个妹妹小时玩过的拨浪鼓从里头颠出来，一路滚下去，恰好落到彭裁缝夫妇的脚下。

未等虞崇毅弯腰捡，彭太太先他一步将拨浪鼓捡起来，递给虞崇毅。

她胖乎乎的脸上透着艳羡的表情："虞少爷这是要举家搬迁了？也是，贺家可是上海数一数二的人家，就算打仗也不怕，哪像我们这些平头百姓，今日不知明日事，我现在只盼着别打到租界来才好。"

彭裁缝将老大塞到老婆臂弯里，骂她道："不会说话就别说话，趁还没大乱，赶快回屋收拾东西，大不了我们先避到乡下去。"

虞崇毅目光在夫妻二人脚上定了定，这两口子，男人的脚太小，女人的脚太大。

然而就像妹妹所说，这并不意味着什么，便点了点头，收回视线，大步出了巷口，命黄包车往贺公馆而去。

虞家母子赶到贺公馆时，贺家正乱着，贺孟枚和贺宁铮出去操办上海工厂物资迁移的事，女眷则在收拾行装，前次已运送了一部分往重庆，剩下的一部分也都陆续装满了箱笼，只待确定出发日期，就要统一运离上海。

听说亲家来了，贺太太大松了一口气，亲自迎出来道："刚让余管事去接亲家太太和亲家少爷，没想到亲家亲自来了。"

虞太太笑着握住贺太太的手，两人同坐到沙发上。贺公馆乍一看很乱，然而细辨之下，贺家上下人人各司其职，可见为了应付突发状况，预先就有了安排。

这一望之下，她心底那份惶惑打消了不少，缓声对贺太太道："年轻时跟红豆父亲到北平开铺子，碰巧赶上北伐战争，在北平那几月，活活被枪林弹雨吓破了胆，以至于到现在我一听到打仗就心慌，半夜听说正式开战了，我也没多想就跑来了，倒叫亲家太太笑话了。"

贺太太张罗下人奉茶，体恤地握住虞太太的手："任谁碰上这样的世道都会觉得糟心。我和老爷早上四点就醒了，到现在都没顾上吃饭，心里七上八下的，只怕打到租界来。红豆毕竟刚怀孕，亲家只会比我们更挂心，前几日云钦就跟我们都说了，怕上海沦陷，他早就劝说亲家跟我们一道去

重庆，眼下开战了，不知亲家拿定主意没有。”

虞太太并不拐弯抹角，颔首道：“云钦和红豆的意思我早都听明白了，何况红豆怀孕了，一家人就更没有分两地的说法了，东西已在收拾，我和崇毅行李不多，说走就能走，倒是家里几个无子嗣的老下人无依无靠，到时候要同着去。”

贺太太笑叹：“亲家太太真是厚道人，我这就让余管事去亲家家里搬运行李，届时虞家的下人可跟贺家下人同趟轮船去重庆，说起来再容易不过了。红豆和她四妹在房中收拾东西，下人忙于收拾也顾不上禀告，这孩子怕是还不知道你们来了。”

说着便亲自领她们上楼去找红豆，惦记着贺云钦还未回家，趁他们一家三口说话的当口，出来吩咐管事去找。

自打正式开战，红豆这一早上心乱如麻，既牵挂贺云钦又牵挂娘家，拧开无线电匣子，一分钟一个消息，全无个定数，报纸暂未送来，人又出不去，战况究竟如何半点底都没有。

眼看贺云钦联系不上，她火急火燎让余管事去虞家，不想母亲和哥哥一早来了，心立刻踏实了一半，忙引着母亲入内坐下，沉声道：“战火未蔓延到租界，上海侥幸未封锁，可万一局势一坏再坏，能不能走还另一说，一会儿我让余管事他们陪同你们回去，您和哥哥赶快把家里东西收拾好，到时候一并交由余管事送上轮船。”

虞崇毅看妹妹眉头拧成一团，问她道：“云钦到现在还没回来？”

虞太太来之后未见到女婿，原以为贺云钦在忙着别的事，听儿子这么说，不由得愣住。

这时候下人在外头道：“二少奶奶，王探长来了，说有要事找您商量。”

红豆霍地起身，昨晚到现在一直没能联系上王彼得，只当他跟贺云钦在一起，没想到王彼得上门来了，要事？什么要事？她忐忑极了，想也不想就道：“请王探长到小书房，我这就来。”

说着便快步回里屋披了件见客的外套，对母亲和哥哥道：“妈，哥，你们在这儿等我，我去去就来。”

到了小书房，王彼得正在房中打转，回身望见红豆本要说话，看见她身后的下人，又将话咽了回去。

红豆屏退下人，屏声问王彼得：“王探长，出什么事了？”

王彼得起先仍有些迟疑，片刻后便下定了决心，对红豆道：“这几天我查到了不少东西，眼看杀白海立的凶手有了眉目，本想提醒贺云钦提防那人，可是昨晚这一开战，法租界全都戒严，到处都找不见他和瑞德，无奈只好来贺公馆。”

红豆心高高提了起来：“他们不在法租界？”

“不在。”王彼得咽了口唾沫，“红豆，我知道你和贺云钦感情笃厚，有些事瞒也瞒不住，不妨告诉你，的确，我跟贺云钦他们有共同的‘理想’，近来云钦跟瑞德他们在找一批物资，一度怀疑这批物资藏在沪上某所洋房里，我们查到现在，共找出七所洋房，这些洋房里，有五所有过闹鬼传闻，全在法租界，剩下两所没有闹鬼传闻—— 一栋就是你们以前住的同福巷那所。另一所我不知在何处，但我猜应在公共租界。”

这说法倒跟昨晚贺云钦的说法一样，红豆审慎地望着王彼得道：“探长，我原以为你跟云钦他们在一处。”

王彼得苦笑道：“我虽身在这个组织，但用瑞德的话来说，我‘觉悟’太低，平日在组织中的主要任务就是收集线索，像这种牵涉多方的大事，只有少数几位负责人知道具体细节。”

红豆愣了愣，若不是心头堆着太多事，险些能笑出来，王彼得性格散漫不羁，有时甚至称得上自私，而他们从事的活动毕竟太危险，面对棘手局面时，若非信仰极其坚定，的确极容易动摇。

“从昨晚我得到的消息来看，各方人马已经有所动作，拂晓开战后，我趁乱在法租界找了一圈，发现房子里都有小范围爆破的痕迹，可见贺云钦他们昨晚已去找过，又走了。我猜他们此刻在公共租界，可惜因为租界突然戒严，暂时联系不上他们，而且眼下有不少老百姓为了避难涌入公共

租界和法租界，若是伍如海和日寇的人马也混迹其中就麻烦了，眼看快天亮了，组织还没有他们的消息，我真担心贺云钦他们遭暗算。”

红豆静了一静道：“您刚才说查到了杀白海立的凶手，究竟查到了谁的头上？”

王彼得从怀里取出一沓照片道：“你也知道，近来死在闹鬼洋房中的两个人，一个是叫史春丽的护士，一个就是白海立。为了弄明白史春丽的死因，瑞德从法租界警方弄到了史春丽的尸检报告，还特地去史春丽家打听她生前症状，最后虽然没查出什么，但因为怀疑她生前曾服用过严重损害心肌的药物，特列了一份可疑进口药物的名单给我。后来我去沪上这几家医疗机构调查，意外发现其中一份订单的邮寄地址，正好就是你们同福巷那所洋房。”

红豆并不诧异，坐直身子道：“可是我哥已确认过邱小姐并非39码鞋，倒是三楼的向先生是39码鞋。”

王彼得没想到红豆会查到他的前面，呆了一呆：“向先生果然是39码？好，这是一件事，还有就是白海立一死，陈白蝶立刻搬出了之前高价转卖的洋房，这几日住在伍如海名下的一套寓所，进出都有军弁护送，看来应该是跟伍如海搭上了。”

红豆眉头微蹙，伍如海不止艳史丰富，癖好也很奇特，不喜未婚少女，专爱挖手下人的墙脚，所有女性中，尤其喜欢嫁过人的太太。陈白蝶丰腴娇艳，伍如海就算明知其跟白海立有首尾，冲着她的姿色，将她收入麾下丝毫不奇怪。就不知此事公公知不知道。

“陈白蝶搬走后，我继续盯梢原来的寓所，发现了好几伙人马的踪迹，料是他们认定了白海立知道金条的下落，要去找陈白蝶的麻烦，奈何这女人太油滑，转眼又寻得了伍如海的庇佑，他们无从下手，只得放弃。可是昨天半夜开战后，我因为找贺云钦路过那房子，下车到房子周围转了转，结果在后门发现了这个。”

红豆接到手中，是支金笔，打开笔帽，笔端正正方方刻着两个字“震旦”。

“我第一反应是贺云钦落下的，后来想起贺云钦平日常用的那支自来水笔并不是这种金笔，再联想到先前那药物的邮寄地址，我突然想起住在你们洋房的一个人，真要是这个人，云钦他们就麻烦了。”

红豆背上沁出一层毛毛汗：“向先生？”

王彼得焦虑顿起，抓了抓头发道：“向其晟也在震旦任职，之前云钦他们摸查同福巷时，除了查出邱小姐是情报贩子，还查出向其晟是某爱国组织成员，之所以常在报上发表迂腐激进的言论，乃是为了借此掩盖自己的真实身份——”

红豆顿时想起先前报上那些文章，难怪她怎么都看不出向先生身上的“进步气息”，原来是因为有这些先入为主的理论在时刻影响着她。

“先前刺杀伍如海时，向其晟跟我们合作过，云钦他们虽然表面上跟他没有来往，私底下都很敬佩其为人。但据我们所知，这次金条的事，向其晟所在的组织从头到尾未有牵涉，如果向其晟自行购买毒药，又到陈白蝶寓所附近侦查，我怀疑其根本是双重身份，那么当初伍如海的刺杀行动为何会失败，也就值得好好思量了。”

红豆心慌不已，唯有深吸气方能保持呼吸畅快，抬眼瞥见桌上一个收音匣子，忙起身，拧开一听，果然在说大批居民涌进租界的事。

王彼得又道：“有句古话叫‘兵马未动粮草先行’，仗一打，无论伍如海还是日寇，都急于得到那批金条，到了这地步，云钦他们的方案势必重新拟订，我现在不担心别的，就担心在找第七所洋房时，向其晟会以爱国人士的身份有意接近，组织上大部分人都在执行其他任务，金条只有贺云钦和瑞德几个在负责，大家想递送消息，可是组织上谁都不知道他们在何处。红豆，这些人中，唯有你有过目不忘的本领，你好好想一想，贺云钦可向你透露过第七所洋房的信息。”

红豆心剧烈地跳起来，下意识地抚摸肚皮，她自然比谁都希望贺云钦平安归来，可是在那之前，她必须先确认一件事。

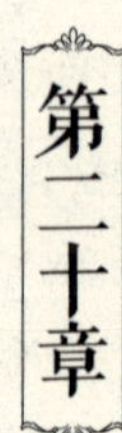

第二十章

公共租界。

天仍未亮，远处炮声震天，老百姓们从梦中惊醒，拖家带口疲于奔命，租界入口处原设立了岗哨，如今在英美领事馆的示意下等同于虚设，街上哀号哭喊声不断，到处是涌动着的人头，人若置身其中，只需一秒便会觉得触目惊心。尚未沦陷已如此狼藉，若是侵略者的铁蹄真正踏入，铜驼荆棘的景象光想想就让人心颤。

好不容易闯入了租界，老百姓们暂且谋得了一块护身牌，但因临近郊区，可供容身的居所少之又少，街上比肩继踵，每一个角落都挤着人，贺云钦他们的洋车夹裹在人潮中，根本开不动，好在附近设有不少工厂和洋行，老板们一听说租界收容难民，唯恐老百姓趁乱哄抢货仓，一时间附近开出来的洋车不少，贺云钦的洋车混迹其中并不起眼。

开到一座废弃的旧工厂前，教会在门口架好了临时食物施放所，不少爱国义士自发到此处安抚难民。车上人观望了一会儿，身后一个年轻人肃然起敬道：“是向先生。”

又道：“贺大哥，本来这地方平日根本没人来，这一打仗，公共租界闯入这么多人，郊区工厂这么多，一个一个找起来实在太费时间，眼看要天亮了，我们怎么联络其他人。”

贺云钦从裤兜里取出一根烟点上，望着工厂的方向，并未接话。

瑞德看一眼那年轻人道：“余睿，你第一次执行任务，遇到事情时多想少问。”

余睿笑了笑，赧然道：“知道了。”

行到一条两边都是筒子楼的狭窄街道，贺云钦和瑞德将车停到一个不起眼的街角，

几人趁着天黑舍了车，路过一家关闭着的店门时，瑞德和余睿闪身入内。

贺云钦逆着人潮走了一段，忽然不知被谁撞了一下，只听小孩儿哇哇直哭，有人惊讶道：“噫，贺先生，你怎么也会在此处？”

贺云钦一看，原来是彭裁缝两口子，便笑道：“贺家附近有工厂，打仗太乱，我过来帮忙迁移物资，你们这是要去何处？”

彭裁缝两口子巴结地笑道：“我们打算到乡下避一阵。”

余睿等人这时已经上了楼，不见贺云钦上来，透过窗缝往下一看，就见贺云钦立在台阶上跟一家四口说话。

余睿定睛一看，不由得露出惊讶的表情，贺云钦明明表情平静，右手却始终警惕地放在裤兜里，从形状来看，那地方应是藏着一把枪。

余睿惊讶极了，如此普通的一对夫妻，贺大哥何以戒备到这个地步，难道以往执行任务时谨慎惯了，所以任谁都信不过？

说话的当口，彭裁缝一家被人潮冲挤得站不住脚，孩子们为远方的枪炮声所慑，越发哭闹不休，夫妻俩身上本就背负了不少行李，孩子们这一挣扎更显狼狈，草草跟贺云钦说了几句话，无奈被人群推搡着往前去了。

公共租界秩序已经濒临崩溃，随处可见维持治安的租界巡警，街道两边的店铺一律闭着门，铺子里的人都知外头乱得不像话，听到外头震天响的擂门声，抵死也不敢开门。

满目混乱中，只听砉然一声，某家米铺的店门意外坍掉一块，人群中有人听到这动静，立刻掉转头哄抢着往内拥去。

贺云钦身后店铺的门虚掩着，全赖里头的人死死抵着门才未沦为临时收容所，他本来还想再确认几眼，然而街况已然失控，台阶上随时都有人冲撞上来，只得回了店铺。

瑞德听见贺云钦上楼，盯着外头道：“云钦，对街那辆洋车是不是段家的？”

他记得段家长公子段明沣的洋车是墨绿色的，类似颜色的车整个上海滩没有几辆，之前去贺公馆给贺孟枚他们看病时，在门口见到过好几回。

贺云钦走到窗边，洋车的车型和颜色都很独特，马上认出是段家的洋车，只因隔得太远，一时也看不出车上究竟有几个人。

洋车的行驶方向，分明奔着刚才路过的斯摩灯泡厂而去。

他皱了皱眉。

段家世代为官，近来才学着做生意，名下一家船舶公司和一家织物厂全设在法租界，如今虹口开战，公共租界乱成一团，段家人不在法租界待着，好端端往这边跑做什么？

这时余睿将两张桌子并在一起，蘸了水在桌面上画道：“公共租界废弃超过十年以上的洋房和工厂共有三处，离我们最近的就是刚才路过的斯摩灯泡厂，当年因为经营不善，只一年就倒闭了，听说老板为了躲债改头换面去了南方，至今不知下落。第二处嘛——”

这些资料不能随身携带，出来前必须全记在脑子里，他昨晚第一次出来跟贺云钦他们打照面，为求好好表现，恨不得记住每一个细节。

瑞德看看腕表，道：“斯摩灯泡厂门口在发放救济粮，要进去必须通过教会，爆破是别想了，搜寻都会引人注目，眼下只能等救济粮发完再说了。换言之，我们还剩一个小时的时间。”

一个小时太漫长，局势瞬息万变，万一彻底失控，他们连回到安全区域都是奢望。

贺云钦沉吟着不可话。

瑞德疑惑道：“云钦，你是不是有别的意见？”

贺云钦背靠着椅背，指了指桌上水印尚未消失的某处：“我们找了这许久的闹鬼洋房，到现在都一无所获，就眼下的形势而言，我在想如果一开始我们的大方向就错了，接下来我们冒险一处一处试探，付出的代价会不会太大。所以，我想换个思路。”

红豆陷入了难题，贺云钦走时将洋房建筑图收在了卧室的保险柜里，虽然没有明确指出第七所洋房的方位，但从这堆留下的资料中，不难找到一些指示。

保险柜钥匙她有一把，可诚如王彼得所言，人人都想得到这堆金条，在拿出建筑图共享之前，她首先得确定王彼得的立场。

截至目前，她只知道贺云钦组织的联络物是自行车，暗语是光与真理，然而光凭这两点，她怎么才能绕过王彼得找到组织的活动地点。

为了贺云钦的安全着想，她绝不敢随意冒险，倘若不能确定王彼得是敌是友，这消息究竟送还是不送？

她关掉无线电：“王探长，你稍等片刻，我回房一趟。”

王彼得按捺住满心焦躁，冲红豆点点头。

红豆本已走到门口，忽又回头道：“王探长，我记得勘查现场的时候，那几处脚印虽然都是39码，但从鞋印的形状看，有时是男性有时是女性，如果王探长怀疑凶手是向先生，向先生至少该有个女性同伙。”

王彼得一愣：“昨晚查到向其晟头上后，我直到刚才都怀疑他的同伙是邱小姐，可是你也说了，邱小姐并非39码鞋，而且向先生在那个爱国组织中地位超然，尽可以在别处找女性同伙，何况我还在陈白蝶的寓所外找到震旦的金笔……”

总之种种线索都指向向其晟。

红豆神色凝然：“如果照你所说，进口药品的邮寄地址都能成为怀疑

向其晟的一个疑点，住在那所洋房里的理应个个都有嫌疑。”

王彼得狐疑地看着红豆道：“除了你们虞家，楼里的人我统统都信不过，可是因为这洋房来历不明，我们之前摸排过每一个人的底细，查来查去，楼里的住户只有向其晟和邱小姐身份特殊，一楼的彭裁缝夫妇跟你们虞家一样，是再普通不过的老百姓。”

然而说着说着，他的语气变得越来越不确定，说到最后一个字时，嘴张了张，突兀地停了下来。

红豆心怦怦直跳，想也不想就拉开门出去。王彼得虽然随性散漫，并非毫无谋略之人，之所以宁肯怀疑向其晟也不肯怀疑彭裁缝夫妇，一定是这对夫妇的背景极其干净，贺云钦他们跟王彼得在同一个组织，对此想来有共识，难怪以往每回他去同福巷都对彭家人很客气，打招呼不说，还会拿糖给孩子们吃。

想着想着，她脚下的步伐越来越快，心越悬越高，不管是向其晟还是彭裁缝，都很难让人起戒心，就算贺云钦警惕性高，他身边还有别的同伴，万一戒心不够，被暗算或是偷袭是几乎可以预见的事。

转过角，尚未回房，在走廊上听到贺宁铮和余管事说话，本意是想回避，然而因为正好撞见，不免听见了几句。

就听贺宁铮问余管事：“大少奶奶什么时候出的门？”

“刚出门没多久，说是因为打仗的缘故，非要回娘家亲眼看看亲家老爷和太太不可。”

贺宁铮声音里既有不满又有担忧：“就算要去也该我陪她去。你赶快备车，我去段家接她回来。”

贺宁铮和余管事说着话就下楼去了，红豆停了一停，接着往房中走。

她并不奇怪段明漪回娘家之事，拂晓贺家大乱时见过一面，大家都被战事扰得心神不宁，段明漪身为家中长女，挂念娘家再正常不过。何况她眼下满心都是贺云钦的安危，根本无暇理会大房的事。

回到房中，虞太太和虞崇毅都吓了一跳，出去一趟再回来，红豆的脸色差了许多。

“出什么事了？”虞太太快步迎了上去。

虞崇毅昨晚就知道贺云钦不在家中，如今开战还不见贺云钦回来，再看红豆的模样，愣了一愣，立刻心焦起来：“是不是云钦那边有什么事？”

红豆径直走到保险柜前，掏出钥匙，又停了下来。

短短的几分钟时间，她已经拿定了主意，就算找到了活动场所又如何，为了成员的安全，组织绝不可能向外界透露身份消息，想要通过这一点来确认王彼得的立场，根本就不现实。

时至今日，只有一件事或许可以拿来判断王彼得话的真伪。

她转身对哥哥道：“哥，你陪我到楼下小会客室打个电话，那里有外线电话，我有话要问舅妈。”

照之前贺云钦和王彼得的分析，护士的猝死、白海立的遇刺、舅妈的遭袭，可能系同一伙人所为。

护士猝死是凶手为了空置洋房以便继续找寻黄金，白海立遇刺除了这个原因，应该还有他本身卷入到金条纷争的缘故。

几桩事件里，唯有舅妈的遭袭显得突兀且草率。

从舅妈的回忆来看，出事前几天她曾无意中撞见邱小姐跟南京的伍如海接头，基于此，他们一度怀疑追杀舅妈的人就是邱小姐。

可邱小姐并非39码鞋，就算杀人案跟她有关，她也不会是现场作案的那一个。

那么剩下的线索里，关于现场凶手，仅有两点较为清晰：

第一，凶手知道舅妈有如厕频繁的隐秘老毛病，为此提前就藏身在盥洗室，可见凶手要么认识舅妈，要么就是有渠道打听到这件事。

第二，王彼得查出谋害护士进口药品的邮寄地址是同福巷。

凭着这两点，的确有理由怀疑凶手就是同福巷的住户。

第一条和39码鞋印是已经经过验证的客观信息。第二条则只是王彼

得的片面之词。

到了这个地步，可笑她连王彼得都信不过，只能通过第一条来验证第二条究竟是否捏造。

而验证的法子，自然是逼唯一的幸存者舅妈重新回忆遭袭前几日的事。

虞崇毅几乎想都没想就道：“好。”

虞太太追上几步道：“究竟出了什么事？你舅妈兴许还在瑞德的诊所，突然打起仗来，也不知道她回没回潘公馆。”

这话倒提醒了红豆，到了楼下，她先给瑞德诊所打电话，别说瑞德，诊所里就连平日负责接电话的护士都不在，电话响了好几声那边一无回音，无奈只得挂断。

潘公馆的电话安在舅舅、舅妈的卧室，打到潘公馆，同样响了许久才有人听，透过电话可以听见那边吵吵闹闹，显然因为打仗家里正乱着。

好不容易下人才找来玉沅接电话，红豆道：“玉沅，舅妈恢复得如何了，方不方便请她来接电话，我有一件极为重要的事要问她。”

玉沅尚未回答，就听远远有人喊：“玉沅，电话谁打来的？是不是红豆，快……快扶我过去接电话。”

一听就是舅妈的声音。

红豆跟哥哥诧异地对视一眼，莫非舅妈想起了什么重要的事要跟他们说？

潘太太似是因为牵动伤口先是“嘶”了一声，接着便强忍着痛道：“红豆，舅舅、舅妈正要给你们打电话。刚才你舅舅去轮船公司抢票子，抢来抢去只抢到几张三等船票，你也知道舅妈身上还有伤，怎么能坐三等舱？”

红豆嘴张了张，还未答话，潘太太又连珠炮似的往下说：“贺家是不是马上要动身前往重庆，舅妈跟你商量件事，要是贺家的飞机没有位置了，能不能给我们弄几张头等舱的船票？这仗打得人心慌慌，谁也不知道上海接下来到底怎么样，我们都打算先到重庆去避一避。你玉淇表姐和袁箬笠马上要启程去香港，只剩我们一家三口，所以票不算多，只需三张即可。”

红豆惊讶道："玉淇表姐要去香港？"

"对。没时间操办了，两家人打算这两天先登个报，等仗打完再回沪好好办婚礼，袁箬笠也是费了好大劲儿才弄到两张二等舱的票，说来委屈玉淇了。"

红豆心中五味杂陈，仗一打，亲友们为了生计各奔前程，玉淇表姐的离开也许仅仅是个开头，接下来还会面临一连串的分离。譬如顾筠，到现在她没来得及确认顾家是走是留。

她勉强打起精神道："这是大喜事，舅妈先替我跟玉淇表姐和袁先生道个喜，我这就让余管事送贺礼去潘公馆，票子的话，我问问有没有，有的话一并让余管事送过去。"

潘太太松了口气："不是舅妈要矫情，三等舱我以前没少住过，我这伤口真要在三等舱里颠簸十几天，一定是会恶化的呀。对了，之前我在瑞德医师的诊所，有不少人在诊所外头看守，昨天半夜因为打仗我们搬回潘公馆，这些人又跟着过来了，你帮舅妈跟云钦说一声，现在世道这么乱，凶手未必能想得起我，请这些朋友都回去吧，不用再守在公馆外头了。"

红豆道："这件事太复杂了，不能说撤就撤，因为不止牵涉到您一个人的安危，还有方方面面的顾虑。现在我想问您一件事，在茶话会的头几天，您就没遇到过不寻常的事吗？"

潘太太愕然了好一会儿道："这件事不是早跟你们说了，我撞见一个女人跟一个男人在警察厅的车上说话，那女人的声音很像你们楼里的邱小姐。"

"除了邱小姐，前几日您还有没有遇到过我们楼里的其他邻居？"

潘太太愣了愣："其他邻居？"

这一年来，她因为不想让玉沅跟虞崇毅扯上关系，宁肯冒着跟大姑子交恶的风险，也不肯去同福巷，近来最多红豆成亲去过几回，何以经常碰见其他邻居。

到了这个地步，潘太太也知此事重大，沉住气尽全力回想这几日发生

的事，因想得太入神，老半天没接话。

隔了许久，她才道："上回我就说了，那天我去给玉沅到糕点铺买糕点才路过了那辆警察厅的车，在店里结账的时候，我前面有位客人落下了一包糕点，我本来想提醒店里头的伙计，因为人太多我也没顾上，只拿了自己的糕点走了——"

说到这里，她忽然停了一下："等一等，我记得当时店里有个矮个子的男人一直盯着我瞧，可等我看过去的时候他又猫到后头去了。"

矮个子的男人？红豆暗暗思忖，向其晟虽然瘦削却并不矮小，整个楼里的男人，只有彭裁缝最为矮小。

"您没有看清那人的长相？"

"没有。"潘太太声音透着迟疑，"这人在后头做事，一见我就闪身进去了，就这么一错眼的工夫，没机会看到那人头脸。"

"一见到你就走了？"红豆凝眉，"那人认识你？"

"我不知道，要不是红豆你一再追问，我都想不起来这件事，因为这个人实在太不起眼了。哦，对了，我听玉沅说，茶话会的点心就是那个糕点铺供应的，所以这人到底是铺子里的伙计还是客户，我到现在也没弄明白。"

红豆心里越发有数，茶话会需要邀请帖子才能进入，凶手能从后门来去自如，他身后的势力应该提前就替他做好了安排，若是以点心铺伙计的身份去送糕点，不失为一种极好的伪装。

一个裁缝铺的裁缝突然变成了点心铺的伙计，也就舅妈这么心粗的人才会未起疑心。

潘太太又道："说实话，你们楼里的这些邻居，我也就对三楼的邱小姐有点印象，其他人就算站到我面前我也未必认得出。"

挂了电话，红豆跟虞崇毅回了房间，这件事事关几方势力的角逐，已经无法用普通的凶杀案来推理。虽说她至今不敢确定凶手的身份，然而零零碎碎的线索拼凑起来，由不得她不疑心这两位邻居。

而这个怀疑，恰好跟王彼得的推论相符。

她回到卧室，打开保险箱取出那沓资料。

一页一页翻过去，到第七所洋房时果然一片空白，贺云钦只在公共租界的地图上标记了一个范围，既没有建筑图也没有具体方位。可见究竟是洋房还是工厂，连他自己都不能确定。

她失望的同时，不免松了口气，第七所洋房的位置成谜，如果王彼得是奔着金条去的，自然会对这份资料大感失望，是敌是友，一试便知。

可是她又如何忍心王彼得为了送信独自一人穿越炮火，要提醒贺云钦，总会有个万全之策。

忽然想起哥哥在公共租界当了许久的警察，她压住心中的焦躁，指了指地图上的那片范围，问哥哥道："哥，你知道这片范围里有哪些工厂或者有几处洋房吗？"

段明沣和段明波将车停在斯摩灯泡厂前面，昨天妹妹有句话说得对，段家风光了近百年，如今已是摇摇欲坠，要是彻底败落下来，他们身为家中主心骨何以面对老幼，家里如今已是黔驴技穷，买卖上有心无力，建筑上有什么暗层他倒是一看便知，无论成与不成，总该试一试。

他们拿出建筑图对着工厂看了看，眼看门口全是领救济粮的老百姓，略停了一停，正要将车开走，忽然有人道："段大哥。"

第二十一章

段明沣往外一看，立刻认出是上海大学余校长的孙子余睿，因为父执辈相识的关系，以往曾在社交场合见过几面，算得点头之交。

他忙收起手里的建筑图，冲余睿道："公共租界这么乱，余老弟怎么到这里来了？"

余睿指了指身后的大长龙，从容道："昨晚听说打仗，我来帮忙发放救济粮和药品。"

段明沣顺着指引往前一看，安抚难民的人群中，的确有不少爱国人士。他二人虽然跟余睿算不上相熟，但也知道余睿是出了名的热血青年，犹豫了一下，劝道："这里临近交战区，随时可能会被攻陷，消息又全部封锁了，暂送不出去，若是救济粮发放得差不多了，余老弟还是早些回安全区域吧，免得余校长担心。"

余睿笑了笑道："我也是这么想的，眼看救济粮发完了，这就要回去了。此处太危险了，段大哥和段二哥也早些回法租界。"

等他们走了，余睿先是混在人群里回到街区，接着又趁乱走到那片店铺，最后径直上了楼道："车上只有段氏兄弟，但后面有辆车一直尾随他们，车上的人约有十来个，我看着像段家的家仆，段明沣手上的确有张建筑图，光凭这一点我也判断不出他们的来意。”

瑞德露出头痛的表情道：“如今这么多人马在找金条，日寇、南京伍如海、政府，还有各组织，无论哪一帮人都不会明晃晃将建筑图拿在手里，可若是没有依仗，段家绝不敢单枪匹马来找金条，我怀疑政府有人泄了密，不知为何此事传到了段氏兄弟耳里。他们如此没有成算，既不像给日寇卖命，也不像伍如海手下的人马，照我看，会不会跟政府的人有什么关联？”

贺云钦听到“政府泄密”这几个字，早蹙了蹙眉，老半天没接话。

刚才已让余睿提醒段氏兄弟，此时撤走还来得及，硬要蹚这浑水，任谁也拦不住。

至于是谁泄密谁横生枝节，回家一查便知。

他看向另外一个同伴道：“仍打不通电话？”

那人摇头：“北区和东区现在是日寇进军沪上军防的基地，线路早被震断了，暂拨不通。”

瑞德道：“法租界已经被翻了个底朝天，公共租界其他区域早前就找过了，偌大一片租界只剩苏州河以北未找，这地方临近战场，动起来委实太麻烦，我怀疑其他几派人马都已经到附近了，只是目前都不敢轻举妄动而已。”

余睿起身看向窗外道：“还有大批难民往公共租界涌，少说有三十万，等这些老百姓全涌进来，大部分建筑物都会塞满人。如果伍如海的人马第一个找到金条藏身之所还好说，这人虽然跟日寇勾结，但既要名声又要牟利，不敢直接将刀锋对准老百姓。可要是日寇抢先弄明白具体方位就麻烦了，他们根本不会顾及这些人的死活，会直接动用弹药来找寻地下的金条。”

贺云钦笑了笑：“第二点可能性低，别忘了公共租界目前是英美使馆的天下，若日寇真以这种明目张胆的方式找到了金条，如何将金条运到敌占区战场？恐怕还未驶出租界大门就会被扣下。所以无论哪派人马，就算再急也只能以隐秘的方式找寻金条。”

余睿眉心拧成个疙瘩，这的确是个天大的难题，首先要避过其他人马的耳目找到金条，其次要确保能运到己方区域。

今次之事，成则能助国救民，不成难全身而退。这一点，想必这些前辈心中都有数，然而在他们的脸上，根本看不到彷徨或瑟缩之态。

“所以就像我之前所说的，我现在临时拟订了两个方案。”贺云钦道，“第一就是沪上这些废弃多年的工厂和洋房早已被翻遍，重来一遍也是做无用功，我打算换个思路。”

众人怔了怔：“不盯着这些空置多年的建筑物了？”

“对，我打算将重点放到十年前空置过一段时间、后来又重新投用的建筑物里。公共租界一共四个区域：西区、中区、北区、南区。其中，因为北区囊括了三座空置了十年的建筑物，所以大家一味盯着北区，如果转换思路，我打算接下来去别的区域找。”

众人怔了怔，这的确是个新的思路。余睿问：“第二点呢？”

“第二点就是如果那几派人马的计划未变，类似于斯摩灯泡厂这等空置多年的建筑物，他们一定会前来窥探，一旦露出马脚，我们正好可以趁机会除掉几个。我希望在天黑之前能够接通线路，否则我们最好按兵不动，因为不管谁第一个动，立刻会成为其他几派的众矢之的。”

余睿苦笑道：“但问题是那两派人马一个比一个会伪装，我怎么判断哪个是好人哪个是坏人？”

贺云钦抬眼看着他道：“不要轻信你看到的任何事物，也不要轻信看上去无害的人，这两点能不能做到？”

余睿神色转为肃然，默然片刻，慎重点头：“我记住了。”

红豆决定拿着那份空白的第七页建筑去试探王彼得。

特殊时期，她谁都信不过，可如果王彼得真心要给贺云钦送消息，她不会放他独自一人冒险。

跟哥哥到了书房，她将最后一页搁到桌面上，对王彼得道：“贺云钦走时留下了这个，我现在只知道第七栋洋房有可能在这片区域，但具体是哪一栋，图上并未标识。”

王彼得拿起纸张一看，皱了皱眉道：“居然在北区。昨晚不打仗还好说，一打仗这片区域早已不安全，我这就去找他们，万一向其晟和彭裁缝夫妇真是日寇人马，我必须马上给他们送信。”

虞崇毅愣了愣，从刚才到现在，通过妹妹和王彼得的对话，他已经完全弄明白发生了何事，王彼得如此决然，他不免也有些动容。

红豆心中一时间五味杂陈，目光不由自主地追随王彼得的背影，眼看王彼得已经走到门口，忙道：“王探长，那地方炮火连天，你一个人去不安全——”

王彼得头也不回，只哼了一声道：“不安全又怎样，我还能看着这些伙计被人暗算？我这样的糟老头儿，不比贺云钦、瑞德他们，他们年轻有为，我浑浑噩噩度日。这些年我孑然一身，长期酗酒早染了一身病痛，我的命，不值钱。”

说着便摆了摆手，大步往门口走去。

红豆想起这些日子跟王彼得相处的种种，倘若贺云钦完全不信任王彼得，怎会任其调查洋房事件。这么一想，她心中豁然一亮，追上几步，正要说话，虞崇毅突然身形一起道：“王探长，您说错了，您的命很值钱，我们所有人的命都值钱。红豆说得对，您一个人去不安全，我陪您走一趟。”

红豆哑住，忙要拦住二人，一伸手碰到哥哥衣兜里的一柄枪匣子，不由得一讶。

虞崇毅回头一笑道：“这枪还是之前白海立打你主意时，哥为了以防万一买的，当时哥想着，如果实在没别的办法，哥就跟这畜牲同归于尽。”

红豆喉咙一涩：“哥。”

虞崇毅温声道：“要不是有云钦和王探长相助，当时哥也许就那么做了。现在云钦不在，哥就是你的天。你的身子不比从前，为了母亲，也为了云钦，你尽管放宽心在家等消息，哥这人命大，一定会帮你找到云钦。”

王彼得这才听出不对劲，目光诧异地落在红豆的肚子上，张了张嘴，最后什么话也没能说出来。

红豆低头想了想，犹豫再三，无奈地看一眼肚子，对王彼得和哥哥道："好，若是我一定跟着去未免太任性，但是有件事我需要提醒你们，云钦他们找了这么久都未能找到金条，如今战事提前，他们都是能审时度势之人，随时可能会调整计划。"

王彼得诧异道："你是说云钦他们回了法租界？"

红豆摇摇头："如果回了法租界，云钦一定会给贺公馆打电话，所以我相信他还在战区。我的意思是，如果公共租界那几个闹鬼或废弃的洋房没有消息，他们可能会转换思路，去别的地方找。所以等你们到了这片区域，如果到处没有他们的踪迹，为了安全起见，一定记得马上撤回来。"

王彼得思索了一会儿，面露了然道："我想我大概明白你的意思了。"

红豆牵牵嘴角："记得之前云钦说过一句话，'日寇的铁蹄都已经踏到脸上来了，有所为而不为，是为可耻'。所以不论云钦在做什么，在哪个角落，我相信他一定在做着最伟大的事，如果你们找到云钦，务必替我告诉他——"

她仓皇转身，试图将眼泪咽进肚子里，然而经过这一夜累积的担忧和惊惶，她终于有些承受不住了，心里明明很静，眼泪还是顺着腮帮无声无息地滑落下来。

"替我告诉他，他有孩子了，我和孩子在家等他回来。"

第二十二章

此事必须隐瞒贺家其他人，若是让贺家派人相陪，所有人都会知道贺家也参与其中，无论金条最后落到哪派手里，都会给贺家带来无穷尽的麻烦。

因此王彼得和虞崇毅无从寻求外界帮助，只能单枪匹马去北区。

他们走后，红豆感到疲惫至极，路过走廊的大落地窗时，她停下脚步，转脸看向窗外。

早该天亮了，然而一眼望去，淡淡的光，疏疏的树影，一切都是朦胧幽谧的，黑夜从未如此漫长，曙光仿佛仍很遥远。

静立了许久，她抬手去摸胸前那颗链坠，贺云钦走时她原想问他：比金子更经得起淬炼的，是金刚石。比金刚石更经得起淬炼的，又是什么？

经过这一夜的磨炼，答案已经变得清晰无比，此刻她唯一感到庆幸的是，在他离开的时候，自己毫不掩饰地表达了对他的爱意。

如今两人都身处荆棘丛中，除了守望别无他法，唯望这份浓浓的眷恋和情意能化作源源不断的力量，助她和他并肩扛过岁月的难关。

斯摩灯泡厂门口的教会人员早已撤走，偌大一片厂房眼下沦为了难民

的临时收容所。

公共租界里，另外两所疑似藏匿了金条的场所：敦比香烟厂和一所法国人兴建的洋房，因长期空置并未设防，也都挤满了拖家带口的老百姓。

这三处场所，要么有过闹鬼传闻，要么无端空置了十年以上。如果不是战事突然提前，按照之前的计划，每一所都是他们既定的搜查对象。

如今在贺云钦的建议下，他们不再一味盯着这几处，而是将目光重新投向别的地方。

眼看一上午过去了，三处依然平静无波，倒是出去找寻资料的同伴回来了。

这人姓刘，在西区一家报馆任职，对于公共租界的情形比其他人更为了解，进来后说道："我将馆里收集的建筑资料找了一遍。云钦说得没错，放眼整个公共租界，十年前空置了一阵，又重新投用的场所的确有两处，一处是英方教会设立的培英小学，学校十年前兴办，因教会撤走，校方经费不足关闭校舍，直到一年后被政府接管才重开，如今在校的孩子们约莫有一百余人，昨夜开战后已悉数撤走。"

小学。众人暗暗蹙眉，那意味着里面会有很多校舍，搜索起来较麻烦。

"另一处则是明珠夜总会，为当年英国商会所建，从高到低共有三层，里里外外建造得极奢华不说，还附有台球馆和网球场，后因商会负责人起了龃龉关闭了几年，近年被一个葡萄牙商人接手才重新运营，但因未处于闹市区，生意不景气，已濒临倒闭，刚才路过我看了一眼，怕难民涌入哄抢，这地方现也关着门，门口留了不少印度阿三把守。"

瑞德道："小学不用说了，夜总会平日人来人往，按照敌方的一贯作风，仅为了让可疑场所重新空置就不惜接连杀人，如果怀疑这两个地方藏有金条，早会有所举动。然而直到昨日开战，无论培英小学还是明珠夜总会都未停办，可见这些年来，日寇和伍如海根本未疑心到这两处。"

余睿眼里闪烁着胜利在望的光芒："既然他们之前都未想到，眼下打起仗来，大概也不会专门浪费人手去那附近，这是个难得的机会，只要抢先一步找到黄金，借着夜色的掩护，正好将金条运出这片区域。各位前辈，天一黑我们就可以出发对不对？”

贺云钦问：“培英小学里现有多少老百姓？”

老刘的鼻头被外头的冷风吹得发红，他搓了搓手道：“这地方位于中区，偏僻之余，距战区也很近，老百姓怕撞上流弹，宁肯挤在太平些的西区和南区也不肯去那一片，刚才据我所见，小学里难民不多，但约莫也有数十人。”

顿了顿，他又道：“眼看入冬了，白天还好说，一到晚上风大得扛不住，难民们眼下无家可归，能找到一处遮风挡雨的地方不容易。想要进去搜找，必须先将这些老百姓引开。”

贺云钦想了想：“既然只有数十人，要引开并不算多难。到后半夜的时候，余睿将带来的救济粮和衣裳到门口发放，利用百姓领粮的这段时间，我们可以趁势关闭校门，接下来在最短的时间内将学校查找一遍。”

八千根金条，无论藏在地底还是墙内，只要仔细勘测总会有反应。

余睿振奋地点点头道：“好。”

贺云钦摸摸下巴，又道：“可就算培英小学难民少，依然不能排除日寇混迹其中，为防他们临时放消息找援手，发放救济粮之前，我们先应将学校内外控制住，要是小学里未找到金条，我们再去明珠夜总会也不迟。对了，段家人突然插进来一脚，为免弄出乱子，最好派人盯着他们。”

有位叫陈忠的年轻人身形一起道：“段家那辆车好辨认，我们这就下去盯梢。”

很快几人就去而复返：“段家的几辆洋车往法租界那边去了，没有回来的意思，看样子已经放弃了找金条，打算回安全区域了。”

正好没多余的人手，贺云钦点点头：“供我们找金条的时间本来就少，人手不能再减了。另外，像斯摩灯泡厂这几个有闹鬼传闻的地方，理应留下几个人来混淆敌方的视线。”

有人道：“我们不懂建筑也不懂痕迹学，就算跟过去也帮不上什么忙，

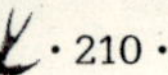

让我们几个留下来吧。”

在场的人几乎都是久经考验的老同志，瑞德和贺云钦接纳这个建议，一小部分留在此地随时预备制造混乱,其余的一等天黑就出发去培英小学。一旦找到金条，瑞德会以在沪国际医疗救援人员的身份，连同其他成员，将金条伪装成急救药品，送往该去的地方。

拟好计划，瑞德道：“我们只有一个晚上的时间，无论成与不成，到明早必须悉数撤离。”

贺云钦听了这话，起身走到窗边，默了一会儿，抬手看了看时间，转头问屋角那个拨打电话的同伴:“电线还未接通？”

“没有。”

贺云钦难掩失望，从昨晚告别到现在，他已经跟红豆分开近三十个小时了，突然开战，以她的聪慧，一定会理解他为何迟迟不归。

眼下隔着炮火，他比任何时候都渴望见她一面，他想看她笑，想捏她的脸，想跟她斗嘴。

哪怕见不到她的人，听听她的声音也是好的。

记起昨晚告别的那一幕，他盯着窗外，嘴角不自觉牵了牵，为了掩饰，忙低头取了根烟。

当时她站在台阶上，对他说“我爱你”，说这话时，灯光映出她甜美得不可思议的笑靥，她的姿态和她的语调都那么柔和，让人心都要化了。只要忆起这一切，他心头便仿佛被甘润的温泉所滋润，立刻泛起一种暖融融的感觉。

想得正出神时，身后同伴开始安排运送金条的路线，声音传到耳中，再深切的思念也只能默默藏到心底。他掐熄了烟头，打起精神回到桌边，边走边告诉自己，最迟明早，最迟明早他就能见到她了。

整个白天，战火侥幸并未继续蔓延，但因难民不断涌入，附近变得越来越混乱。

如他们所料，斯摩灯泡厂等地收纳了极多的老百姓，然而三处毫无异动，想是都知道牵一发而动全身的道理，每一派人马都在比谁更沉得住气。不知不觉中，在隆隆的炮声中，他们迎来了黄昏。

按照拟好的计划，在夜幕降临前，一部分人到斯摩灯泡厂等三处场所充当难民，剩下的，则前往位于中区的培英小学。

段家离开斯摩灯泡厂，又往有闹鬼传闻的废弃香烟厂开去，每到一处就会取出建筑图进行研究。

依次找完三个最有可能藏匿金条的场所，段明沣决定放弃找寻金条的计划。他拿出通行证，掉头往法租界开："这地方人多且杂，藏没藏匿金条且不说，就算真藏有金条，这么多老百姓，咱们如何将他们引开？何况还有那么多人惦记这金条，到时候金条没找到，我们兄弟先丢了命，趁还不算太乱，我们回去吧。"

回去的途中，段明波一路苦劝："大哥，你一向对沪上的西式建筑有研究，来都来了，为何不试一把？小妹说得对，段家早已是个空壳子，拆东墙补西墙的日子什么时候是个头？昨天去明漪大姐夫家套话套了那么久，回来一整天都在勾选可疑的建筑，此番心血岂能白白浪费。此处有别派组织盯着，何不去别的冷僻地方碰碰运气，找得到就算，找不到再走也来得及。"

段明沣听了这话始终未接腔，直到开到租界交界处才缓缓停了下来，沉默了许久，闷声道："你说得也对，就这么放弃我也不甘心，可是我们都能想到的地方别人肯定能想到，这里我们是没机会下手，只能到中区去看看，我记得那地方有些洋建筑，因未有过古怪传闻默默无闻，如今那地方接近战场，想来没有老百姓敢去，若是再找不到，宁肯回去正式宣告段家破产，也绝再不蹚这浑水了。"

正式宣告段家破产？段明波脸色灰了一灰，对于骄傲了一辈子的段家人来说，这无疑是个致命的打击。

好在至少大哥被他说动了，说完这话就自顾自转动方向盘，掉头回了公共租界。

要去中区必须路过北区，驶了一段，驶入一片偏僻的街区，辨认了一会儿方向，正要前往中区方向，就在这时候，另一辆车也恰好驰过，擦身而过时，车上的人瞥见段明洋手上的图纸，忙压低声音道："老刁快看，那人手里拿着建筑图。"

叫老刁的这人生得较胖，听了这话往前一看，讶异地低声道："段家人？这位段少爷听说是学建筑的，这时候敢冒着炮火来此处，莫非知道金条藏在哪儿？"

"他们这是要去中区？"前头那人迟疑道，"中区那一块可不囊括任何闹鬼建筑，若是真有组织，他们怎会傻到当着大伙的面拿建筑图出来，无非是听到了风声想过来分一杯羹，不用我们动手，自有人对付他们。上面的人说了，金条就在北区这几栋空置建筑里，我们这时候人手不足，就该集中火力对准这一块，实在不宜节外生枝。"

老刁不以为然："他们说在北区我们就只在北区找？上头的人只管看结果，从不问过程，您是上海联络站的负责人，万一找不到金条，我们还好说，您拿什么向上面交代？依我看，最好派几个人跟着这段家人，没找到也就算了，如果真叫他们找到金条的藏匿所，我们正好可以坐享其成。"

"无稽之谈，真知道在哪处他们还能只带几个家丁出来？"迟疑了一会儿，那人又改口，"算了，你派两个人跟着段家人，最好找几个有经验的老手，没消息趁早撤回来，若有消息，第一时间回来送信儿。"

老刁想了想道："我去请请那'两口子'。大家注意力都在北区，他们这时候应该还带着孩子在难民堆里混着，他二人身手一流，这些年执行任务几乎未失过手，我这就去通知他们，带几个人手跟过去看看。"

出发之前，王彼得想起红豆的话，本打算走了，又临时回了趟侦探所。到了楼上，他跟虞崇毅两个人合力将上海建筑资料翻出来。

一番努力，找出几处空置十年以上的建筑还不够，又将租界里曾经空置过又投用的建筑的资料都看了一遍。

不便带纸质资料出行，只能一一记在心里。

做好这一切已近中午了，然而用王彼得自己的话来说，这叫磨刀不误砍柴工。只是如此一来，等他们穿越封锁线赶到北区，已是黄昏了。

两人除了怀里的枪什么也没带，一到北区，王彼得就停好车。为了安全考虑，每次行动前都会重新调整碰头地点，王彼得也猜不准贺云钦他们此次的活动场所，在街区转来转去，最后只得放弃。

两人混在人群中，依次在斯摩灯泡厂、敦比香烟厂和那所空置洋房附近徘徊，然而王彼得去年才在贺云钦的介绍下入会，至今跟许多组织成员都未打过照面，一圈转下来，别说贺云钦和瑞德，连组织中其他成员都未见到。

盘桓至晚上八点，王彼得的信念终于动摇了，停下来重新将红豆的话想了一遍，对虞崇毅道："我觉得我们不该在北区浪费时间了，万一我们还没找到贺云钦他们，反叫彭裁缝或是向其晟抢了先就不妙了。要不就像红豆说的那样，我们换个思路。"

虞崇毅虽然记性不如王彼得，但因为具备这种特征的建筑少，想了想道："那我们岂不是该离开北区？"

王彼得是个下定决心就不摇摆的人："对，如果红豆的反向思维没错，我们就该去中区那几处找，那地方离战场近，又甚远，趁战况恶化前，我们别耽搁了，这就走吧。"

虞崇毅点点头，将枪摸出来擦了擦，又重新放回口袋。

他半点不敢松懈，始终都将枪握在口袋里，出于一种对于危险的敏锐感知能力，他时刻准备扣动扳机，来应对突发事件。

第二十三章

晚上九点。

培英小学。

因临近战场，此处远比同一个租界的西区和北区荒凉，炮声隆隆传过来，震动着脚下的地面，也震动着所有人的心。

让贺云钦他们没想到的是，由于临时涌入的难民数量过多，其余几个区块已经容纳不下这么多人，被迫迁来培英小学门口的难民数远比他们想象中要多，里外加起来约有一百人。

老刘和余睿在离门口数百米的地方架起了食品和衣物临时施放点。老刘身为所谓的爱国报刊创办人，施放前特意放话出来，因为体恤这场战争的持久和艰苦，凡是附近百姓均可按人头来领用。

换言之，一个人可以领一份，一家人可以领数份。

听到这话，原来还藏在校舍里的老百姓蜂拥而来，待人群拥上来后，老刘几个又有意放慢打开箱笼的速度。为了得到食物，人们变得前所未有的耐心，根本不用老刘组织秩序，自觉在施放点门口排起了长队。

贺云钦坐在车里，仔仔细细将长队中的人看了一遍，暂未发现问题，便跟老刘使了个眼色，示意他务必加强警惕，这才下了车，从另一边入校跟瑞德会合。眼看校舍门即将关闭，余睿也跟着往学校走去，剩下的人则留在原地随时进行防备。

此处暂且风平浪静，若是校舍里真藏有金条，不枉他们苦寻多日，眼看要大功告成了。

这时夜色中又狼狈地赶来一群难民，其中一对夫妻一胖一矮，怀中各自抱着一个大胖小子，匆匆赶到了队伍末端，露出满脸喜色，向周围人打听道："这是有吃的领吗？"

老刘经验老到，早注意到这对夫妻，眼看他们包袱虽多，但怀中尚有孩子，若是藏有武器，第一个会伤到那两个胖小子。这么一想，戒备心略微放松，任由他们排到队伍末端，只是仍时不时往那方向瞄一眼。

车子开往中区的路上，虞崇毅有意用目光在街上搜寻，可一来难民数量太多，二来北区范围不小，接连开过好几个街区，始终未能在人群中发现向其晟或是彭裁缝夫妇。

驶过最拥塞的街区，车速立刻快了起来，马上要转过街角了，侧前方忽然出现一辆卡车。

卡车停在路边，侧翼上插着一面旗帜，借着路灯的光芒，虞崇毅一眼认出是沪上某师生爱国团体。

卡车后仓摆放了大量救济物资，两排座位上坐了二十来个学生，他们一边整理物资，一边叽叽喳喳说话，显然因为施放物资的义举，眼下正沉浸在满满的成就感中。

卡车马达声嗡嗡隆隆的，随时要启动的样子，看来是发完这处即将要去往别处。

引起虞崇毅警惕的是，正在此时，有人匆匆穿过马路走向车旁，从背影来看，正是向其晟。

王彼得想是也看见了，一怔之下忙踩刹车，眼看后头无车，又顺势往后退了一段。因还未驶出所在街道，视野上存在一定的盲区，并未引来对

方的注意。

学生们像是听到向其晟来了，纷纷扒着车壁探头往外看去，“向先生”长“向先生”短，异常尊重的样子。

向其晟依然不苟言笑，只木讷地点了点头，一撩长袍坐到副驾驶座。

虞崇毅语气里却带着困惑：“这人到底是忠还是奸？”他突然意识到，当了这么久的邻居，因为向其晟太过寡言，他跟对方说过的话加起来不超过十句。

王彼得若有所思地盯着车后那些人，等卡车开动了，缓缓将车驶离原有的街道：“先不说向其晟，车上有几个学生有点不对劲。”

“不对劲？”

王彼得有意跟对方拉开一段距离：“年纪大了点，行迹也不对。向其晟过来的时候，他们注意力根本不在向其晟身上，只转动脑袋朝周围打量，哪是学生，分明是在放风，就不知向其晟自己知不知情。”

不愧是学过痕迹学的侦探，连这些细微之处都能注意到，虞崇毅顿感佩服：“假设这是向其晟有意安排的，同伙都能假扮学生了，又何必带这么多真学生出来，不怕临时出什么状况，反而给自己添乱？”

“假的毕竟是假的，扮得再像也容易露出马脚，何况不利用这群学生做掩护，怎能不动声色在附近找金条。”王彼得说着冷哼一声，暗暗加快车速，“向其晟不知情也就算了，若是这一切是他提前安排的，其心可诛。为了一次行动，哄了这么多学生出来，万一行动失利，还可以用这些年轻的血肉之躯来替自己挡挡子弹。”

虞崇毅注意到卡车的行驶方向是中区，讶异道：“可如果他们意在金条，该继续留在北区等待时机，为何要往中区跑？”

“无非三种可能。第一，他们并非敌方人马，去中区是为了给那边的难民发放救济粮。第二，他们的确是敌方人马，但他们意不在金条，另有任务。第三，他们不但是敌方人马，目标还正是金条，不知何故疑心到了冷僻的中区，所以临时决定改换‘战场’。”

虞崇毅露出既疑惑又不安的表情。

王彼得耐心解释道："如果向其晟真是日寇的人，那么他实则有三重身份，第一重身份是迂腐的震旦教授。第二重身份是某个爱国组织领导。第三重身份则是汉奸。

"大部分人只知其第一重身份，鲜知其其他身份。某些爱国组织因为跟其有过合作，侥幸知道其第二重身份，因为这个缘故，就算平日行动的时候撞上这人，因为清楚对方的立场，再审慎也难免松懈几分，至于组织中新加入的热血学生，就更容易大意了。我怀疑是组织里有人泄露了行藏而不自知。"

虞崇毅至此完全听明白了，焦躁道："如果云钦他们真在中区找金条，向其晟他们跟了过去，到时候借着发救济粮做遮掩，完全可以出其不意暗算他们。"

王彼得脸色微沉，眼看驶入中区的范围，下意识提高了车速。

那边两口子领完救济粮就回到一棵树下，包袱放在地上充当坐垫，两人挨在一起给孩子分干粮，目前看来没有离去的意思，倒是跟他们一同来的那几个难民，领完东西正打算走开。

然而尚未走远，就被老刘他们含笑劝住了。

"这是要回北区？我们这里正好有大卡车，足可装纳百人，眼看粮食要发完了，若是你们有意回去，正好可以坐车一道走。"

这是个让人无法回绝的建议。经历了一天一夜的奔命，人们早已疲惫不堪，既然有车可坐，自然胜过步行百倍。

几人表情凝固了一下，不经意间朝树下那对夫妻瞄了一眼，瞬间换上欣喜的表情道："先生真是好心人，我们正好要回北区。"

老刘笑了笑："那请稍等，等发完救济粮我们就会出发。"

这附近异常僻静，贺云钦他们还在学校内找寻金条，周围全是他们的人马，校舍不大，发放粮食已经用去了大半个小时，顶多再有半个小时应

该就会有消息了，在此之前，不能放任何人出去送信儿。

因为陆续有新的难民加入，救济粮仍在发放，那两口子仿佛未听到这边的动静，自顾自摆弄孩子，太太较胖，两个孩子身上也臃肿。

借着宽大衣裳的遮掩，男人悄然伸出手去，刚要在老大屁股上拧上一把，就在这时候，有人匆匆走过来，似是在附近发现了什么，急于要汇报。

男人的手犹豫了一下，又缩了回去。

那人绕了个大弯走到另一棵树下，老刘见状，将发放救济粮的活儿交给同伴，朝那人走去。

那人低语道：“刚才在附近发现了段家兄弟的车，像是发现培英小学有人，临时改变主意将车开走了，这时在街上没头苍蝇似的乱转呢。”

不是回法租界了吗，怎么又回来了？老刘直皱眉头：“你带两个人去跟着，为免他们误打误撞跑到这儿来添乱，必要时吓唬吓唬他们。”

那人点点头，沿着原路走了。

这时学校侧门出来一人，像是因为饱含高涨的情绪，步子迈得极大极快，到了正门，先是停下脚步，接着便无声看向老刘。

老刘朝那人一看，正是余睿。虽然余睿没有多余的动作，但从他不平静的目光和表情来看，应是学校里有重大发现。

找寻了这么久，等的就是这一刻。老刘激动得心几乎停在胸腔，随之而来的，是空前加强的警惕心，金条找到了，剩下的任务是挖掘和转移，到了这时候，任何一项工作都不比前面的事轻松，绝不能出岔子，背上不知不觉出了一层毛毛汗，一边发放救济粮，一边戒备地盯紧周围的老百姓。

余睿送完消息正要返校，目光一掠，落在了不远处树下的那对夫妻身上，顿时一怔。

他们未必认得他，可他却认得他们，早上贺大哥就对他们极为防备，眼下他们放着好好的安全区不待，竟跑到冷僻的中区来了。若没有第一点他还不至于这般笃定，可这两点加起来，对方是敌方人马的可能性极大。

虽说不知对方同伙共有多少，但这伙人既然已来到附近，随时可能会发动攻击抢夺金条。他面色一沉，闪电般将手探到怀中，他受训时间不长，射击不够精准，兼之有两个孩子挡在他们胸前，他无法毫无顾忌扣动扳机。

余睿这个动作意味着什么老刘等人都明白，连忙顺着他的目光看向彭裁缝夫妇，本就存着戒心，一望之下纷纷掏出腰后的枪。

那对夫妻本来是做好了万无一失的准备，怎料对方预先采取行动，来不及思索自己何处露出了破绽，急忙发出动手的指令，然而不等夫妻怀里的老大发出尖锐的一声啼哭，对方已经打出第一枪。

那边树下的十来名同伙掏出武器起身，一片混乱中，很快便响起第二枪、第三枪，伴随着老百姓尖锐的惊叫声、杂沓的脚步声，枪声啪啪啪如同疾风骤雨般响起来。

王彼得他们起先还想着跟踪向其晟他们的车，后见对方人手不在少数，怕引来对方怀疑，也不敢跟得太紧。

路过一处有大批难民的街区时，王彼得干脆兵行险招，趁学生们建议停下发放救济粮的工夫，借着夜色遮掩，加快速度超过了那辆卡车。

驶入中区后，两人又利用上午留在脑中的记忆，专心沿着线路去找那两所可疑建筑物，向其晟的车很快就会追上来，在此之前必须找到贺云钦他们。

越走越偏僻了，驶入一条安静的马路，根据地图，道路尽头便是一片小树林，绕过小树林，会有一所培英小学，还未驶近，就听前方传来突兀的一声响。

两人愣住，还未回过神，紧接着便是持续不断的枪声，一声比一声更骇人。

看来至少已经有一派人马赶到了，虞崇毅的心狂跳不止，想也不想就上了枪栓，他答应过妹妹，一定要找到云钦，既然两方交火了，他等不及要去施援。

王彼得脸色本就发黄，这一来简直面如金纸，猛地踩下油门，飞一般

往前开去，只恨道路太窄，杂树太多，枪声明明近在眼前，开了十来分钟，无论如何都开不到目的地。

好不容易驶入了小径，眼看就要看到学校的大门了，道路尽头仓皇奔过来一个女人，这人头发散乱，面色也极苍白，怀中还抱着个哇哇大哭的幼童。

见到前方驶来的车，这人眼睛一亮，想也不想就唤道："虞少爷。"

虞崇毅定睛一看，是彭太太。

彭太太抱着孩子奔到跟前，大哭道："两口子不过是想坐火车回乡下，谁知道到处碰上打仗，刚才里头又打起来了，我家那口子和老大在里头没出来，也不知是死是活，虞少爷，你说这可怎么好。"

说话时一只胳膊始终藏在孩子的腋弯里，借着胖孩子的掩盖，慢慢往上移去，眼看虞崇毅和王彼得的注意力完全被她的话所牵引，面上虽仍哭着，手却迅疾地抬起来，一下子对准虞崇毅的额头。

以她的身手，近距离连击两人最多需要三秒，好不容易金条现世了，她急需给组织送信，这辆车来得正是时候。

谁知还未等她扣动扳机，虞崇毅比她更快一步。

只觉额头传来一股巨力，竟将她整个人冲得往后一飞。

她不可思议地睁大眼睛，还未来得及感觉到痛，意识便定格在了刚才那一瞬，在她的记忆里，这个年轻人从未用这种冷峻的眼神看过人。

王彼得啐道："要不是我们早对他们两口子起了疑心，刚才就被她给暗算了。"

虞崇毅面无表情地推开车门下车，出于一种天然的慈悲心，顾不上察看女人尸首，先看哭得上气不接下气的阿宝。刚要将孩子抱到车上，突然怔住了。

王彼得正要下车，就听虞崇毅寒声道："王探长，阿宝身上的衣裳有点不对劲。"

王彼得怔了怔，忙走到虞崇毅身边，抬手一摸，阿宝的衣裳硬邦邦死沉沉的，无疑藏了东西。

他心中一跳，跟虞崇毅对视一眼，屏着呼吸将衣裳从哭闹不止的阿宝身上脱下。

小心翼翼翻过来一看，如他们所料，里头竟竖立着两排炸弹。

两人大惊失色，任谁也不会拿自己的孩子来做人肉炸弹，这孩子分明是彭裁缝夫妇为了掩饰自己的身份，从孤儿院或是何处抱来的。

事情发生得太快，幸而引信并未扯动，两人急于送信，忙用最快速度将炸弹远远掷到附近的一口池塘里，做好标识后，火速上了车，只听油门一轰，车箭一般冲出去，王彼得道："老二阿宝身上绑了炸弹，老大身上怕是也跑不了，赶快——"

话音未落，就听"轰"的一声，前方传来绵长而刺耳的爆破声。

两人的心随着车身一震，定在了胸膛当中。

金条藏在学校中一座塑像底下，周围布置了许多引爆的机关，好在采用的是十年前的技术，对于做了许多筹备工作的贺云钦他们而言，并不多难破解。

定好位后，大家合力将机关一一解除。

随着土壤层层刨开，一个一米见方的铁制箱子慢慢暴露在众人眼前。

为了这笔巨大的财富，这十年来，无数人付出了沉重的代价，眼看东西终于找到，众人呼吸都缓了几分。

刚要将箱子起出，夜空中突然传来枪声，众人一怔。

凝神听了一会儿，瑞德身形一起，领了一部分人出去接应，剩下的人则在贺云钦的指挥下加快挖掘的速度。

合力将箱子搬出后，贺云钦拿枪对准已经生锈的扣锁击出一枪，锁扣应声而落，众人弯腰，打开死沉的箱盖一看，里头果然码着数千根黄澄澄的金条。

众人不自觉都长长地舒了口气。外面仍在交战，谁也不敢松懈下来，

好在枪声并不密集，想来就算敌方人马摸到了此处，人数也不会太多，卡车就停在校门口，只要在对方援军未到带着金条及时撤离，这次行动就成功了一大半，等到了另一区域，自有大批同伴前来接应。

贺云钦握着枪，低声道："撤吧。"

枪声果然越来越稀疏，显然瑞德和老刘他们逐渐控制了校外，将铁箱运抵校门口时，刚要搬上卡车，忽听余睿道："不好，那个女人带着孩子跑了，快追。"

贺云钦听了这话朝那边一看，大部分老百姓已被瑞德他们转移到学校旁边的小山坡上去了，剩下的敌方人马虽说仍在负隅顽抗，但因来时准备不足，交战时过于大意，眼下只剩一两个在苦苦支撑。

刚才过于混乱，余睿经验不足，好不容易局势稍定，抬眼一看，才发现夫妻俩中的男人被绊住了没能走脱，唯独少了那个女人。

"啪——"就在这时，又有一个敌人被击中，学校门口，只剩那个干瘦的彭裁缝仍在试图突围出去，此人无论身手还是实战经验都极丰富，早该能走脱，但因有意拖住瑞德他们迟迟不肯走。

他知道金子已到了对方手中，己方人马仍未赶来，女人已走了，不出半小时就会来人，到了这时节，他必须想办法拖延时间。

好在有大"儿子"阿元的遮掩，虽说对方人马好几次能击中他，但因有所顾虑，直到现在他仍应付自如。

然而当同伙一个个被歼灭，空旷的学校水门汀地坪只剩他一个目标后，他闪躲得越来越迟缓，突然，肩上剧痛传来，他左胳膊被击中，身子不由得一晃，极力稳住身子才未让孩子失手摔出去。然而下一秒，左边膝盖又是一痛，这一下有些支撑不住了，他脑中放空一瞬，直挺挺跪到地上，继而挣扎着抬起头来，用怨毒的目光往前一看，意外看见了一张熟悉的脸，认出是贺云钦，倒也未太惊讶。

他已无从追究刚才这两枪是不是此人击出的，唯一的念头就是跟这些人同归于尽，孩子身上炸药不少，足以对付这些人。

他双膝跪下，做出投降的姿态，将孩子高高举起，哀声对众人道：“孩子是无辜的，求求你们，杀我可以，放过这孩子。我的命给你们，求你们把孩子带走。”

孩子吓得哇哇直哭，手脚像青蛙一样划踢起来。

夜色深浓，朔风渐起，孩子的哭声传入众人耳中，无端让人觉得揪心。

趁众人注意力暂时被孩子所牵引，彭裁缝不动声色扯开孩子衣摆下端的引信，然后用尽力气，将所谓的大儿子抛向离他最近的余睿。贺云钦抬手击出最后一枪，彭裁缝应声毙命。

余睿以往从未遇到过这种情况，一时间有些手足无措，抱着那哭闹不止的孩子，一味在原地发怔，瑞德一眼看见，面色一变，沉声道：“余睿。”

余睿瞬间回过神，想起以往受过的训练，哆哆嗦嗦往孩子身上摸去，然而因为太过紧张，眼看过了两秒，那衣裳无论如何脱不下来。

老刘等人干着急，只恨离得太远赶不过来，余睿正急得不知如何是好，忽然从身后伸来一只胳膊，就着他的手三下五除二将衣裳脱下，连同衣裳内的炸药，奋力往空旷的校内一掷。余睿一愣，是贺云钦。

众人都有弹药经验，眼看离既定的燃爆时间只剩最后几秒，在这一刹那间，贺云钦揽过那孩子往前一扑，口中怒道：“快趴下。”毕竟时间太短，话音未落，一声震耳欲聋的巨响在耳边炸开，震动余睿耳膜的同时，也震碎了他的意识。

贺云钦叹口气，意识仿佛沉入了黑茫茫的海底，放眼周围，到处是无边无尽的黑暗和寂静，唯一的光亮是头顶的一点星光。

他想要抬手去触摸，然而无论他如何努力，那光始终离他很遥远，在他模模糊糊的记忆里，这光蕴藏着让他温暖会心的快乐源泉，因为急于靠过去，这份渴求让他滋生出无穷无尽的力量，慢慢地，终于他看清了柔和光线的轮廓，原来不是星光也不是月光，而是一个水滴状的链坠，像眼泪，也像月牙，不，更像她笑起来时弯弯的眼睛。就在不久前，这双美丽眼睛

的主人依依送他出发，他的耳边仿佛还回荡着那句轻柔婉转的“我爱你”。

念头一起，他胸膛忽然陡生出一股力量，声音原本隔得很远，这一下清晰了不少，只是仍模糊不清，那点光始终在头顶，他知道那是他的红豆，他的妻子，他意识深处的月光。

执着地用意志力盯住那美丽的光芒，他绝不敢放任自己的意识再次沉入海底，在他的不懈努力下，耳边那熟悉而急切的呼唤声慢慢清晰起来：“贺云钦，还有一派人马上赶到，要是不想死你马上给我醒来。”恍惚中似乎是王彼得的声音。

他当然不想死，他还要回去找他的妻。

力气马上要恢复了，他竭力要应答，忽然有人哽咽着道：“云钦，红豆在家等你，你知不知道你要当爸爸了？”

哪怕仍未完全清醒，贺云钦依然觉得一股巨大的喜悦感冲进脑中，手指动了动，猛地睁开眼睛。

“醒了，太好了。”

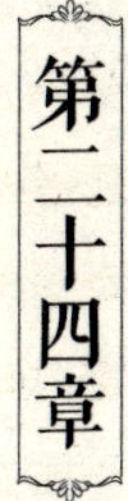

第二十四章

贺云钦睁开眼睛，最先入目的是两张模糊的人脸，其实他仍未完全清醒，然而从对方的嗓音和面部轮廓来看，不难判断出是虞崇毅和王彼得。

见他醒来，两人同时露出大喜的神情。

不知他们已经唤他多久了，受爆炸声的影响，他的脑子和耳朵到现在仍嗡嗡作响，骨头仿佛震散了架，一动便是一阵钻心的剧痛，记忆仿佛出现了断层，不时呈现出空白的状态。

一片混沌中，唯有一件高兴的事，正慢慢地由模糊变为清晰，不，何止高兴，对他和她而言，简直是天大的喜事。

碍于危险仍未解除，他不敢放纵那份快乐在四肢百骸乱窜，更怕一切不过是自己的幻觉，连再次向虞崇毅确认都不肯。勉强转动眼珠一看，原来他们仍在培英小学的门前，跟之前比起来，门口已变成了残垣断壁，入眼处满是狼藉。

腿上应该伤得不轻，他试图坐起，但挪动起来极费力，好在这一折腾，总算想起一点昏迷前的片段。记得他当时根本没时间多想，只因学校里空旷无人，甫一夺过小孩儿衣裳，便拼尽全力掷入校内，侥幸有院墙和树丛遮挡，并未炸得太广，然而因为校门口的铁门被震歪，其中一根折断的钢

筋飞过来，正中他的腿部——

“瑞德他们呢？”记起运送金条的事，他顾不上察看伤情，挣扎着要起来，一开口才发现耳朵里蒙着一层膜，自己的声音仿佛也离得很遥远。

“跟你一样陷入了昏迷，刚才叫了半天未叫醒。”王彼得和虞崇毅合力扶他坐起，“这爆炸来得太突然了，咱们的人死的死伤的伤，我担心向其晟的那帮人马会来抢夺金条，不得不将你们叫醒。”

向其晟？贺云钦对这个名字依然反应迟钝，环顾四周，地上横七竖八躺着不少人，大部分已经醒转，剩下的一动不动，包括瑞德和余睿在内，一时难以判断是否还活着。

贺云钦心中一凉，定睛朝那几人一看，原来王彼得察看伤亡情况时，误将之前歼灭的日寇人马当成了己方成员，一望之下勉强松了口气，然而即便如此，牺牲的成员不会少于两人。

好在这时候，瑞德和余睿先后发出一声痛苦的呻吟，慢慢都有了恢复意识的迹象。

贺云钦顾不上为牺牲的同伴伤感，金条仍在卡车上，他们必须尽快离开此处。在虞崇毅和王彼得支撑下坐起后，他对离得最近的老刘道：“老刘，帮忙查看一下瑞德的伤情，彼得说有日寇人马即将赶来，我们必须赶快撤离，若是瑞德醒转，金条还需借助他的国际身份运出去。”

老刘伤得不算太重，听了这话撑着胳膊起身，站定后，抚着胸口调整了一会儿，趺趺撞撞朝瑞德走去，蹲下身细看瑞德一番，正要说话，瑞德突然猛力地咳嗽了起来，待喘息渐停，摆了摆手，艰难地开口道：“我没事。”

众人都松了口气。

做好诸多安排，虞崇毅帮着搬动伤员，连同牺牲了的同伴尸首在内，一并移入卡车。王彼得则将昏睡着的阿元放回自己的洋车后座，虽说震晕了，但因有贺云钦的遮挡，孩子侥幸未受伤。

搬动时王彼得暗想，小儿鼓膜不比大人，阿元和阿宝经过刚才那一遭，也不知会不会留下什么后遗症。

他孑然一身，论起来其实也不比这两个孤儿好多少，可等他安置好一切，扭头看向这两个孩子胖乎乎的睡脸时，竟油然而生一股怜爱之情。

先前领救济粮的那群老百姓，本在老刘的安排下聚在山坡上，爆炸发生之后，出于恐慌，老百姓一下子奔逃了不少，此刻山坡上只剩了几个极为老弱的。

撤离之前，王彼得对贺云钦等人道："向其晟很有可能是日寇人马，一会儿见到他，大家千万不可掉以轻心。"

贺云钦伤了腿动弹不得，躺在卡车上，听了这话暂未接话，其他人却都露出惊讶的神色，就连几位富有经验的前辈都满腹狐疑。

所有人中，唯有余睿，想来因为刚才的事心有余悸，整个人都沉稳了不少。听了这话，哪怕直到白天为止他都极为佩服向先生，然也深知日寇有多善于伪装，并不觉得荒谬，只皱着眉头默默思索。

几名较年轻的成员望着王彼得，以难以置信的口吻道："向其晟虽然极端迂腐，实则是另一个爱国组织的成员，此次虽说并未参与找寻金条，但向先生此前策划过好几次爱国行动，立场理应比谁都坚定，王探长是不是搞错了，此人怎么都不该是日寇人马。"

眼看连老刘都用疑惑的目光看着自己，王彼得一急，忙要将自己掌握的证据抛将出来，然而时间太短，根本不容他长篇大论。

幸而贺云钦早前心里也有点影子，道："眼下是特殊时期，又牵涉大笔金条，大家还是照之前所说的办。就算对方看上去再可信，仍时刻不可放松戒备，不管对方伪装得多么巧妙，万一路上碰上了，记得随机应变。"

众人纷纷点头。

瑞德一说话仍觉得胸口疼，只将胳膊从驾驶室伸出来，在车壁上敲动了两下，示意就要出发了。

王彼得和虞崇毅上了洋车，跟在卡车后头，往前驶去。

正在这时，遥远的街区传来几声枪响。众人一怔，连忙取出武器，凝

神一听，这枪声离得极远，不像来自来往学校的路上，反倒像他们早前怀疑的另一处藏匿地点——明珠夜总会附近所发出的。

老刘猛然记起之前的事，拿出枪道：“段家兄弟好像在那附近转悠。”

有人一边给枪上膛，一边接话道：“之前要他们走他们不走，这下好了，多半是撞上了日寇的人马。”

“既然日寇来到了附近，一会儿我们难免也会碰上，依贺大哥刚才所言，不论看到什么，我们小心应对就是。”

众人戒备的同时暗松了口气，金条已经到手，他们无需再像之前那样边挖掘边被动防备，不管追上来的是哪派人马，交起战来只会比以往更少顾忌，何况也许王彼得说得没错，假如向其晟真是日寇人马，他们提前就有了准备。总而言之，于他们而言，胜利只差最后一步。

眼看贺云钦迟迟不归，贺孟枚和贺太太早已意识到此次与以往不同。

小儿子素来稳重，定是在外面遇了什么紧要的事才未及时回返，两人心中自是焦虑万分，怕消息传扬出去反而给儿子惹麻烦，表面上，一个仍在组织上海工厂迁移的事，另一个则主持贺家上下打包箱笼的事，然而在私底下早已先后派出去几拨人马，到处找寻贺云钦的下落。

虞太太暂且在贺公馆住下了，为了照应红豆，客房干脆就近安置在二楼，但因为挂心虞崇毅和贺云钦的安危，这一昼夜，她始终守在女儿女婿的房间。眼看红豆一次次出去打电话，又一次次失望回来，她这做母亲的，心里只比红豆更难熬。

红豆在家眼巴巴等到黄昏，越等越心神不宁，别说贺云钦，连哥哥和王彼得都未回来，心里仿佛压着一块石头，一整天吃不下东西，顾及着自己的身体，强逼着往下吞而已。

没有什么比一味枯等更让人觉得煎熬了。等到后半夜，眼看依然没有消息，红豆虽然仍抱着坚定的信念，身体却吃不消了，晚饭时好不容易塞下去的东西，全都吐了出来。

贺太太本就极为忧心儿子，这一下觉也顾不上睡了，连夜令下人熬些清淡易消化的粥，再佐以开胃的小菜，一做好便亲自带人送到红豆房中来，柔和地劝慰道："好孩子，这样下去你身体熬不住，无论如何要吃些东西。"

虞太太也正要想法子给红豆开胃口，眼看红豆婆婆想到她头里了，感慨之余，连忙拉着贺太太坐下，随后便亲自端起碗，要给女儿喂食。

抬眼对上母亲和婆婆关切的目光，红豆深吸了好几口气，竭力压下紊乱的心绪，自忖道：从北区撤回来都需好几个小时，才一昼夜，没有消息分明就是好消息。

她勉强笑了笑，接过碗道："妈，不用您喂，我自己来，吃完我就睡觉。你们也早点歇息。"

当着婆婆和母亲的面，她硬逼着自己吃净一整碗粥，为了让她们安心，还特意将干净的碗底倒过来给她们看。

虞太太和贺太太本来心中极烦闷，谁知红豆竟有这么孩子气的一面，忍不住都笑了起来，这一笑，心底的担忧也跟着减轻不少。

贺太太又说了几句话，嘱咐了又嘱咐，这才回了房。

虞太太打定主意要照看红豆，并不肯离去。

红豆在母亲的监视下主动上了床，将被褥拉高到胸前，试图让自己放松，可惜一阖上眼睛，脑海里立刻会浮现好些熟悉的身影。

她担心他们，担心到了每根神经都绷紧如弦的地步。不知大哥和王彼得有没有跟贺云钦会合，他们找到金条了吗？何时能从交战区安全撤回来？

因为迫切渴望见到贺云钦，明明急于入睡，眼前的重影反而挥之不去。半睡半醒间，他离她越来越近，他的眉毛、漆黑的眼睛，还有他的唇，每一个细节都如此真切，让她几乎忘了两人仍分离的事实。

出于一份浓浓的眷恋，明知是虚无的影子，她仍抬起手来，轻柔地去"抚摸"他的眉眼。

慢慢地，心头堆积的情绪有所缓解，拧着的眉心也慢慢舒展。有赖于

精神上的放松，她的胃也熨帖了不少，不知不觉间，她眼角噙着泪，滑入了幽沉的梦乡。

接连两夜未好好睡过，她几乎提前透支了所有的精力，这一觉睡下去，竟睡到第二天早上九点多才醒。

外面走廊嘈杂极了，不知是谁在说话，她本想起身，然而一动之下只觉得分外疲惫，躺在被褥间一时未能起来。

正怔忪间，房门忽然开了，脚步声由远而近，伴随着母亲难掩激动的嗓音："红豆，红豆，云钦和你哥他们回来了。"

说话时带着点鼻音，分明是喜极而泣。

红豆猛地坐起，只怔了一秒就掀被下床，顾不上身上还穿着睡袍，迈步就要往外跑。

虞太太忙拦住女儿道："你公公和你大伯子都在下面，这样出去像什么样子，怎么也得换件衣裳。"

红豆提着心问："他们都还好吗？贺云钦为什么不上来？"心里既疑惑又欣喜，仿佛一生中的喜乐高潮，全停留在刚才听到消息的那一刻了。说完也不等母亲回答，胡乱换好衣裳，迫不及待就要下去。

到了此刻，唯有亲眼看到贺云钦、亲耳听到他的声音，方能纾解她充塞在整个胸腔的思念。

虞太太急步追上女儿道："你哥和王探长都好好的，云钦腿上受了伤，被人用担架抬回来的，本该先去医院由程院长做清创手术，但他放心不下你，无论如何要先见你一面。"

红豆听到"受伤"两个字，心猛地一沉，然而仅仅一秒便豁然开朗，只要人能平安归来，伤，算什么？

她以最快速度到了走廊，半路听见有下人喊段明漪接电话，仿佛是段家两位少爷受了伤，要段明漪回娘家一趟。

她满脑子都是贺云钦，一步也未停，到了楼梯口往下一看，客厅里果然有一副担架。

贺云钦躺在上头跟公公说话，面色虽沉静，眼睛却始终留意着她出现的方位。

两人目光一碰，她眼眶一红。

他回来了。不是幻觉，不是做梦，不是虚幻的泡影，他是真的回来了。

她迫不及待地下楼。

客厅里的每个人都望着她，每个人都笑中带泪，每个人都劝她将脚步放慢一点。

唯有他什么也没说，只张开双臂，静静地、含笑地望着她。

她噙着泪花快步走近，到他跟前，蹲下身，呜咽一声，猛地投入他的怀抱。

她清甜的气息一靠拢，他无声将她紧紧圈入怀中，许多话同时涌到了嘴边，却一句也说不出来，最后干脆闭上眼睛，低头去亲吻她的发顶——我的爱人，我的妻，我的红豆。我回来了。

第二十五章

哥哥无事，王彼得也无事，三人当中，唯有贺云钦伤势最重。

为免耽误太久引发伤口感染，程院长随时预备为贺云钦做手术，耐心在旁等了一会儿，眼看夫妻俩“明目张胆”亲昵得差不多了，不得不含蓄地提醒道：“该动身去医院了。”

红豆跟贺云钦对望一眼，他做手术，她自是要陪在一边。她起了身，柔声道：“我也去。”

贺云钦迟疑了一瞬，目光落到她小腹上。

他自是一刻都不想跟她分开，可孕妇究竟是否需要更多的休息，他眼下也拿捏不准，唯恐来回路上她颠簸受累，一心让她在家歇息，便故意蹙了蹙眉，温声道：“在家等我，最多几个小时我就回来了。”

经历这几日的风波，红豆此时最怕听到“等”这个字，抬眼凝视着他，微笑道：“不。”

贺云钦耳边一热，若是两人单独在一起，下一刻也许就能听到她冲他撒娇，只消一想到她以骄蛮的语气对他说“我偏要陪着你”之类的话，心里便痒酥酥暖融融的，低眉望着她，老半天未接话。

贺孟枚和贺太太心里立刻有数了，这几日儿媳担心到什么地步，大家可都看在眼里，好不容易小儿子回来，他们身为长辈，自然也不会主动讨儿子儿媳的嫌。

正好王彼得和虞氏母子也要去医院，贺太太于是含笑让余管事备车。贺宁铮也要陪弟弟做手术，刚关切地问了几句，就因段明漪有急事找他商量，临时被请了上去。

红豆吩咐下人回房给贺云钦和自己拿大衣，说完一起身，这才意识到自己的手一直被贺云钦握着，嘴角微微一翘，低头看向他。他明明已经感知到她的目光，故意不肯朝她看，只将一只胳膊枕在脑后，故作轻松地跟贺竹筠说话。

他腿上的伤口早止血了，但她知道他此刻一定很疼，因为他鬓角和额头挂着层细密的汗珠，胳膊也很紧绷，可他为了让大家安心，明明疼到这种地步还不忘谈笑风生。

红豆以往从不畏惧给人看伤口，这回到了贺云钦的身上，余光瞥见一点暗红色的影子，心便仿佛扎进一根尖锐的刺，一下子疼得厉害，根本不忍心盯着细看。

既然贺云钦回来了，贺孟枚毅然做出决定，若是术后状况允许，明天就乘机去重庆。出发之前让程院长联系当地最好的医院和大夫，等到了重庆再慢慢调养。

红豆微讶地跟母亲、哥哥对视一眼，形势已经不能再坏了，的确宜尽早转移，好在提前就做了准备，日期虽定得急了些，可随时都能走。

一行人收拾停当，到了贺公馆门口，还未上车，贺宁铮两口子从房里出来了。

段明漪脸色发白，贺宁铮也紧拧着眉头，二人径直走到贺孟枚和贺太太面前，歉然道："明漪两位哥哥出了事，现已被送去医院了，我这就送明漪过去一趟，一会儿就过来陪二弟。"

贺孟枚跟贺太太对视一眼，讶道："到底出什么事了？"

贺宁铮摇摇头道：“听说去公共租界的时候不小心中了流弹。”

“流弹？”两人都惊讶极了，“他俩怎么跑到公共租界去了？”

段明漪只得又解释几句。

说话期间，她目光无意中朝贺云钦的方向一掠，才发现贺云钦正冷淡地注视着她，细辨之下不只是审视，分明还带着厌恶。

这种目光她以往从未在贺云钦脸上见过，虽说他的目光很快就挪开了，仍不免一阵心惊肉跳。事关段家的名誉，越到这时候越不能自乱阵脚，只要拿不出证据，任何人都怀疑不到他们身上，这么一想她顿时沉住了气，勉强维持着身姿，傲然立在丈夫身边。

贺宁铮跟父母说完这话，冲着二弟和弟妹点了点头，来不及多言，领着段明漪上了另一辆洋车，很快便开车走了。

红豆早注意到贺云钦望段明漪的眼神格外冷淡，陪他上医院的车时忍不住问：“怎么了？”

贺云钦捏捏她手心，道：“人来人往的，一会儿我做手术，你想知道什么尽管问王彼得。”果然，一下子又来了几名大夫和护士，碍于外人在场，两人自然无从继续刚才的话题。

手术持续了三个多小时，从上午一直进行到下午。

因为谁都不能保证手术一定顺利，这三个小时里，红豆的心始终高高悬着，然而再坏的状况都经历过了，同样是等待，比起前两日恍如身在炼狱的那份煎熬，此刻因为知道贺云钦就在自己身边，即便等待也含着踏实的意味。

为了分散注意力，她干脆利用这段时间，向王彼得和虞崇毅打听前两夜发生的事。

碍于贺家人在场，最终只含糊聊了几句，从王彼得口里，她大致知道，在那些金条面前，她早前的怀疑对象果然被剥了个干净彻底，至于具体细节，因为病房来来往往的人多，无法往下深入。

好在手术进行得顺利，贺云钦被推出来的一瞬间，大家一拥而上。

程院长道："虽然创面失血很多，幸而未骨折，只要伤口不感染，一个月后可以下地活动。二少爷做的是椎管内麻醉，意识是清醒的，就是下肢的麻木感需七八个小时才能完全恢复，一会儿到病房观察几个小时，若无问题即可回贺公馆，到时候护士会陪着回去，晚上有任何问题及时找护士，这两日切记身边不能离人。"

众人都大大松了口气，早前只担心贺云钦的腿会严重到成为残疾，这一下彻底放了心，忙道："晓得了。"

到了病房，贺云钦被挪到床上，眼看红豆和母亲几个都担心得厉害，自嘲道："长这么大，我还从来没进过医院，无非受点皮外伤，搞出这么大架势，"

贺太太啐他："这样的话不许说。"

贺孟枚被程院长交代了不能吸烟，只在床边坐下，随身展开一份下人送来的报纸道："唔，这时候了还有闲心开玩笑，说明伤得的确不够重。"

虞太太笑道："云钦一向体谅人，这是怕亲家担心呢，就是怎么脸色这么苍白，该好好补一补，可惜这几个小时连水都不能喝，不然先喝口汤也是好的。"

贺云钦道："岳母，眼下我好好的，您该放心了，趁有空，我让余管事陪您和大哥回家一趟，收拾好行李，顺便好好休息一晚，明日就要去重庆了。"

虞太太一愣，笑着对贺太太道："这孩子，到这时候还如此周全，放心，早前我们都弄妥了。"

红豆掏出帕子给贺云钦擦汗，柔声问："伤口是不是很疼？"

贺云钦望着她，既不说疼也不说不疼。

贺太太和虞太太对视一眼，只说有事，先后起身离开。贺孟枚本就事忙，不一会儿也被下人找来请走了，剩下的诸如王彼得等人本还想留下说会儿话，见状也识趣地出去了。

一转眼的工夫，偌大一个病房只剩贺云钦和红豆。

贺云钦上上下下打量红豆一番，目光忽然放柔，支撑着双臂，作势要起身，红豆一惊，急忙道："你别动，要什么我给你拿，伤口疼不疼？"

贺云钦扬了扬眉："我想要你，你离我太远，我不能随时够得到，虞红豆，我现在可是伤员，你最好赶快把自己送过来。"

红豆捂嘴直笑，忙从沙发里起来，挨着他肩侧坐下，笑道："没见过要求这么多的伤员，好了，给你送过来了。"

贺云钦顺势将红豆的手从额上拿下来，握住她的手放到唇边，明明满腹的话语，一到喉头却发堵，怕惹她伤心，想了想，干脆松开她的手，借右胳膊的力量，慢腾腾侧过身，对着她的小腹认真端详一番，最后倾身上前一吻道："也不知这里头的小家伙是男是女。"

本想吻一口就松开她，谁知这一吻竟吻上了瘾，揽着她的腰，一口接着一口，怎么也亲不够，

红豆低头看着他，被他的举动弄得满心欢喜，嘟了嘟嘴道："程院长说大家伙现在大概五十天，那天我翻了翻你的西洋医学，大家伙现在也就豆芽那么大，哪知道是男是女。"

贺云钦笑着要接话，谁知门口忽然有人"呀"了一声，原来贺竹筠刚才去了盥洗室未在病房，这时候回来，刚推门而入，就撞见二哥亲吻二嫂的小腹，一下子愣在那里，等反应过来，又害羞又好笑，忙不迭退了出去，顺手还关上门："哎呀，二哥怎么这样。"

红豆万想不到会被四妹撞见，简直要羞死了，拍打贺云钦的胳膊一下："都怪你！"

贺云钦故意"嘶"了一声，被四妹看见了又如何，他和红豆是夫妻，就算再亲昵也天经地义，等门一关，仍低下头亲个不停："明明是四妹不对，反倒怪起我来了。"

红豆是见识过他的厚脸皮的，竖着耳朵听了一会儿，毕竟是在病房，不止贺家人，医护人员也随时可能会进来，便轻轻推他道："回去再给你

亲，你先松开我，我们好好说说话。”

回去再给他亲……贺云钦笑了起来，故意皱着眉，勉强同意道：“好吧。”抱着她用力再亲一口，慢腾腾松开她，“不过我先提前说一声，回去可就不是这个亲法了。”

红豆故意将脸板起来，扶着他帮他重新躺好：“都伤成这样了还这么坏。”

贺云钦目光根本舍不得离开她的脸，躺平后，低叹道：“才两天不见，感觉像隔了一辈子似的。”

说这话时，他抬起另一只手，先是捏捏她的耳垂，又捏捏她的鼻子，目光近乎摸索，像是要确认自己究竟是不是在做梦。

他的举动未免有些孩子气，红豆心中一酸：“何止是一辈子，我感觉过了千年万年，你知不知道这两天我有多担心……”

贺云钦拉过她的手放在唇边，歉然道：“战事突然提前，我们准备不足，在北区的时候我无时无刻不担忧家里，尤其牵挂你，只恨走前没做安排，倘若我不能回来，父母年事已高，你还这么年轻——”

他定定地望着她，胸口又酸又疼，突然有些说不下去了。

头回见贺云钦失态，红豆也险些落泪，可见这几日对他而言，同样如身处炼狱般难熬。正是败国丧家之际，各地兵连祸结，北平天津相继被攻陷，若是上海也沦陷，近半山河都会失守，覆巢之下焉有完卵，真到了那一天，任谁都不能独善其身。

八千根金条牵动几方人马，一寸山河一寸血，换作她也会这么做，可就算有再强的信念做支撑，真到了面对生死的那一刻，不管对他还是她，无疑都是残忍至极的考验。

若是他不能回来………不不不，她失神一瞬，旋即压下胸口凄惶的念头，怒道：“你敢不回来。”

贺云钦苦涩地一笑，到底将她搂回怀中：“我不敢，说好了白头到老，我们才做了不到三个月的夫妻，我还没亲眼看到你变成老太太，怎舍得就

这么死了？就算爬我也要爬回来的。”

她含泪埋头在他颈间，一动也不动。

两个人都沉默着，相识不到半年，成亲不足三个月，因为两人性情都太骄傲，虽然彼此吸引却难免摩擦，然而真到了最艰难的处境，这份感情却越打磨越璀璨。

好在最痛苦最黑暗的那一刻他们已经挺过去了，到了这一瞬间，两个人灵魂无比契合，彼此紧紧依偎，即便无言也心意相通。

不知过了多久，贺云钦感觉到颈间有温热的东西淌下，知道那是她的眼泪，心中更是感动，明知这眼泪源自感慨，仍不忍至极，抬手给她拭泪，逗她道：“这个孩子来的时候太特殊，名字我都想好了，就叫‘贺炮火’。”

红豆果然破涕为笑：“呸，你才叫‘炮火’，好歹是我们的第一个孩子，你这做父亲的能不能用点心想名字？”

贺云钦捧着她的脸颊，笑了笑道：“那就叫‘相思’，或者叫‘大月亮’。”

红豆哭笑不得：“‘相思’也就算了，‘大月亮’是怎么回事？”

贺云钦脸上现出茫然的神色，过了一会儿才笑道：“炸弹爆炸的时候，我昏迷过一段时间，我记得当时我就是被月亮照醒的，我总觉得你在看着我，想着你还在等我回家，马上就有了力气。如果不是你告诉了王彼得和大哥我们可能去别区找金条，他们不会那么顺利找到我们，等后面向其晟的人马找到培英小学，我们可能还未做好准备，接下来全军覆没也说不准。”

红豆听到前句话时一度酸涩得再次落泪，听到后面讶然道：“向先生到底是哪派人？”

贺云钦正要说话，门外忽然传来叩门声，贺太太不知在跟谁说话：“你二弟已经没事了。既然明景有事，你又何必赶着过来？”

说罢，贺竹筠扬声道：“哥，大姐来了。”

红豆跟贺云钦对视一眼，是大姐贺兰芝。

红豆忙起身，过去开门：“大姐来了。”

贺兰芝肩上披一件油黑色的獭绒披肩，踩着高跟鞋哒哒哒进来，脸上有些急切之色，进来时不忘扭头跟贺太太说话：“一听到二弟中流弹要做手术，我和明景马上准备了车子要到医院来，谁知还没出门，政府就喊明景过去，像是出了什么大事，要他们这些要员速赶去商议。”说完，又冲红豆笑道，“二弟受了伤，弟妹可担心坏了吧。”

不等红豆接话，她又径直走到床前，弯腰细细看了一番贺云钦的神色，松了口气道：“还好，人没事就行。”说着便佯怒戳了戳贺云钦的额头，直起身来，“就为了送几个洋人朋友离开上海，跑到虹口那边去，这下好了，瘸了腿回来。”

贺云钦笑着纠正大姐：“没瘸，还能走。”

贺兰芝瞪他一眼：“没瘸算你命大。”用帕子扇了扇汗，待贺太太等长辈坐下，这才坐到床侧沙发。

贺云钦接过她之前的话头：“大姐夫有事吗？”

房里不相干的人都退下了，贺兰芝说话随意了些，顺手脱下黑色丝缎袖套，忧心道：“说是有什么机密泄露，政府眼下都翻了天了，明景身在财政司，尤其要受问责，也不知出了什么事，反正自从开始打仗，他们时时刻刻在开会——”

说到这里，她想起丈夫接完电话从书房出来时，一边拿帕子擦头上的冷汗，一边只说这一次不同，搞不好会降职乃至撤职。

叹气之余，她忽然想起一事，面色一变，惊疑不定地思忖了一瞬，脸色越来越难看，莫非这事会和当日之事有关？她无意中听了明景的电话，知道政府要找金条，当时她本就说得随意，又极信任对方，不小心在段明漪面前漏过一句，若不是出了明景的事，她都快把这事忘了。

可是，怎么会？段家可是百年名门，就算生意连连失利，总不至于——

毕竟事关丈夫，她猛地起身，环视周围一圈，狐疑道：“段明漪呢？”

诸人一愣，贺兰芝跟弟媳一向交好，每次提到段明漪时，从来只称“明漪”，像这样连名带姓直呼对方的时候，几乎未有过。

红豆惊讶地瞥贺云钦一眼。

贺云钦沉默地望着贺兰芝，似乎知道发生了何事。

贺太太皱了皱眉："她大哥二哥受了伤，刚才跟宁铮赶回段家了。"

贺兰芝拿起袖套，匆匆起了身："太太、二弟、弟妹、四妹，我有急事要处理，不得不先走了。"声音里分明含着怒意。

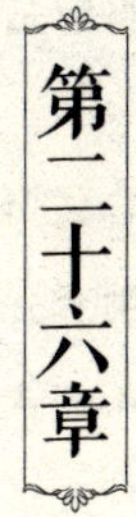

第二十六章

贺兰芝来得匆忙走得更匆忙，屋里人一时都有些疑惑。

当屋子里只剩下两人的时候，红豆问贺云钦：“我记得你说过政府也在找金条，大姐夫被问责，难道是指这件事？”

贺云钦低声道：“找人的几派人马中，我们和政府算是殊途同归，目的无非一个——就是用金条支持己方战场。前晚突然开战，政府早该有行动，可是直到我们找到中区，都未看见他们的人马。可见政府虽然有计划，但方向上出现了偏差。既然另外那两派已找到西区来了，我们只能抢先行动。只要金条不落到日寇和伍如海的手里，一切都好说。”

红豆早前从哥哥和王彼得处听了个大概，知道他们已经在公共租界中区的培英小学找到了金条，不由得悬着心问：“金条顺利运出公共租界了吗？”

“交由瑞德和其他同伴了，天还没亮的时候，就以运送红十字会药品的名义，将金条安全运抵了前线。”

红豆一时间百感交集，不枉众人付出了这么大的代价，总算完成了使命：“哥哥他们说彭裁缝夫妇为了袭击你们，不惜拿两个孩子做人肉炸弹，平时看他们对孩子真如亲生一般，谁能想到竟是用来掩护自己身份

的。白海立和护士都是他们杀的？他们的真实身份是什么？两个孩子哪儿来的？”

她连珠炮似的发问，声音又娇又脆。贺云钦粲然一笑，他神采奕奕的红豆又回来了，想了想便接话道：“来时路上已经确认了身份，他们是伍如海方面训练出来的杀手。孩子嘛，自是从小抱在身边养大的，究竟是福利院还是别的地方找来，暂时未查到。至于他们为什么杀白海立和护士，杀前者是因为白海立和伍如海起了内讧，杀后者是为了让洋房空置。王彼得说他来贺公馆的时候，因为进口药品邮寄地址和向其晟的双重身份，本来认定向其晟是凶手，经你提醒才怀疑到彭裁缝夫妇头上。”

红豆脸上露出骄傲的神色：“既然邮寄地址是同福巷，楼里的人当然都有嫌疑，现场的脚印有时是男人的，有时是女人的，彭裁缝矮小，彭太太却高大，也说他们一双脚可能都是39码，都怀疑了向其晟了，为何不连彭裁缝夫妇也考虑在内。”

贺云钦注视着妻子，由衷夸赞：“吾妻的见识胸襟委实不俗。”

红豆焉能看不出他的调笑之意，冷哼一声，念及他是伤员，暂时不跟他计较，一径催他：“那两个孩子现在何处？”

“王彼得找了人照看，大的好像才五岁，小的才两岁，如今总算从彭裁缝手里救了出来，可怎么安置他们，还得好好商榷。”

红豆失神一会儿，两个孩子她平日进进出出没少见，胖乎乎的，说来也可怜，他们日后如何生活，的确得慎重斟酌。

她抬眼看他：“那向其晟又是怎么回事？”

贺云钦道：“出发去中区前我在北区见过彭裁缝夫妇，他们带着孩子假装难民，本来在北区，后来不知为何跑到中区，这计划是我们临时拟订的，他们的重点却一直在北区，按理他们不会这么快找过来。后来段家兄弟在小学附近受伤，我们才怀疑彭裁缝夫妇是跟着段家的车找来的，因为段明沣是建筑学方面的专才，想要找金条，但别的区域人马太多无从下手，所以他们误打误撞去了中区，没想到这样一来，不但引来了彭裁缝夫妇，还引来了向其晟的人马。”

红豆不可谓不震撼：“段家也参与了找金条？”难怪段明漪的两位哥哥会受伤，也难怪早上贺云钦会用那样的目光看段明漪。

等等，如果真是这样，岂不是贺云钦他们受伤全是因为段家插进来一脚的缘故？

贺云钦冷冷道：“王彼得和大哥找到我们后，我们正要带着金条撤离，半路碰到向其晟的人马，才知段家带来的家丁被其袭击，虽然家丁们和段家兄弟都带了枪，训练却不足，段明沣的两条腿受了枪伤，段明波断了胳膊，段家家丁更是被对方杀得只剩几人，我们交战之后救下了昏迷的段家两兄弟。向其晟明面上是震旦教授，私底下是某个爱国组织成员，但最真实的身份是日寇人员。上次我们在剧院刺杀伍如海的事，你还记得吗？”

红豆点头，怎会不记得，严夫子在杀了最后一名凶手白凤飞后服毒自杀，他们苦劝严夫子先出去就医，然而就在那时候，刻羽戏院出现了枪声，随后更是大乱。

第二日报纸上好些关于这次刺杀的消息，可惜当时让伍如海那卖国贼逃跑了，这场刺杀并未成功。

贺云钦道：“那次行动是我们和向其晟所在的爱国组织一同策划的，为何会失败，我们当初一直未找到原因，事后才知道原来是有人泄了密，但始终未查出究竟何人泄密。在争夺金条的当晚，向其晟带着一帮爱国学生做掩护，直到两方交战，仍有人不相信向其晟会是日寇人员。”

红豆问：“当晚向其晟是如何找到中区去的？也跟在段家后面？”

贺云钦摇头：“他跟彭裁缝夫妇同住一栋楼，应是早就对对方有了怀疑，开战之后，他在北区撞到这两口子，目睹他二人舍北区去中区，起了疑心，所以才转换思路，也跟着去了中区。”

红豆越想越气：“段家将此事搅成了一锅粥，难道就这么算了？他们究竟是哪一派的，为何参与此事？”

“无非眼热金条想趁机捞一把。当时我因行动不便并未露面，另有同

伴讯问段家那几个侥幸活下来的下人，段家兄弟丧失了意识，段家家丁都被吓破了胆，随便一问，就大致说了来公共租界后的情形，只说两位少爷是临时起意来此处，像是要找东西，具体找什么他们也不得而知。”

红豆愣了愣，声音一低：“你怀疑是大嫂。”

贺云钦冷笑：“段家久无人做官，近年做生意又接连失利，听说现今财务状况极为不妙，段明漪平日跟大姐较好，段家跟大姐夫一家关系也不错。大姐夫在财政司任职，想来恰好分管金条的事，我猜要么是段明漪从大姐处得知的，要么段氏兄弟从大姐夫那儿套了话，否则为何好端端跑到北区中区去找金条？”

红豆忆起方才贺兰芝气势汹汹要找段明漪的情形，思忖着说：“刚才大姐是疑心到她身上了？既然大姐知道了，大哥岂不马上会知道？”贺宁铮跟大姐感情深厚，若是知道此事会连累大姐一家，定会气得不轻。

贺云钦语带讽意：“段明漪绝不会承认，第一，她可以咬死了段家兄弟不是为金条而去。第二，她更不会承认此事是她泄密，但现在政府在查，其他人也在查，段家跟着去的家丁还有几个活口，到头来此事想遮也遮不住。”

贺云钦在外人面前素来温和有礼，轻易不表露自己的喜恶，红豆头回见他以这种语气谈论外人。王彼得之前说过拜彭裁缝他们带来的炸弹所赐，同伴中有两人被炸出来的铁杆穿透胸膛，不幸当场牺牲，毕竟是出生入死的伙伴，贺云钦因此深恶段明漪再正常不过。

这时外头有人敲门，原来几个小时的观察期平稳过去了，医院虽然地处法租界，但因外头不断有伤员转入，说起来不算太平，程院长过来查房后，便要派手底下的大夫和护士护送贺云钦回贺公馆。

贺孟枚便吩咐余管事他们赶快准备洋车，病房里霎时乱了起来。

红豆抬手一摸贺云钦的额头，沾了一手的细汗，贺云钦下半身的麻醉慢慢在消退，痛感上来，一动便是一身冷汗，怕他们担心，未表露出来而已，得请程院长想办法止痛。

红豆一动，贺云钦立刻猜到她要做什么，他也怕晚上红豆陪护跟着难熬，便忍痛笑着对程院长说：“程伯父，您倒是给晚辈开点止痛针或是止痛药，不然晚辈这一晚可怎么熬。”

贺太太愣了愣，忘记刚才儿子全因麻醉才能谈笑风生，脸色一白，忙道：“对对对，这么大的伤口，想想就痛得厉害，还请程院长给开些止痛的药，明日去重庆路上也得备着。”

程院长笑道：“放心，没忘，都交代给护士了。”

到了贺公馆，又费了好些工夫才将贺云钦挪到床上，等一切安顿下来，贺竹筠半趴在床边，挨着二哥的胳膊，替他理银灰色寝衣上的褶皱：“二哥，你好些了吗？”

贺云钦本来一直在注视红豆的一举一动，眼看她张罗这张罗那，只担心她受累，听了四妹这话，垂眸望向她：“好多了。你刚才给谁打电话，一打就打这么久。”

贺竹筠的脸颊顿时飞上两片红霞，遮遮掩掩道：“明天就要去重庆了，我总得给几个素日交好的同学打几个电话。”说完，抬眼一看，二哥黑漆漆的眸子静静注视着她。

她心虚地挪开目光，看着红豆道：“二嫂，等我们到了重庆，你打算跟二哥住几楼？公馆后面的花园种了好多花，我以前的房间在一楼，推开窗就能闻到外头芍药蔷薇的香气，春天的时候，花枝还会伸到我的窗户里来呢。”

红豆扭身看向她，故意闭眼神往了一下四妹描述的那番美景，笑道：“光听你说就知道美极了，一楼二楼我也不挑，你二哥从前住在哪个房间？”

贺竹筠从床上起来，体贴地摸摸嫂子的肚子：“就是因为他以前住二楼，所以我才在想要不要换房间，二嫂现在怀了孕，总不能楼上楼下来回跑。妈，你说我说得对不对？”

她语调活泼，显然心情甚佳，贺太太跟儿子对视一眼，瞥向女儿道：

“说得对。你二哥要擦澡了，先出去，明天就要走了，还有好些事要忙。”

等一众人走了，红豆走到床边坐下，轻声道：“你走这两日，四妹没少跟我念叨余睿，还说余睿也会去重庆，我看四妹的意思是极喜欢他。怎么样，对于此事，你和公婆到底反对还是赞成？”

贺云钦将两只胳膊枕在脑后，望着天花板一时没说话，但眉宇间那种一听到余睿就会出现的戒备之色不见了。

红豆心中一动：“你们查清楚他的立场了？”

贺云钦“嗯”了一声，算是默认，又沉默了一会儿，开口道：“四妹喜欢，就由她去吧。”

当时余睿抱着彭裁缝扔过来的孩子，明知是炸弹，要想活命只需整个将孩子扔出去就行，然而顾及孩子的安危，余睿却犹豫了，生死一瞬间，往往可看清一个人的本性，并非做戏，只关乎本能。

他将此事说了，最后总结：“能心疼不相关的孩子，再坏能坏到哪儿去。”

看红豆发呆，他又道：“说了一下午别人的事，该轮到我们了。红豆，我现在腿不能动，你呢，怀着孕，我们商量一下，是你给我擦澡，还是我给你擦澡？”

红豆慢慢俯下身，在两个人的脸仅有几厘米的时候停下，盯着他黑亮的眼睛，笑道：“你这个‘伤残人士’，你想怎么给我擦澡？”

两人对视着，她眸中好似藏着一泓清泉，一笑就漾出潋滟波光，盯着看了一会儿，他心头仿佛有柳丝拂过，一下子痒得不行，抬手扣住她的后脑勺，一把将她拉到自己的唇畔，低声道：“腿暂时不能动，胳膊和手可不受影响，你把澡巾拿来，我好好给你擦身，我保证，该擦的地方一处都不会落下。”

红豆故意让自己再贴近他一点，眼看自己的唇马上要贴到他的唇了，却突然停了下来，推他一把，笑着要下床：“都这时候了还东想西想，万一扯动了伤口，你不心疼我心疼，你给我老老实实躺着。”

贺云钦一捞之下没能捞到，眼睁睁看她进了盥洗室，既心痒又无奈，颓然倒回床上：“虞红豆。”

浴室水声哗哗，红豆开始洗澡了，听到他的声音，想想他此刻的神情，禁不住在里面笑了起来，怕引得他不顾伤口下床，偏不肯回答他。

贺云钦本不将受伤当回事，此刻听到她不远不近的娇笑声，才深感伤在腿上有多不便，想挪动，又怕伤口加重影响愈合，只得老老实实躺着不动，短短几分钟时间，简直像几个钟头那么难等。

好在红豆很快就洗完了澡，手里端着牙粉、帕子从盥洗室出来。

到了床边，她将热帕子丢到盆里，在他灼灼的目光中，慢腾腾挪上床，然后掀开他身上的被子，一粒一粒解他睡衣的纽扣。

她指尖碰到他身体的一瞬间，他肌肉立刻变得紧绷，深吸一口气，无奈地看向天花板。

早知自己随便擦擦了事就好了，由她给他擦，简直比伤口的疼痛还要难熬，叫她停下他又舍不得。他勉强熬了一会儿，不得不低下眼睛，用目光追随她的一举一动，口里笑道：“我可两天没回来了，好红豆，从头到脚你都帮我擦一擦。”

红豆慢条斯理地将他的上衣脱了，扭身绞干帕子，回过头来，一点一点开始给他擦身，道：“你在外面摸爬滚打弄了一身灰，外头虽换了干净衣裳，里头还脏着，你放心，该擦的地方我才不落下呢。”

她的手每碰他一下，他的心就痒上一分，想想怎么也不死心，于是摸摸鼻梁，用商量的语气道：“你还记得我们在那边房子住的那晚吗，其实我觉得我们在榻上那样就很好。”

这是让她骑到他身上？红豆错愕地瞪他一眼，转过脸，一边继续给他擦身，一边慢吞吞道：“大夫说了，孩子现在还不到六十天，忌房事。”

说到最后三个字时，语气尤其加重。

贺云钦怔住，他初为人父，的确很多地方不懂，原来竟要忌房事吗？

除此之外还有什么禁忌？一想之下脑子里的各种念头立时被打消了一大半，人也老实了不少。

她快速给他从头到脚收拾干净，把东西放回盥洗室，随后在他身边躺下。

他垂眸嗅了嗅她发顶熟悉的发香，笑道："怎么回事，还是觉得像做梦。"

红豆注视他一会儿，圈住他的脖颈，仰头亲他一口，又摸摸他的唇："还像做梦吗？"

他眸色一深，趁势揽过她，将自己这几日对她的思念，全化作了浓烈而深情的吻。前几日的担惊受怕跟此刻的相依相偎比起来，怎不像一场梦？吻了不知多久，明明该升腾起炽热的欲念，内心深处却满足又宁谧。

吻得很深，也很慢。

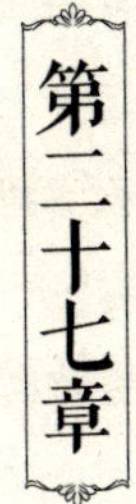

第二十七章

早上醒来时，阳光极好，她在他怀中静静望着他。

贺家的飞机下午出发，他昨天后半夜睡得不好，明明被伤口疼醒，因为怕吵醒她一味忍着，当她因为做噩梦突然醒转时，他已在黑暗中静静躺了好一会儿了，身上满是冷汗。

她心疼不已，给他拿止痛药时，不满地问他：“为什么不叫我？”

他笑道：“不是不想叫你，是没你想的那么疼，何况止痛药这种东西，吃多了对身体无益。”

她心知他无非体谅她，出了那么多汗怎会不疼？好在他吃了药后很快就睡着了，她在旁细细地观察着，眼看他绷着的神经这才松弛下来。前几日出生入死，为了金条殚精竭虑地谋算，哪怕年轻体健如贺云钦，体力一时也透支得太厉害，这一觉睡得极酣实，当红豆早上从他怀中出来下床时，他仍沉沉地睡着。

她在床边穿好睡袍，回身看他，他英俊的脸庞映在半边晨光里，一眼望去，只觉得踏实心安，注视了一会儿，她扭转身，自去盥洗室梳洗。

整个上午，她忙着给顾筠等亲友打电话。

到中午时，王彼得来了。

前几日贺云钦身陷战区，贺孟枚和贺太太与外人不同，关于此事的内幕，他们多少知道一二。

经此一事，因觉得王彼得和虞崇毅义气足抵千金，对他二人自是心存感激，虽然因为出发一事贺家上下正乱着，一听王彼得来了，忙让请进来。

红豆正给贺云钦喂粥，听到下人禀报，亲自迎出来："正要给王探长打电话。"

王彼得问："贺云钦好些了？"

红豆一边引他入内，一边笑道："好多了，王探长东西收拾得如何了？"

刚才贺云钦提了一句，王彼得属于贺云钦分管的下属，如今贺云钦启程赴重庆，王彼得身为下属是不去也得去，只因他目下还有好些事务要处理，今天暂且还走不了。

听红豆如此问，他摆了摆手道："我那些资料委实东西太多，搬动起来半个飞机都不够我装的，索性也就不搬了，横竖我们会回上海的，就有件事太棘手，我得过来问问贺云钦。"

说话间已经进了里屋，他一见贺云钦就道："那两个胖小子在我的事务所吵闹不休，吵得我头都要炸开了。孩子是你主张救下来的，你倒好，自己不管，全丢给我，你倒是给拿拿主意，两个孩子到底如何安置。"

红豆知道他指的是彭裁缝夫妇那两个孩子，那对假夫妻死后，孩子们重新恢复了孤儿身份，如今大部分人员都要离开上海，孩子的安置确是个问题。

贺云钦看看王彼得："组织平时危险活动太多，孩子太小，只能送到福利院或是找稳妥的人家收养。"

"福利院？"王彼得连连摇头，"福利院的底细我最清楚了，上至院长下至护理员，无不克扣，何况如今兵荒马乱的，眼看他们自己吃饭都成问题，哪顾得上底下的孩子。你们平日路过福利院，没看到里头的孩子一个个都面黄肌瘦吗，两个胖小子真要送过去，几天就能瘦脱形。"

贺云钦的确不忍心将孩子扔到福利院，思忖着道："那就跟我们去重庆，到了那儿再好好给他们找户人家收养，只要知根知底，想来孩子不会受苦。”

“这两个孩子能吃又能闹，给谁谁都不会喜欢。”

贺云钦皱眉：“这也不行，那也不行，要不王探长自己收养？”

王彼得刚要坐下，听到这话弹簧一般从椅子上跳起来。

红豆观察着王彼得，他虽然满脸错愕，难得竟没有流露出嫌恶之情，不由得心中一动，低下头细想，王彼得面恶心善，一直是孤身一人，虽说活得潇洒，有时难免孤寂，两个孩子举目无亲，若是由王彼得好好抚养，也算是两全之策。但最后如何定夺，还得看王彼得自己怎么想。

王彼得好半天才接话道：“不好不好，这主意不好，我一个人好好的，干吗要往自己身上揽麻烦。”

话虽这么说，语气却并不决绝。

贺云钦和红豆对视一眼，都了解王彼得的性格，并不一味劝他。

贺云钦只道：“刚才我的确考虑不周，孩子放福利院不妥当，不如先由我和红豆将孩子带到重庆，到时候孩子交给哪户人家，再商议就是了。”

王彼得听说贺云钦要将孩子带走，竟闪过一丝不舍的神情，好一会儿才喃喃道：“折腾来折腾去也麻烦，反正过两天我也去重庆了，孩子就由我顺便带过去得了。”

贺云钦笑了笑，将胳膊枕到头下，顺势改口道：“话说在前头，谁带到重庆去就交给谁收养。”

王彼得从怀里掏出酒壶正要喝，听了这话，脸色变了几变，末了不甘心地重重一哼：“我收养就我收养，大不了增点口粮，若是日后实在养不下去，再给他们找户好人家也不迟。”

红豆笑道：“两个孩子交给王探长，大的才五岁，小的才两岁，真要养大还有好些年工夫，为了保重身体，探长的酒可得少喝点。”

王彼得滞了一瞬，又饮了一口，最后到底还是将酒瓶收回了怀中。

红豆含笑望一眼贺云钦，并不戳破王彼得，只平静起身道：“吃完午饭我们就要出发了，探长不如留下来吃顿便饭。”

王彼得摆摆手："还得赶回去安排两个胖小子的饭食。"

贺家飞机抵达重庆时，已是深夜。

来迎机的人却不少，不是跟贺家打过交道的当地政要，就是这次南迁的上海商户，同来的家眷个个珠光宝气。

到了公馆，红豆陪着贺云钦的担架下了车。果然如贺竹筠所言，这地方景致幽然，若不是眼下迎来送往的宾客太多，倒的确是个适合静养的好地方。

尚未入内，看到段明漪和贺宁铮从另一辆车下来，段明漪跟婆婆一人一边，各自招待一派女眷。贺宁铮阴着一张脸，一副风雨欲来的架势。

因为红豆怀孕的缘故，贺家特将二人房间安置在一楼，夜深了，景致看不清楚，但从窗口不时飘进来的草木清香来判断，庭院里应是种了不少花草。

客人们离开时已是夤夜，次日一早又有不少客人来拜访，红豆大部分时间需在房中陪着贺云钦，女眷们暂且专由贺太太和段明漪负责招待。

四妹一大早就赖在房中跟兄嫂说话，贺云钦伤口的情况比昨日又好转了些，趁四妹跟红豆说话的工夫，他让管事拿报纸过来，专拣头条新闻来看，然而一份份报纸看下来，终于还是露出失望之色。红豆有心询问，碍于四妹在场，不得不按捺住。

二楼，贺宁铮从书房出来，手里捏着一封电报，额角隐隐有青筋在跳动，沉着脸在门口呆立许久，终于抬步往楼下走去。

到了客厅抬眼一看，段明漪正含笑跟几位太太千金说话，毕竟宾客在场，他不得不放缓脸色，立在原地，让下人过去传话。随后便转过身，快步走过长长的走廊，回了自己的卧室。

不久段明漪来了，他听到身后动静，立在床边，并未回头。

段明漪推开门，目光落在丈夫颀长的侧影上，刚要入内，不经意瞥见丈夫手里捏着的那份电报，心猛地一跳，立了片刻，强作无事掩上门，走近丈夫，柔声道：“叫我回屋做什么？”

贺宁铮缓缓转过脸来。

段明漪立刻感受到了一股逼人的森冷气息，丈夫的目光复杂至极，明明很愤怒，细辨之下又有种自嘲的意味。她不由得停下脚步，静静看着他道：“这是怎么了？”

贺宁铮紧紧盯着她，他的妻子，到了这种时候，依然有着无懈可击的风度。

刹那间，胸膛里猛地窜上一股辛辣苦涩的味道，他定定看了她一会儿，只觉得讥讽至极，缓缓摇头，无声笑了起来。

“夫妻数载，我希冀你对我有一点点夫妻间该有的情分，可直到这时候我才知道，一切都是我自作多情。”

他这样失望愤怒她是第一次看到，她定了定神，竭力不让自己露出慌乱的神色，抬步朝他走去，边走边道：“到底怎么了？为何生这么大的气？”

“怎么了？”他缓缓举起手上的那份电报，一字一句道，“这是上海拍过来的电报，你们段家去找金条的事实一一在列，由不得你不承认，直到现在你还在我面前装模作样。”

说话时她已经走近他，他厌恶地一抬胳膊，段明漪本要去抓他衣袖，一时间站立不稳，跌坐到床边。她静了几秒，回头看向他：“我早就跟你解释过，大哥二哥是为了找朋友才去的公共租界，因为躲避不及，不小心中了流弹，大哥他们醒后，你当面也确认过了，为何还不相信我？”

贺宁铮目光中怒意一炽，冷笑道：“你是不是以为全天下的人都不及你聪明？你可知道，因为分管金条的事，大姐夫的上司怕他渎职或是私吞，早派了人在他的寓所外日夜监视，开战前几日，跟他往来的人，无一例外被排查，你大哥二哥从大姐家出来后去了何处做了何事，统统有照片为证。如今大姐夫面临降职，你尽可以接着狡辩，段家的麻烦还在后头！”

段明漪脸色一白，死死咬住唇。

“早前大姐疑心你，说开战前她跟你提起过金条的事，没多久你大哥二哥就去找大姐夫套话，只猜此事跟你有关，我一再向她保证，说这一定是误会，因为无论你还是大哥二哥，都不可能会是这样的人，直到今早收到这份电报，铁证如山由不得我不信。段明漪，事到如今，难道非要上海来人跟你当面对质，你才肯承认？”

段明漪猛地抬头，眼泪应声而落：“是，我承认，我们段家已经山穷水尽，走投无路才出此下策，连累大姐夫事先也未想到，宁铮——”

她神色依然倔强，眼泪如断线珠子一般止也止不住：“段家毕竟百年望族，难道我们能眼睁睁看着段家破产？换作你，你又能怎样？”

贺宁铮声音一瞬间沙哑极了：“为了你们段家的体面，你就可以自私到什么都不顾？世间万物荣衰更替是为寻常，盛极必衰是逃不过的定律！这些年来，沪上多少人家改换门庭，段家挨不过去了，宣告破产又如何？”

破产？段明漪目光一下子变得极为决然，不不不，她是段家千金、贺家长媳，才貌兼备，人人称羡。她在美利坚接受最好的教育，往来都是有名的世家千金，身为圣约翰的乐理教授，她不但筹备沪上名媛俱乐部，还经常主持有深度的茶话会。在沪上年轻贵妇的社交圈里，她既有才情又有名望，从来是站在最顶端的那一个。

细论起来，跟虞红豆这种出身的女孩子同为妯娌，对她来说都是一种辱没，至于段家破产，那更是想都不敢想的事。

眼看贺宁铮气得五官都有些变形，突然之间，她素有的底气变得不确定了。为免情况变得更坏，她不得不哽声道：“正因为我顾及夫妻情分，所以我才不肯让段家陷入绝境，你别忘了，我既是段家的女儿，也是你们贺家的长媳，我们段家的名声，关乎着你们贺家的体面。”

“名声、体面……”贺宁铮失望至极，脸色瞬间如同蒙了一层灰，“到这个时候了你心里还只有这个，段家的情况我不是不清楚，为了救急，前后我开过多少笔款子——”

“你每开一笔款子工厂就会有记录，久而久之迟早会传到公婆耳中，何况厂子里的老人那么多，此事根本瞒不住。真到了那时候，人人知道我们段家需要依靠亲家来度日，一人踩万人踩，境况会每况愈下。宁铮，我有我的苦衷——”

贺宁铮哑笑起来：“是，正因为你有所谓的苦衷，所以你为了你们段家的体面，宁肯让你大哥他们去找传说中的金条，事后连累大姐夫，到我面前依然不肯说实话。你可知道，所谓夫妻，就该同舟共渡，你事事将我排除在外，事事只考虑自己的利益，在你的心底，可曾将我当成过你的爱人？也好，经过这次之事我才明白，在这段婚姻里，我糊涂到什么地步！”

段明漪心里一慌，慌忙起身去捉贺宁铮的手，被他再次推开。

他语调沉郁至极：“明漪，我有多爱你，你不是不知道，爱一个人会做出什么样的举动，我再清楚不过了。的确，当初是我追求的你，可是成亲至今，无论我怎么付出，我始终体会不到半点你对我的爱意。任性、固执、虚荣，这些我都可以包容；破产、难关、困境，做丈夫的就该跟妻子共同面对，但唯独我不能容忍一个永远不会爱我的妻子。”

他说着，越过她的身畔，脚步沉重，一步一步往门边走去：“稍后我给你开笔款子，这笔钱足够保障你后半辈子的生活，上海那边的事我也可以想办法帮你解决，你要是不愿再待在重庆，我可以派人送你去香港或是国外，一切都在你自己的意愿，明日，我们就登报宣布离婚。”

段明漪脸色大变，眼睁睁看着贺宁铮走到门口，一想到离婚以后会面临什么样的生活，风度、优雅统统顾不得了，急踩着高跟鞋追上来，死死揪住他的衣袖，恨声道：“宁铮，大哥残了腿，二哥也受了伤，就算段家不对，但我们已经付出了惨重的代价，都到这个时候了，你不能抛下我！”

狰狞面目到了这一刻才露出来，贺宁铮眼睛看着前方：“我给过你无数次机会，这一切，都是你自找的。”说着，一抬手，断然挥开她的手，开了门，出去。

段明漪死死地盯着他远去的背影，指甲几乎掐进肉里。

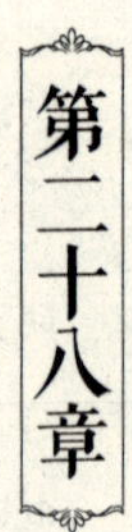

第二十八章

贺宁铮一从卧室出来就去了父亲的书房，父子俩就此事关上门谈了一上午，到中午时，贺段两家都知道了贺宁铮要和段明漪离婚的消息。

无论贺家人还是段家人，都感到大为吃惊。段老爷和段太太接到女儿的电话，为了从中斡旋，更为了替女儿争取利益，当即撇下仍在住院的两个儿子，于当晚乘坐飞机抵达重庆。

在段家人的强烈反对下，此事胶着了近半月，然而上海方面不断有人就金条之事问责，这边贺宁铮的态度亦甚强硬，在半个月后的某个深夜，段明漪终于无心继续纠缠，在贺宁铮委托的律师拟订的协议书上签下自己的名字，带着贺宁铮签给她的那张支票和十来个行李箱囊，同段老爷和段太太同乘洋车，离开了贺公馆。

次日段家便正式宣告破产，加上离婚的事，消息一经传出，当即掀起了不小的波澜，双方都是有头有脸的人家，难免沦为人们茶余饭后的谈资，然而毕竟身处特殊时期，每天都有比这更牵动人心的大事发生，没过几日便淡化了下来。

这半个月，红豆不是陪贺云钦养伤，就是去看望母亲和哥哥。因这一仗不知要打多久，虞太太他们并未做在重庆长久住下来的打算，虞太太出了款子,请贺云钦托朋友赁来寓所,为了两头方便照应,离贺公馆不算太远。

各处都不错，就是房子久未住人，略旧了些，刚来时，尘埃积满了每一个角落。

幸而虞家带来重庆的几位老下人手脚都甚麻利，在虞太太的指挥下，几日工夫把屋内屋外收拾得焕然一新，又将带来的行李打点整齐，一一安置到该安置之处。

舅舅一家人同趟飞机来重庆，他们本地并无熟人，之前麻烦贺云钦好几回，知他此时在养伤，不好意思再让他帮着找房子，一时之间未找到住处，不得不暂时跟母亲和哥哥挤在一处。

潘太太颈上刀伤未愈，本该静心养伤，然而真等安顿下来，她自觉远离了炮火，心里一闲，市侩嘴碎的老毛病又犯了，从早到晚难免挑剔几句，无端讨人嫌。

虽说虞太太并不如何跟她计较，两人每日总少不了龃龉，潘茂生是既畏妻又怕妹妹，夹在中间左右为难，倒是虞崇毅和玉沅成日忙于拉架，新家因而吵吵嚷嚷的，每天都很热闹。

经过这些日子的静养，贺云钦的腿伤已经明显好转，比起段明漪究竟何时肯搬离贺公馆，他显然有更重要的事需要关注，每天醒来第一件事，就是要余管事将报纸送到房中来，然后利用吃饭的时间，跟红豆共同翻阅。

他关心地下党组织中某件事的进展，为了安全考虑，成功与否，不必同伴专打电话，报纸上便可见分晓。

然而一等好几天，他和红豆始终没等来要等的消息。

这日早上起来，庭前几丛带霜的秋菊被风吹得摇曳不休，天气明显又冷了几分，下人一早将报纸送来房中，又主动到屋角给西洋壁炉生火。

红豆仍在梳洗，贺云钦拄着拐杖在外屋慢慢地踱步，一接过报纸，便立在原地看了起来。

红豆从里屋出来，一眼便看见贺云钦站在沙发前，他一只胳膊拄着拐杖，另一只手却拿着一份报纸，盯着报纸，神色变幻莫测。

红豆心中一动，忙快步走过来，贺云钦听到妻子的脚步声，抬头看她一眼，扔了拐杖，拉着她坐下。

这时下人掩门出去，红豆踢了拖鞋，将腿缩到沙发上，挨着贺云钦的肩头，往报纸上一看，顿时明白了，所有报纸铺天盖地全是卖国贼伍如海在上海遇刺的消息。

上面写着：伍如海因新近结识某位情妇，近来常去这位情妇寓所下榻。今日凌晨，伍先生刚从该情妇寓所出来便遭了埋伏，虽在军弁的护送下侥幸撤离，但因背部中弹，当场便丧失了意识。

行文末尾，撰写者针对伍如海的伤势发表结论，他如此评价：此贼就算日后醒来，多半也会丧失行动能力。

如此大快人心的消息，红豆看得心怦怦直跳，加上前两次，这是伍如海第三次遇刺，前几次叫他侥幸逃脱，这一次终于成功了。

她难掩激动的心绪，问贺云钦道："报上说的情妇是陈白蝶？"

贺云钦显然不比她平静多少，静了几秒才点头道："早前几次暗杀都未成功，这一次我们转移思路，专盯陈白蝶在报上大肆兜售的那栋洋房，这房子早在开战之前便已空置，伍如海表面上将陈白蝶安置在旁处，实际上，他为了掩人耳目，每回来沪跟她秘密幽会时都选在这寓所，苦等了一个月，终于盯到伍如海的行迹。"

红豆高兴得仰头舒口气，这一来算除掉了两大心头之患。

自从得知陈白蝶跟伍如海在一起的消息，这段时间以来，虽然公公表面上未有行动，贺云钦也极沉得住气，但此事终归是个隐患，如今伍如海在与陈白蝶幽会时出事，以此人多疑的性子，就算日后侥幸醒转，也绝不会再让陈白蝶伴其左右。

她抚着胸脯正要说话，下人在外头叩门道："二少爷，二少奶奶，给二少奶奶做检查的那位洋大夫来了。"

贺云钦道："快请进。"

来重庆后，贺家经由程院长介绍，请了当地红十字会一位中年大夫定期为红豆进行诊视，大夫名叫安娜，国际红十字会行医多年，在千金科方面有着丰富的临床经验。

自从怀了孕，红豆能吃能睡，安娜此前来检查过一回，对红豆的宫底和腹围产生了疑惑，这次是复检。

红豆的小日子本就不准，被安娜一问，自己也糊涂了，连妻子都不确定，贺云钦就更弄不明白了。

贺云钦拄了拐杖站起来，看红豆还不起来，拉她道：“这回差不多能确定天数了。”

红豆挽着他的胳膊，往里屋走：“咱们离开上海的时候，程院长说是不到六十天，按这个来推算，这时候顶多七八十天，可安娜大夫又说这个日期不对——”

贺云钦回头瞥她：“谁叫你这么能吃。”

红豆还没来得及驳嘴，下人过来道：“二少爷，大学来了几位教授。”

贺云钦一愣，忙道：“请几位老先生到书房，我这就来。”看着红豆，“那我先走了，一会儿就回。”

他又问下人：“太太不在家？”

“一早出去了。”

贺云钦道：“叫四小姐过来陪她嫂子。”

“哎。”下人应声去了。

不一会儿贺竹筠从房中出来，她穿件羊毛白洋装，头上鬈发高高梳了个马尾，边走边莞尔道：“二哥找我什么事？”她素来喜欢跟二哥二嫂待在一处，近日却总闷在房间打电话，每回打完电话出来便满面春风。

贺云钦看着她道：“给你嫂子检查身体的大夫来了，二哥还有事，你来陪陪她。”

红豆知道贺云钦特请了当地几位学者商议工程学上的事，对他道：“你去忙你的。”

贺云钦这才慢腾腾地挪走了。

这一商议，不知不觉过去了一个小时。

他惦记着红豆检查的事，一从书房出来就回房。

刚拐过走廊，就看到他和红豆的房门敞开着，进进出出的下人不少，脸上全都带着笑意，母亲和悦的声音隐隐从房中传出来。

因不喜下人搀扶，他拄着拐杖走得不快，刚走到一半，四妹搀着红豆探身从房中出来，瞥见贺云钦，眼睛顿时一亮：“二哥总算来了，有个好消息要告诉你。”

他一讶：“怎么了？”

红豆望着那个一瘸一拐走近的高挑男人，嘴角高高翘着。

他近日只要闲下来便翻书研究孩子的名字，拟来拟去总觉得不合意，这下可好，一下子要拟两个名字了。

第二十九章

几个月后。

余睿和贺竹筠举行订婚仪式，贺公馆一早便宾客如云。

不久之前，余校长到贺公馆替长孙向四小姐提亲，两家坐下商议此事时。余睿郑重地向贺家长辈表达了自己对贺竹筠的爱意，贺竹筠出于害羞并未在场，红豆含笑前来转述，贺竹筠听得欣喜羞臊，在窗前红着脸静静站了一会儿后，当场就点头同意。

好在经过战后这几个月的观察和相处，贺家对余睿的方方面面都有了深入的了解，一番商议，两家确定了订婚日期。

上礼拜重庆几乎每天都会下点霏霏细雨，到了订婚这日，原以为也会是阴雨天，幸喜天公作美，一早便放晴了。

除了贺兰芝、张明景两口子，瑞德也于昨晚抵达重庆。

随着观礼宾客的陆续到来，贺公馆很快便变得热闹非凡。

红豆穿件宽松的粉荷色洋裙，在花园里招待客人，她近来格外注意饮食及锻炼，虽然行动远不如以前灵巧，但因为气色甚佳，不施脂粉也韵致嫣然，不几日就要临盆了，贺云钦时刻悬着心，即便临时走开招呼客人，目光也始终不离开她。

如他所料，刚一转身，就听王彼得一声低斥，两个胖乎乎的孩子穿过花园笑哈哈地跑来。

大的那个五岁左右，小的两岁多不到三岁，一色的簇新西式衬衣加西式短裤，一望即知是王彼得新给他们添置的。王彼得自己的穿戴也跟孩子们差不多，只底下西式短裤换作了长裤。

如此统一的着装，当一大两小一齐出现在花园时，由不得众人不瞩目。

孩子们跑得太快，王彼得唯恐冲撞了人，一进来就压低嗓音在后面边喊边追，好在孩子们最初的好奇劲过后，终于想起了王彼得平日的教导，小马驹似的遛了一会儿，又乖乖地跑回王彼得身边。

王彼得掏出帕子擦擦汗，一手一个拉着两个孩子过来，朗声打招呼道："云钦，红豆。"

他近来戒了酒，脸色比以前红润不少，当着外人的面，嘴里老嫌两个孩子烦人，然而不管去哪儿，总不忘将孩子们带在身边。

红豆从贺云钦肩后探出头来，笑道："王探长。"

贺云钦防那两个胖小子突然"发难"，仍护着红豆，问王彼得道："下礼拜侦探所能开张吗，要不要我过去帮忙？"

侦探事务所名义上破案，背地里为党组织收集线索，来重庆这么久，早该张罗起来了，但因为重庆时有空袭发生，他和王彼得都怕资料毁于炮火，光是找中意的房子就花了不少时间。

好不容易在离防空洞就近的地方租了寓所，又托上海的同伴陆陆续续转运资料过来，一来二去便拖了好几个月。

王彼得知道红豆马上要临盆了，贺云钦近期注意力全放在妻子身上，摆摆手道："拾掇得差不多了，顾筠和崇毅没事就过来帮忙，资料早齐了，等助手到位，我就登报宣布彼得侦探所正式开张。"

红豆听了这话抬头一看，顾筠穿件素净的月白色旗袍，正跟复旦大学的一位教育系先生说话，她头发新近剪短了，从后头看是个圆圆的黑色蘑菇头，又将一侧头发拢在耳后，露出白白净净的侧脸。

上海形势一坏再坏，顾筠父亲所办报社半年前就迁来了重庆，因圣约翰大学暂时未迁址，等复旦大学迁来后，顾筠便和她一起办了转学手续，两人仍做同学。

只因她身体一日比一日沉重，坚持上了一段时间的课后，不得不跟校方请假，顾筠怕她落下功课，时不时带着自己所做的笔记来贺公馆。

她将目光从顾筠身上收回，又在花园里找了一圈，没看到哥哥。哥哥本就跟王彼得交好，顾筠跟她同样喜好此类事物，若是侦探所开张，最高兴的当属这两人。

这时那边宾客发出一阵哄笑声，原来是余睿的一帮同学假借西洋礼仪的名义，撺掇着余睿当众给贺竹筠献花，因那花是大捧红玫瑰，有人突发奇想道："西洋婚礼上有丢掷新娘捧花的习俗，不知订婚仪式上这捧花是不是有同样的意义？"

余睿被同学们说得不好意思，笑着凑近，在贺竹筠耳边说了句话。贺竹筠捂嘴笑道："那你们做好准备，也不忌男女，反正一会儿花丢到谁身上，就意味着谁喜事将近。"

本就是为了凑趣，一帮青年男女听了无不高兴，忙挨挨挤挤往后头拥去，等拉开一段距离，贺竹筠转过身，高高将花往后一抛，大家轰然一笑，纷纷跳起来去接花。

谁知那花被众人的胳膊一挡，反而落往另一个方向，刚好砸中路过的一男一女，男人是瑞德，女孩子却是玉沅，久未见面，刚好在花园碰见，玉沅想征询瑞德几个关于转读医学专业的问题，两人便聊了起来，谁知刚走到这儿就无端被花砸中，都愣住了。

大家惊讶了几秒，齐声笑道："好了，看来下一个就要轮到潘同学订婚了。"

玉沅红着脸飞快地看向瑞德，两人视线一相碰，她的脸更红了，把花递给就近的一位同学，板着脸道："别胡说了。"

红豆看一眼贺云钦，发现他也正望着那边。

晚上她在书桌旁散步时，想起这事，便走到贺云钦身边："瑞德还会回上海吗？"

贺云钦正画工程图，听了这话，一讶道："他得回去，怎么了？"

红豆扶稳了肚子，顺势在他膝盖上坐下："我总觉得玉沅有点喜欢瑞德。"

贺云钦搂稳妻子，想了一想，皱眉道："可是瑞德不一定长期留在中国，等战事告一段落，随时可能会回英国。"

红豆怔了一会儿，笑起来道："我就是顺口问问，瑞德对玉沅什么态度我们还不知道呢，何况瑞德是外国人，舅舅、舅妈也许不会赞成此事。"

这与老幼妍媸无关，舅舅、舅妈骨子里毕竟老派，总归是没影子的事。

"那你还想东想西的。"贺云钦看看她莹白的侧脸，用手中的笔点了点桌上的另一沓资料，一本正经道，"既然不想睡，那我们就来补补德语。"

自从红豆跟学校请假，他就顺理成章接过教导功课的任务，只要有空，每晚都会强拉着红豆学功课，补完顾筠带来的笔记还不够，还以德语的学习不能中断为由，强教红豆德语。

她想也不想就摇头："不要不要，我现在一点也不想动脑筋。"

她的脑袋靠在他颈窝里，摇头的时候，柔软的发丝一下一下擦过他的脸侧。

"真懒。"他看出妻子有了困意，声调放低，"要不我们重新再定几个名字？"

"不是早就定好了吗？"她抬眼瞄瞄他，"一个叫'光明'，一个就叫'真理'。"

他摸摸下巴："会不会太随意了？"

她闭上眼睛，让自己更放松地窝在他怀里："'贺光明''贺真理'，朗朗上口，叫出来也大气。我觉得挺好的。"

可万一都是女儿呢，"贺真理"也就算了，"贺光明"老觉得不够秀气。

红豆知道他又在琢磨了，真是够了，九个月了还没定下来。

她想起自行车上刻着的那句“light and truth”，懒懒道：“别纠结名字了，你先告诉我，你们当初怎么想起来用旧自行车来做联络方式的。”

贺云钦没想到她突然问这个：“我加入党组织的时候就已经是这样了，分给我的那辆车还格外的旧。”

原来是这样。红豆愣了一会儿，不满道：“可不是太旧了！第一回坐你车，居然还剐破了我的裤子。”

他怔了怔，低笑道：“还记恨这件事呢？”

她嘟起嘴：“一辈子都记得。”

他的每一句话，每一个表情，每一个举动，她都记得。

他望着她，眼里笑意加深。其实他也记得，当时在富华巷里因为此事两人第一次起争执，过了这么久，她气鼓鼓的样子仿佛还在眼前。

想到这里，他莫名有些恍惚，忍不住抬手去轻抚她的脸颊。不知不觉间，岁月化作流动的金沙，静悄悄从指间淌走了。他即将为人父，而他的红豆，马上要做母亲了。

“红豆，过几天余管事要带人整理庭院，我让他们在院子里种一株红豆好不好？”

她鼻息渐渐变得匀缓，许久才含含糊糊“嗯”了一声，显然困极了。

他低下头，极轻地吻了吻她的额头：“睡吧。”

她这么坐着睡不舒服，他小心翼翼抱着她起身，打算把她送到床上去。

谁知刚一动，红豆“嘶”了一声，皱眉摸向肚子。

他的心立刻提了起来：“怎么了？”

红豆静静感受了一会儿，既期待又紧张，抬眼看向他：“我可能是发动了。”

贺云钦后背顿时出了一身冷汗，默了默，强自镇定：“好，别怕，有我在。”

话虽这么说，毕竟最担心的事终于来了，接下来该如何安排，他脑中

竟半点头绪都无，好几分钟过去，只顾抱着红豆在屋中打转。

红豆都快被他转晕了，以往何曾见贺云钦如此失态过，不禁哭笑不得：“贺云钦，你冷静一点，先放我到床上，再去通知安娜大夫。”

贺云钦这才回过神，轻轻将她放到床上，打开门唤下人备车，又让人速给安娜大夫打电话，一转眼的工夫，贺家上下便鼎沸起来。

接下来的十几个小时，对贺云钦而言，简直像一百年那么漫长，再轻微的动静，只要是从产房发出的，都会令他心惊肉跳，无奈产房条件有限，且因同时有两名产妇待产，只能由女性长辈陪产。他在走廊枯等，活像被扔到油锅里煎熬，随着时间一分一秒流逝，五脏六腑都快熬成了渣，等到下午，当他几乎到了忍耐的边缘时，产房终于开了门。

他的心仿佛被重重捏了一把，高高提到了嗓子眼，双脚则像陷入泥淖中，一步都迈不动。

岳母笑得合不拢嘴：“母子平安！大的是哥哥，先出来三分钟，晚出来的是妹妹。”

耳边炸开众人的欢呼声，他胸口停滞了的血液，重新咕噜噜奔流起来，顾不上看岳母怀里的孩子，分开人群，疾步朝产房走去。

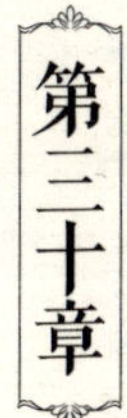

第三十章

三天后，红豆母子平安出院。

贺太太和虞太太忙着安置一大两小，贺竹筠赖在二哥二嫂房里，贺孟枚为了多陪一对宝贝乖孙，干脆搁下一干杂务留在家中，一整日，贺公馆笼罩在欢悦的氛围中。

红豆产后体力未恢复，孩子们晚上要喝奶，依着贺太太和虞太太的意思，未出月子前，贺云钦不宜跟红豆母子共住一室。

该建议一经提出就遭到了贺云钦的强烈反对："妻子生产，丈夫不好好陪伴，为了清净反倒躲开，说来简直荒唐，这等陋俗早该易除了。"

说这话时他站在窗边观摩下人换尿片，回绝得理直气壮。红豆撑着胳膊看躺在身边的真理，听了这话心里自是甜蜜。贺太太和虞太太讶笑对视一眼，红豆生产受了罪，在医院时，贺云钦眼睛一刻都不舍得离开红豆，几天下来，人都熬瘦了一圈，她们早该料到贺云钦不肯另居一室。

好在卧房里外都收拾整洁了，贺家新旧观念共存，在听取安娜大夫洋派观点的同时，亦不肯摒弃根深蒂固的老观念。

譬如是否开窗，虞太太和贺太太因为担心红豆吹风，无论如何不同意开窗，贺云钦则怕屋内空气污浊，反倒不利于红豆的恢复，坚持要开窗。

两派观点互不相容，贺云钦求同存异，少不得拿出好口才与两位母亲周旋，最后勉强达成了里屋关窗、外屋开窗的共识。接下来又磨合了好几处，忙乱了好一晌，才将一大两小都安置好了。

期间，好些亲友打来电话，因为分隔两地，无法亲自来探视，只能以这种方式前来道喜。

等一切都安顿好了，几位长辈笑眯眯地坐在外屋，轮流将小真理和小光明抱在怀中稀罕。才出生，兄妹俩不是酣睡就是吃奶，可是孩子们的每一个呵欠、每一次无意识的睁眼，都会引来长辈们欢天喜地的议论。直到孩子们睡了，他们意识到红豆也需休息，这才依依不舍地散了。

贺云钦抱着小真理进里屋找红豆，女儿前一秒还安安静静在他怀里睡觉，转眼间就啼哭起来。他无措了一会儿，先看女儿的尿片，没湿，于是抱着女儿进去，很笃定道：“应该是要喝奶了。”

奶妈汪嫂跟在后头，二少爷俨然有经验的模样，她看在眼里，忍不住笑道：“是要喝奶了，二少爷，把小小姐交给我吧。”

红豆在床上伸出胳膊，笑着接话道：“先给我看看。”

贺家早备好了两位奶妈，但根据安娜大夫的建议，红豆应尽量亲自哺乳，一来更有利于孩子们的营养，二来能促进红豆产后恢复。贺云钦将安娜大夫说的每一个字都牢记在心里，只要红豆醒着，尽量先让红豆亲自哺育两个孩子，可惜红豆仍然掌握不好哺乳的正确姿势，奶量也少得可怜。

贺云钦小心翼翼将女儿放到妻子的胳膊弯里，顺势靠着床头躺下来，看妻子撩起衣摆，低声道：“有奶吗？”

本是认真的语气，不知为何，说出来又让人发窘。奶妈红着脸一笑，忙轻手轻脚退了下去。

红豆瞟他一眼，贺云钦自己也大不好意思，笑了笑，沉稳地自辩道：“我是怕真理没轻没重咬你，到时候你又该嚷疼了。”

“说得我多娇气似的。”红豆咕哝，“那是我不会喂，今天早上我喂的那一回不就很好，母亲说了，往后会越来越熟练的。”

说话间已经溢出几滴淡黄的乳汁，红豆如获至宝：“你瞧！”忙凑近哺给嗷嗷待哺的小真理。贺云钦紧张地注视着妻子和女儿的一举一动，小真理不但顺利地吮到了奶头，裹奶时腮帮子还一鼓一鼓的，看来妻子总算掌握了些技巧，不必担心她又被咬疼，这才放下心来。

睡在另一边的小光明丝毫不受妹妹的干扰，鼓着肚皮睡得喷喷香。

屋内安静异常，隐约可听见窗外树枝摇曳的轻盈沙沙声，妻子和孩子吸引了贺云钦所有的注意力。他替红豆将柔密的乌发拢到肩后，顺势捉住女儿藕节似的白胖胳膊轻轻地啃。难得的共处时光，红豆内心安宁，抬眼看丈夫，他眼睛黑沉、面有疲色，这几日疏于打理，清隽的下巴上长出了胡楂。

这样的贺云钦让她觉得既新鲜又亲厚，她抬手去抚弄他的下巴，好奇道：“昨天早上才刮过，怎么又长出来了？那回你从战区回来，瘸了一条腿也没见你这么狼狈，一会儿让刘嫂送剃刀来，我给你好好刮一刮。”

去年刚到重庆时，贺云钦虽然腿伤未愈，但因为形势越发不好，整日在外奔波，最忙这些日子难免有些不修边幅，可就算再忙也不会连胡子都顾不上刮。

记得有一晚半夜醒来，她愕然发现贺云钦不在床上，下床去找他，才发现他在外屋，可是他的状态非常不对劲，整个人深陷在沙发中，低着头，一动也不动。

他这样消沉她还是第一次见，顿时生出不好的预感，走过去，挨着他坐下，屏住呼吸道：“出什么事了？”

良久，贺云钦开口，声音哑涩活像被砂纸打磨过。

短短五个字，红豆觉得耳边呼啦一声，有什么东西碎了，定定望着他，脑中空了许久，才意识到他说的是“上海沦陷了”。

明明离开上海就已预料会如此，可是真等发生了，还是那样让人猝不及防。这消息太沉重，压过来的一瞬间，所有希望仿佛都被碾碎了。

找金条、对付伍如海和日寇、从战区九死一生回来——之前的种种努

力，到了“沦陷”两个字面前，都显得如此苍白无力。

屋里的氛围空寂得令人窒息，贺云钦起了身，低头怔立一晌，茫然转过身，缓缓地、沉重地在她腿前蹲下来，将头埋在她膝上。

沉默了许久，他哑声道：“红豆，我，很难过。”

他嗓音微颤，她湿了眼眶，话语卡在嗓间，再多的语言都显得空洞，她闭上眼，将下巴搁在他发顶，无声地搂紧他，好在他的语调虽然苦痛和迷惘，并不一味绝望，越到艰难的处境，越不肯轻言放弃。她的心房，刹那间充溢着复杂的情绪，想哭，又为她的丈夫骄傲。

他并不完美，有许多缺点，可是当岁月揭开覆在他身上的每一层遮盖物时，她一天比一天更爱这个男人。也就是在那个晚上，她知道还有留沪的同伴牺牲了，然而如她所料，在那之后，他比从前更加努力，她跟他并肩作战，认识了许多朋友，几月下来，参与了无数次爱国行动，直至她身体越发沉重，再也不能随时外出……

她沉浸在回忆里，浑然不知贺云钦正低头看着她。

经过这几日的休养，妻子脸上的浮肿消退了不少，白皙的脸颊细腻得饱含了水分，水灵灵的眼睛里柔情无限。

一场生产，两个新生命，在他眼中，妻子的一举一动跟从前比起来有微妙的不同，仿佛有一根看不见的丝线，无形之间就系上了他的心尖。

他用胡楂轻轻扎她柔嫩的脸颊，嗓音柔和而低沉：“在战区找黄金跟在产房外等你生产完全不一样，你的痛苦到了我身上，简直加倍放大，那种撕心裂肺的煎熬，这辈子我都不想再经历第二次。红豆，我们有光明和真理就够了，以后再也不受这份罪了。”

红豆回忆起生产完第一眼看到贺云钦的情形，他的样子，憔悴得活像大病一场。

她笑着躲避他的胡楂：“说来容易，那你告诉我，怎么才能做到不再生了？除非，你不……”

“我不什么？”他目不转睛地看着她。

她咬唇睇着他，笑着不肯往下说。

妻子的脸皮比从前厚了不少，他胸口痒丝丝的，捏捏她的脸颊，自信道："我问过，有法子。"

"什么法子。"红豆好奇。

贺云钦在她耳边说了几句话。

红豆脸一红，推开他啐道："就知道你嘴里没有正经话。"

她忽觉胸口一凉，低头一看，原来小真理不知何时吐出奶头，看样子喝饱了，像一只胖青蛙，划动起胳膊和腿来。

"我给她拍奶嗝。"贺云钦忙帮红豆拢好衣襟，把女儿竖抱起来拍背。

真理跟光明不同，爱吐奶，贺云钦换尿片不在行，帮女儿拍背却已经非常熟练了。

红豆看一眼儿子光明，小家伙黑软的胎发贴在额前，依然睡得实沉。

再看贺云钦，他小心翼翼竖抱着真理的模样，仿佛怀里抱着稀世奇珍，明知道女儿眼下什么都听不懂，仍捧着女儿的后脑勺到窗前，一边来回踱步，一边示意女儿看庭院里的葱绿植被。

夕阳从落地窗外透进来，一片澄灿的光芒中，他挺拔的身影仿佛被镀上了金边。

"你叫'真理'，你哥哥叫'光明'，窗外那株正在种的树苗，叫'红豆'，知道你母亲的名字吗？她就叫红豆，等你们长大的时候，这棵树苗会成为大树，真理和光明的时代也该来了。"

贺云钦文绉绉说了一晌，女儿无意识地吐泡泡，他皱眉盯着女儿看一会儿，自己撑不住笑了起来，转脸朝妻子望去。

红豆双手撑在枕上，含笑注视着他："你比我还心急，孩子要是能听懂这些话，真要把人吓坏了。你过来，趁这会儿无事，我们一处睡一会儿。"

这几日在医院，先后有好几拨人来找贺云钦，表面上是为了建筑铁路的事，背地里自然还有别的行动，他累坏了，眉心都有了川字纹。

每回妻子一撒娇，脚底仿佛就被无形的绳子所牵引，一双腿根本不听

他的使唤。

他抱着女儿走回床边，放下女儿，和衣，揽着红豆：“好，累，睡。”才一闭眼，立刻就睡实沉了，胳膊却固执地维持着原样，不肯松开她。

红豆默默看他一晌，伸手替他盖好被，扭头一看，真理眼下正心情愉悦，躺在哥哥的身边，倒也未哭未闹。

一大两小有着那样相似的轮廓，不知长大后光明更像贺云钦，还是真理更像贺云钦。外面暮色渐起，屋内却一片宁谧安逸，她复又将头搁在他臂弯，闭上眼正要睡，谁知一旁突然传来他的声音：“还有几种法子，刚才忘了说了。”

她愣了一会儿才意识到他说的是避孕的法子，睨他：“那你倒说说，都有哪些法子？”

他微讶一扬眉，闭着眼睛笑道：“你变了。”

“哪儿变了？”

“变得跟我一样厚脸皮了。”

“原来你也知道你厚脸皮。”

“没遇到你之前，我不知道我这么厚脸皮。”

“你这话什么意思？你自己厚脸皮，难道还能往我身上赖吗？”

他低头轻轻捏住她的下巴，作势要吻她：“你先亲我一口，我告诉你为什么。”

红豆吓一跳，笑着忙要躲：“你别，我还没洗漱。”

“没事，我不嫌弃你。”

“你敢嫌弃我？”

“那还不快给我亲。”

突然，呜哇呜哇哭了起来，比刚才声音更洪亮，两人对视，不用看，这回是贺光明醒了。

七年后。

贺公馆门口驰来一辆洋车，到了门口停下，门一开，贺云钦下了车，径直上台阶，边走边问余管事："二少奶奶呢？"

余管事笑了笑道："刚从学校回来，现在花园里带着小少爷和小小姐玩呢，亲家太太和舅太太也来了。"

贺云钦知道潘玉淇和袁箬笠从香港过道重庆，要在这里住一些日子，前几日忙着安置，今日特带着孩子来看红豆。

他迫不及待要见到自己的妻子，点了点头，大步往内走去。

到了花园，他抬眼一看，果然热闹非凡。

红豆坐在树下圆桌旁，正跟亲友们说话，不知说到什么高兴事，每个人的脸上都洋溢着笑意。

当年那株他和她一起种下的红豆树早已长得蓊郁翠茂，阳光从树梢漏下，金子一般洒落到树下人的身上，远远看去，妻子的笑靥上像栖息着一只金色的蝴蝶。

她仍穿着早上那件素淡的烟紫色旗袍，身上一件首饰皆无。近来，她白天在大学给学生上课，晚上跟他一起为前线筹备物资，短短几个月下来，整个人清瘦了不少，毕竟身处战时，平日穿着尽量低调沉静，然而他的红豆如此美丽，再平淡的衣料到她身上，也能化作万种风情。

几家孩子笑闹着四处奔跑，其中有几个尤为面生，显然是初次来家里，连他这样的好记性也不认得。

这不奇怪。

八年来，东海扬尘，沧桑几度，他和红豆见证了无数次悲欢离合，隔着重重战火，亲友们几年都不能彼此相见，好在这一切就要结束了，往后，他们再也不用殚精竭虑地过日子，再也不用担心日军的空袭，当警报拉响时，他的贺光明和贺真理再也不用比赛谁第一个跑到防空洞去，不久他们就可以自由地去任何她想去的地方，至于是香港还是美利坚，他正要跟红豆商量。

一众孩子中，最疯的那个是他的贺光明，第二疯的是他的贺真理，瞥见他的身影，兄妹俩牵着小手齐齐奔过来：“爸爸，爸爸。”

听到这声音，数道目光看向他，有人笑道：“云钦，好久不见。”

不等他笑着回应，红豆一笑，起身，快步迎过去，她正有无数的好消息要跟丈夫分享。

番外

下人送来一份报纸，红豆喝口茶随手翻看。战后民生凋敝，各地不乏疠疫饥馑的新闻，然而自日寇正式宣布战败，报上好消息仍占绝大多数，一页一页翻下来，她心情变得跟外头蓝天一样晴丽。

贺家回沪刚一个月，诸多杂事亟待整理，当年迁往重庆时只留下了几个管事照应，时隔几年再回，贺公馆内外都蔽旧了不少。余管事这些日子忙于带人修葺粉刷，她和婆婆也整日指挥下人打点拾掇，收拾了近一月，总算收拾出原来的模样。

她和贺云钦仍住原来新婚时的房间，贺光明和贺真理被安置到公婆房间隔壁。大哥贺宁铮跟赵小姐的亲事尚在商议，至今仍算个单身汉，回来之后，他便依旧住在原来的房间。一家上下，唯有贺竹筠搬去了余公馆。

露台传来笑闹声，她开窗往外看，几个小人你追我赶，笑得正欢，草坪尽头特设一柄硕大的白色西洋伞，婆婆和几位太太坐在伞下闲适地饮茶聊天。

贺云钦一早便去震旦大学安排回迁后的事项，红豆也有许多事要忙，头一件，就是她为了支持战后救济工作，近来正跟朋友合力筹办福利基金会，此事宜早不宜迟，马上要进行第一次会务讨论。

整理妥当，她刚待揿铃让余管事备车，门口传来低声说话的声音，下人敲门道：“二少奶奶，赵小姐来了。”

红豆欣然应道：“快请进。”

赵小姐名唤赵思宁，是大鼎船舶公司的二千金，漂亮爽利，满腔爱国热情。此前在重庆她与赵思宁为前线缝制军衣合作过几回，对赵思宁印象甚佳，后来赵思宁跟大哥贺宁铮确定恋爱关系，她得知此事，内心是极其赞成的。

自从跟段明漪离婚，贺宁铮跟贺云钦重又回到了小时融洽笃厚的状态，然而因为他无心再婚，尽管过得充实，出入皆只一人，有时不免有些形只影单之感。

赵思宁跟他的邂逅，乃是在一年前的某次物资筹备晚会上，用赵思宁自己的话来说，她对贺宁铮一见钟情。

贺宁铮起初并未给予回应，但架不住赵思宁热情诚挚的追求。慢慢地，贺宁铮就像块被热气所包围的冰块，有了融化的迹象，相处至今，只要一提起赵思宁，贺宁铮脸上那种发自内心的笑容，怎么也掩饰不住，整个人仿佛焕发了新的面貌，一改之前的沉郁寡言。

两人婚事拟在年底，赵思宁并无老派的避嫌观念，无事便来贺公馆找红豆，今日之所以来，就是要跟红豆同去福利基金会。原本顾筠也是委员之一，但因新近查出来怀孕，哥哥虽然不拘着她，但着手开办洋行之余，整颗心都放在顾筠身上，为了让顾筠安心养胎，红豆将她手头的工作都接了过来。

红豆拿起手袋，走到门边，笑道：“我们走吧。”

赵思宁转动脑袋四处搜索：“光明和真理呢？”

“在花园里玩。”

“要不要带他们一起去？”

红豆朗笑道：“太皮了，若是带他们去，事情怕是做不成了。”

“也是。”赵思宁悻然片刻，旋即又高兴起来，“那我明天再来看他们。”

福利基金会设在原法租界的富安路，战后再无“租界”一称，但委员会怕各界人士找不到具体地址，在报上刊载新闻时，仍冠以“原法租界”等字样。

因是利民义举，等红豆、赵思宁她们来时，会场熙熙攘攘，已有不少人了。红豆是基金会的重要理事，一来便忙着招待客人，等到她的演讲完毕，已近中午了。

接下来负责主持会议的是女子师范学校的校长，红豆从讲台下来，自到另一角去整理资料，突然有人唤她：“红豆。”

这声音很熟悉，她怔了一怔，转过脸，竟是秦学锴。

数年不见，秦学锴面容气度都与从前有些不同，第一眼她差点未认出，失神片刻，这才道：“秦学长。”

秦学锴停下脚步，笑着望她：“好久不见。”

八年岁月一晃就过去了，红豆好生唏嘘：“秦学长也是刚回上海？”之前听顾筠说秦学锴先去了广州，广州沦陷后，又辗转去了别处。

秦学锴点点头：“刚回来，打算接明报主编一职。”

想起当年在圣约翰的光景，红豆一时间感慨万千，正要叙旧，有人在身后道：“红豆。”

两人迎声一看，一个高挑男人走来，这人到了跟前，又停下，插着裤兜，望向秦学锴。

红豆讶笑：“你怎么来了？”

贺云钦走近，跟秦学锴握手，微微一笑：“秦先生。”他刚从震旦回来，猜红豆可能还在基金会，特过来接她。

贺云钦一出现，秦学锴仿佛失去了继续谈话的兴致，接下来只淡淡聊了几句，就告辞而去。

回到贺公馆，进了房间，贺云钦关上门，在红豆身后问：“秦学锴也是基金会的管事？”

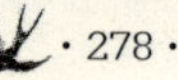

红豆漫应道："不是。"

他将外套扔到沙发上："那他为什么跑去基金会？"

她心里明镜似的，瞟他："基金会谁都可以去，你去得，他为何不能去？"

贺云钦一扬下巴："听说他至今未娶妻？"

她惊讶道："我怎么知道他有没有娶妻。"

话未说完，她身子一轻，整个人被贺云钦举了起来。

"干什么？"她吓一跳。

他不理。

她怒道："你放我下来。"

他不放。

她瞪他一会儿，笑着推他的肩，低声道："贺云钦，你这个大醋坛子。"

他放她到床上，欺身压上去。她今日穿件柔蓝色洋装，耳朵上一对金刚石耳钉，素雅中不失明丽，他莫名悸动，格外想跟她亲热，一只胳膊撑在她肩侧，另一只手固住她浑圆的大腿，顺势往上滚她的裙边，可惜裙角做得太窄，推起来太费劲。

"你疯了，这才中午。"

他扬眉："中午又如何？"

她瞪他："秦学锴怎么惹到你了？"

他扬眉："他惹我的地方多了。"

都这么久了，这人还记得秦学长向她求婚的事。她睨他一会儿，终于没绷住笑起来，抬起手来比了个很大很大的手势："贺云钦，其实刚才我说得不对，你何止是大醋坛子，简直是专放陈年醋的醋坛子。"

他冷哼一声，低头去啄她微敞的领口："虞红豆，成亲至今，我们可以认真算算，到底谁更能吃醋。"

"我何时无故吃过醋？"

"我何时给过你无故吃醋的机会？"

她哑然，他趁势解开她后头的纽扣，正要往下褪裙子，外头忽然有人“啪啪啪”敲门，伴随着小儿脆脆的声音：“妈妈，爸爸。”

红豆一愣，飞快地推开他，跳到床下找鞋，庆幸道：“坏人，差点就跟着你一起胡闹了。”

贺云钦懊丧地翻了个身，从前是不识趣的下人，现在是贺光明和贺真理，下人可以撵，儿子女儿还能如何。

等妻子整理得差不多了，他起身，到外屋开门。

门一开，第一个扑到他怀里的正是贺真理。一上午不见，女儿稚气的嗓音里充满了思念：“爸爸。”

他心都要化了，将胖嘟嘟的女儿举起，笑道：“上午在家玩什么？”女儿神色模样极肖妻子，活脱脱一个小小的胖红豆。

贺真理挥舞胖胖的胳膊：“跟哥哥学打球，哥哥学得可快了。”

贺光明低头看向儿子。

七岁多的贺光明老成地点点头：“爸爸，我已经会发球了。”

这时红豆从里屋出来，贺光明扭脸一看，啪嗒啪嗒就往母亲身边跑：“妈妈，我们一起去打球好不好？”

小真理也在父亲怀中伸出小手：“妈妈。”

贺云钦哄他们：“一会儿爸爸带你们打，保证你们学得更快。”

兄妹俩大喜过望，拼命点头。谁知贺真理不经意间瞥见父亲衣领，那上面有一小块红色的印迹，不由得大惊失色：“爸爸，你怎么了？”她担心爸爸也像哥哥一样天一热就流鼻血。

红豆牵着儿子的手走到丈夫身边，看清那东西，刚才亲热时，她的胭脂不小心蹭上去了。贺云钦倒是若无其事，在女儿糯米团子似的脸颊上大亲一口，这才将女儿递给她：“等爸爸换完衣服再说打球的事。”

晚上哄兄妹俩睡了，红豆回屋，一进门就看见贺云钦半蹲在书桌前，衬衣袖子高挽着，低着头，正摆弄一堆木条，台灯灯光暖澄澄的，在他身后投下一圈柔和的光影。

战后不少地方的工程需要重建，贺云钦近来手头工作繁重，画图到深夜是常有的事。她原以为他又在设计模型，谁知走近一看，那摊开的图纸分明是一张低矮的圆桌。

“这是什么？”她蹲到他身边，拿起一根木条好奇地看。

“积木，给光明和真理玩的。”

她又拿起那张图：“那——这肯定是给光明和真理设计的书桌咯。”

贺云钦起身到书桌上捡了两支铅笔，用裁纸刀一边削一边道：“桌子、笔，都给他们准备好了，我要画图，你要备课写文章，我们俩都无暇陪他们玩耍，不如干脆弄张书桌，晚上我们做事时，让孩子们伴着我们学功课。”

红豆走到他身后，揽住他的腰，笑眯眯道：“想得倒是很好，可他们没你想的老实，到时候吵起来，我们还怎么静下心来做事。”

贺云钦将削好的笔搁到桌上，转脸看她：“每回都是贺光明带头起哄，真理无非是哥哥的小跟班，有我这做父亲的盯着，贺光明第一个不敢胡闹。”

红豆想了想，不觉笑了起来。贺光明在祖父祖母面前一贯喜欢撒野，一到了贺云钦跟前，立刻会安静老实下来。说来也怪，贺云钦从不高声斥责孩子，可贺家上下这许多人，光明唯独怕他父亲。

贺云钦近来接了香港大学的工程系教授聘书，她也正申请教育系的硕士学位。公公本就对局势大感失望，竟就此做起了转移部分产业往香港的打算，想必就算这桌子做好了，用不了多久又得重做。

这么想着，她走到他身边，将头贴在他胸前，静听他胸壁传来的沉稳有力的心跳。一场战争结束了，另一场战争紧接着在酝酿，然而只要他在身边，她的心就格外安定。

她柔声道：“云钦，我们生在一个动荡的年代，但我一点也不觉得遗憾，因为有幸遇到了你。”

他的眉头一松，对他而言又何尝不是如此，自相遇到如今，转眼八九年过去，他和她携手并行，共同走过了许多风风雨雨。浮生如寄，如今站在岁月长河中回望，她仿佛永远是那个初遇时的娇美少女，与此相对应的，则是他对她日益浓烈的爱恋。他拨了拨她的头发，笑道：“我看出来了，你现在没心思备课，要不我们做点别的事？”

红豆伸指轻轻划过他的前胸，慢吞吞道：“什么事？”

她嗓音又懒又媚，他怎还忍得住，将她打横抱起，大步往屋内走去：“当然是白日未尽之事。”

她顺势踢掉脚上的鞋，环住他的脖颈，含笑跟他对望。夜凉如水，虫蛩声声，窗帘掀起，送来一阵蕴杂着花香的夜风，晴不了几日，很快又会有雨，可是那又如何，她和他晴也相依，雨也相依。

他仿佛听到了妻子的心声，满心充盈着宁谧的快乐，不及走到床边，低下头，咬住她的唇。